KB118119

X형
남자친구

X형 남자친구

노희준 소설

문학동네

차례

살

섹스는 감히 바라지도 않았다.
오직 누군가의 포옹이 절실했다.
내가 살아 있음을 느끼게 해줄 수 있는, 타인의 살아 있는 살.

일요일 열한시경, 그는 애인의 오피스텔 침대에서 혼자 잠에서 깼다. 올빼미 애인은 일찍 일어나 외출한 적이 한 번도 없었다. 숙취로 갈증이 심한 그는 대수롭지 않게 여기고 냉장고 문부터 열었다. 왼손으로 생수병을 잡고, 버릇처럼 오른손으로 윗배를 쓰다듬었다. 사건은 그때 발생했다. 손은 몸에 얹히지 않고 뱃속으로 그냥 쓰윽, 들어가버렸다. 말 그대로 그냥 쓰윽, 이었다. 그는 올빼미 눈을 뜬 채, 몇 초 전에 했어야 할 혼잣말을 무심결에 내뱉었다.

아…… 속 쓰려.

닥치는 대로 만져보았다. 벽도 개수대도 식탁도 원래대로였다. 존재감이 사라진 것은 몸뿐이었다. 그는 두 팔을 교차시킬 수도, 다리를 하나로 합체할 수도, 심지어는 숟가락을 사용해 자신의 성기를 뱃속에 쑤셔박을 수도 있었다. 고통은 전혀 없었다. 그는 다시 목이 말랐다.

식탁에 앉아 물을 한 잔 마시고, 그는 갑자기 생긴 초능력을 어디에 써먹을까 궁싯거려보았다. 증권 브로커인 그로서는 쓸데가 별로 없을 것 같았다. 궁금증이 생겼다. 혹시 다른 사람도 통과할 수 있을까?

허겁지겁 길거리로 나온 그는 예쁜 여자 한 명을 골라 어깨에 손을 대보았다. 통과하기는커녕 괜히 눈총만 샀다. 도무지 용도를 알 수 없는 능력이었다.

곧 심드렁해져서는 지하철을 타고 집으로 갔다. 초딩인 딸은 TV에 정신이 팔려 인사도 안 했다. 평소처럼 어린이 채널을 정신없이 돌려보고 있었는데 손이 리모컨 위에서 미끄러진 모양이었다. 침대에서 벌거벗은 남녀가 막 키스를 나누려 하고 있었다. 그가 리모컨을 막 빼앗으려는 찰나,

헐, 내가 보면 안 되는 거다.

하더니 채널을 변경했다. 숨을 돌리기도 전에 유령처럼 나타난 아내가 그를 안방으로 잡아끌었다.

어디 갔다 왔어?

출장.

술 마셨지?

안 했는데?

너 바람피우지?

아, 아니.

근데 왜 더듬어?

아내는 의사였다. 똑똑한데다 눈치까지 빨랐다. 궁지에 몰린 그는,

이거 참 마음을 꺼내서 보여줄 수도 없고……

하면서 가슴 속에 손을 집어넣었다. 심장마비로 쓰러질 줄 알았던 아내는,

지랄하네,

하더니 손으로 자신의 두개골을 뚫어버렸다.

순간 두 사람은 쌍으로 올빼미가 되었다. 허공에서 나이롱 쎄쎄쎄를 한차례 나눈 다음, 천천히 손을 가져가 상대의 얼굴에 통과시켜보았다. 오랜만에 서로의 얼굴을 한참 동안 바라보았다.

*

일주일 후, 부부는 침대에 나란히 걸터앉았다.

그가 물었다.

어쩌지?

언젠 했니?

그렇다고 계속 이러고 살아?

곰곰 생각하던 아내가 꾀를 냈다.

작은 입자를 피부에 다량으로 도포하면 혹 증세가 완화될지

몰라.

아내는 화장품을 한 아름 가져왔다. 두 사람은 숟가락을 이용해 서로의 몸에 갖가지 종류의 화장품을 펴발랐다. 결과는 참담했다. 콘돔은 물론이고 아내가 구해온 인공피부도 무용지물이었다. 살에 닿은 얇은 것은 무엇이건 통과였다. 다행히 딸은 만질 수 있었다. 그들은 쇠젓가락 대신 나무젓가락을 쓰게 됐지만 딸은 아무것도 눈치채지 못했다.

하지만 당장 일상생활부터가 문제였다. 가려워도 긁지 못했고, 도구 없이는 몸도 못 씻었다. 자신의 팔을 벨 수도, 다리를 꼴 수도 없었다. 메스나 핀셋 따위를 정밀하게 쥘 수 없게 된 아내는 건강상의 이유를 대고 무기한 휴가를 냈다. 컴퓨터 앞에서 일하는 그는 업무상 지장은 없었지만 자신의 능력이 알려질까봐 하루 종일 초긴장이었다. 일주일 만에, 그들은 극도의 스트레스로 십 년은 늙어버린 것 같았다.

좋은 게 하나는 있네.

뭐?

잘 때 너랑 안 부대끼는 거.

그는 고개를 숙인 채로 물었다.

이혼할까?

아내도 고개를 숙인 채였다.

뭐하러?

아내의 말이 옳았다. 적금과 보험도 만기일이 한참 남았고, 주택용자금도 다 못 갚았다. 현재로서는 나눠 가지면 손해였다. 이런 몸으로는 새 사람을 만날 수 있을 것 같지도 않았다.

그는 애인과의 만남을 피했다. 애인은 이상하게도 그의 핑계를 잘 믿어주었다. 혹 애정이 식은 것은 아닐까? 걱정될수록 성욕은 점점 강렬해졌다. 사창가에 갈까? 자신의 비밀을 눈치채면 창녀는 어떻게 반응할까? 난 오빠처럼 특별한 사람이 좋더라? 천만에.

섹스숍에 들러 여자 성기를 그대로 본떴다는 자위기구를 샀다. 만질 수 없는 자신의 그것을 자위시키며 그는 만족은커녕 공허를 느꼈다. 끝도 없는 우주에 버려진 기분이랄까. 작은 성기에서 시작된 깊이를 알 수 없는 무(無)가 점차 그의 온몸으로 번져가고 있었다. 오르가슴에 도달하기 직전 그는 기구를 내려놓았다. 사정을 했다간 어쩐지 자신의 몸이 통째로 사라질 것 같았다.

왜 이런 일이 일어났을까? 누구나 나를 만질 수 있는데 나만은 안 된다니. 내가 느낄 수 없는 나는 과연 누구일까?

바(bar)를 찾았다. 이십대 초반의 바텐더가 술 마시는 내내 앞을 지키고 서 있었다. 손 한번 잡으면 안 되겠냐고 묻자 여자는 손님과의 스킨십은 금지돼 있다고 대답했다.

내 아내랑 똑같네.

뭐가요?

아내랑도 스킨십이 안 되거든.

완전 안됐다. 언니가 거절해요?

아니. 세상에서 내 손만 마누라 몸을 통과하거든.

여자가 뽀얗게 웃었다.

재밌는 오빠네. 그럼 딴 사람은 돼요?

어. 나 빼놓고 다 돼.

여자가 손가락으로 그의 손을 살짝 찔렀다. 곧바로 아랫도리
에 피가 몰렸다. 그는 강제로 여자의 손목을 잡았다가 미친놈
소리를 듣고 바에서 쫓겨났다.

그는 정말 미친놈처럼 씩씩거리며 밤거리를 걸었다. 연락도
없이 애인의 집으로 직행했다. 한 번만 그녀와 잘 수 있다면, 다
시는 만나지 못해도 상관없다고 생각했다. 죽었다 살아온 사람
을 맞듯 애인은 감격스러운 표정이었다. 문이 열리자마자 그는
애인에게 달려들었으나,

철퍼억, 하는 소리와 함께 그녀의 몸 뒤로 납작하게 뻗어버렸
다.

잠시 후.

남녀는 소파에 나란히 앉아 있었다. 만난 후 처음으로 진지한
대화를 나눴다.

언제부터야?

이 주쯤 됐어.

그럼 지난번 나 만났을 때도?

들킬까봐 일찍 나갔는데…… 난 귀신같이 알고 껌 떼려는 줄 알았지. 근데 우리 왜 쌍으로 이래?

알 수 없었다. 불륜했다고 벌받는 걸까? 그럼 아내는 뭐야? 그와 아내, 애인 사이에는 공통점이랄 게 없었다. 증권 브로커와 산부인과 의사, 페티시걸이 도대체 무슨 상관이란 말인가.

나 백수 됐어.

왜?

내 몸을 못 만지는데 어떻게 쇼를 해.

어차피 관둘 거였잖아.

당장은 아니었지. 돈이 없잖아.

전업할까?

뭘로?

마술을 하는 거야. 떼돈 벌지 않을까?

애인이 그의 등짝을 후려쳤다. 물론 헛방이었다.

사람들이 우릴 그냥 두겠니? 해부한다고 설치면 어쩔래?

애인의 말이 옳았다. 그들은 이제 외계인이었다. 외계인은 외계인끼리, 죽을 때까지 함께 사는 수밖에 없었다.

애인은 그를 설득해 아내와 만났다. 그는 인터넷에 글을 남겨 똑같은 처지의 여자를 만나게 되었다고 둘러댔다.

인터넷에 글을 남겼단 말이야? 너 미쳤어?

애인이 재빨리 바통을 넘겨받았다.

그걸 누가 믿었겠어요. 저만이 농담이 아닌 걸 알고 비밀리에 연락한 거죠.

아, 그럼……

그래요, 셋만이 아닌 것 같아요. 찾아보면 더 있을 거예요.

찾으면?

서로 뭉쳐야죠.

그렇군. 우리 같은 사람은, 오래 전부터 있었던 거군.

그래요. 그들, 아니 우리만의 공동체를 찾아야 해요.

아내와 애인의 눈동자가 서로 교신을 하는 듯했다. 수많은 별들이 그들의 눈동자 속에서 반짝였다.

어머니가 나를 잉태했을 때 용꿈을 꿨대. 의사 될 꿈인 줄 알았더니.

난 어렸을 때 안방에서 건넌방으로 공간이동을 한 적이 있어요. 꿈인 줄 알았더니.

글쎄 난……

그의 반응에 아랑곳없이 아내와 애인은 자신들의 특별함을 새삼 발견하고 비장해졌다. 그때 갑자기 TV가 켜졌다. 아무도 안 건드렸는데 저 혼자 켜졌다. 모든 채널에서 뉴스 특보가 진행중이었다.

후천성 존재결핍증, 일명 통과병이 전 세계에 무서운 속도로 번지고 있습니다. 감염자와 성관계를 맺으면 백 퍼센트 전염되며 일단 발병하면 몸이 몸을 통과하게 되는 (⋯⋯) 세계보건기구는 이미 전 인류의 일 퍼센트가 이 병에 걸린 것으로⋯⋯

정부의 대국민 발표도 있었다.

　국민 여러분, 이 상황은 실제 상황입니다. (⋯⋯) 전 국민은 이 시각 이후 모든 성행위를 중지하시고 보건 당국의 명령에⋯⋯

모든 것을 눈치챈 아내가 그를 날카롭게 쏘아보았다.
뭐? 인터넷에 글을 남겨?
그, 그러는 너는?
네가 옮겼잖아, 이 불결한 새끼야.
웃기지 마, 너랑 나랑 언제 했다고.
그래서 창녀랑 뒹굴었니?
누가 누구더러 창녀래.
내가 너보고 한다, 이년아.
셋은 머리끄덩이를 잡고, 뺨을 치고, 주먹을 날렸다. 하지만 서로를 때리기는커녕 기묘한 퍼포먼스를 하고 있을 뿐이었다. 그들은 사랑만 할 수 없는 게 아니라, 서로에게 상처를 줄 수도 없었다.

갑자기 나타난 딸이 말했다.

뭐 해?

아이구 깜짝이야. 너 언제 왔니?

딸이 한숨을 쉬더니 한 말씀 했다.

지금이 이럴 때야?

뭐?

세상이 망하게 생겼다는데 어른들이 대책을 세워야 할 거 아니에요.

제일 먼저 정신을 차린 아내가 물었다.

그런데 너 왜 안 놀라니?

알고 있었는데? 인터넷에 쫙 퍼졌어.

왜 말 안 했어?

만날 내 말은 무시하잖아? 하여간 사람은 당해봐야 한다니까.

딸은 혀를 날름거리고 잽싸게 사라졌다. 그와 아내와 애인은 거실 중앙에 나란히 서서 깊은 생각에 잠겼다. 저걸 어떻게 죽이지? 정말이지 대책이 시급했다.

＊

한 달이 지났다.

정부가 허둥지둥하는 사이 감염자가 두 배로 늘었다. 대통령이 비상계엄령을 선포했다. 군인들이 감염자들을 무작위로 잡아들였다. 그와 아내와 애인도 시설에 격리 수용되었다. 딸은 급조된 기숙사에 맡겨졌다.

첫날 간단한 검사를 받았다. 둘째 날부터는 할 일 없이 밥만 먹었다. 남는 시간에는 하루 종일 멍청하게 TV만 보았다. 외부 방송은 나오지 않았다.

수많은 추측이 난무했다. 물리학 교수라는 중년 사내는 매일같이 주장했다.

이건 터널효과라는 겁니다. 눈으로는 꽉 차 보여도 입자와 입자 사이는 텅텅 비어 있으므로, 물체와 물체가 부딪쳤을 때 서로 통과할 확률은 언제나 0보다 큽니다. 구체적으로 설명하자면 $E < V$일 때 quantize된 입자가 potential wall을 관통⋯⋯

옆구리에 성경을 낀 여자가 큰 소리로 외쳤다.

이 율법책에 기록지 아니한 모든 질병과 모든 재앙을 너의 멸망하기까지 여호와께서 네게 내리실 것이니 너희가 하늘의 별같이 많았을지라도 네 하나님 여호와의 말씀을 순종치 아니하므로 남는 자가 얼마 되지 못할 것이라⋯⋯

수학과에 다닌다는 청년은 계산기를 들고 중얼거렸다.

평균적인 성인 남녀가 일주일에 두 번 하니까, 열 명으로 시작해도 일주일 뒤에는 30명, 이 주일이면 90명, 사 주 810명, 팔주 65,610명, 십사 주면 47,829,690명⋯⋯ 우와, 세 달이면 우리나라 작살나네.

팔과 등에 문신을 한 사내가,

그만들 좀 합시다, 그런다고 뭐가 달라지냐 이 씨발 개새끼들아,

하고 으르렁거렸다. 하지만 아무도 쫄지 않았다.

며칠 뒤 사내는 식판으로 죽도록 얻어맞았다. 수용자들은 몸이 포개졌으므로 여러 명이 한꺼번에 사내를 때릴 수 있었다. 사람들은 식사 시간에 맞을까봐 알아서 착하게 행동했다.

수용자는 계속해서 늘었다. 몇 개 시설에서 소요가 일어났다. 소요를 일으킨 감염자들은 반드시 의료진을 돌림빵했다. 정부는 수용소의 의료진을 감염자로 대체했다. 모든 수용자가 다시 일할 수 있게 장려했다.

아내는 흰 가운을 다시 입게 됐다. 애인은 수용소 안의 바에 쇼걸로 취직했다. 그는 가택근무 개념으로 복직했다. 노인과 아이를 제외한 거의 모든 사람들이 각자의 일을 갖게 되었다. 수입이 많건 적건, 식자건 무식쟁이건 안에서는 똑같은 대접을 받았다.

난 여기가 좋아요. 쇼걸인데 다들 나를 숭배하잖아. 언니는요?

고딩 애 떼주는 것보단 낫지. 경쟁할 병원 없어서 좋네. 당신은?

그는 멍청한 표정을 짓고 있다 말했다.

글쎄 나는……

아내와 애인은 언젠가 그들이 말했던 '우리만의 공동체'를 정

말로 찾아낸 것 같다고 좋아했다. 사람들은 거의 싸우지 않았다. 그 어느 때보다도 더 상대방을 배려하고 보살폈다. 한동안은 그랬다.

어느 날 여자 한 명이 화장실에서 칼에 난자당해 죽었다. 범인은 문신을 한 사내였다. 왜 그랬냐는 질문에 사내는 "죽이면 할 수 있을 줄 알았다"고 대답했다. 곧 인육을 먹으면 통과병이 낫는다는 소문이 돌았다. 계속 그런 식이었다. 소문은, 희생자가 나오기 전에는 결코 사그라지지 않았다.

*

이차 폭동이 일어났다. 이곳저곳에서 의료진과 수용자가 짜고 집단 탈출을 감행했다. 거리로 쏟아져나온 감염자들은 닥치는 대로 정상인들을 덮쳤다. 오늘의 피해자는 내일의 가해자였다. 세 달 만에 국민의 절반이 강간당했다. 수용소는 해체되었다.

그와 아내는 학교부터 찾아갔으나 완전무장한 군인들에 의해 제지당했다.

내가 내 딸 보겠다는데.

부모고 나발이고 감염자는 절대 접근금집니다.

접근하면 어쩔 건데?

군인은 가소롭다는 듯 웃었다.

발포 명령을 받았습니다.

부부는 끝내 딸을 보지 못하고 돌아왔다. 집 안에 들어서자마자 TV가 켜졌다.

정부는 정상인의 일 퍼센트만을 비밀 시설에 수용하기로 결정하고 이들을 보호하기 위해 국가비상체제를 가동했습니다. 여기에는 정치인과 재벌, 국가 핵심 엘리트와 소수의 연예인 및 스포츠맨이 포함된 것으로 알려……

며칠 뒤, 그는 회사로 복귀했다. 선택받지 못한 정상인들이 지하로 숨어든 거리는 한산했다. 그는 예전보다 일찍 사무실에 도착했다. 제일 먼저 출근했다고 생각했는데 부장이 그를 호출했다. 오랜만에 만나는 부장은 놀라운 얘기를 했다.

일부러 감염되셨다고요? 왜 그런 짓, 아니 그런 일을……

부장은 자랑스럽다는 표정을 지으며 소파에 앉았다.

그 얘기는 나중에 하기로 하고, 다시 일하게 된 걸 환영하네.

아 예, 저도 영광입니다.

특별히 할 말은 없고, 오늘부터 제조업에 열심히 좀 꽂아보도록 하게.

제조업이요? 소비 인구가 거의 절반으로 줄었는데…… 다들 공황이 닥칠까 걱정하고 있는 판에……

이거 보게, 지하에 숨었다 한들 밥을 안 먹겠나, 옷을 안 입겠

나. 이미 공공연한 암시장이 형성됐네.

글쎄 저는 아직……

부장은 손톱으로 탁자를 톡톡 두드렸다. 답답하다는 뜻이었다.

세상이 바뀌었네. 이제는 감염자의 세상이란 말일세. 이미 긁어주는 기계, 씻겨주는 기계, 만져주는 기계가 시판됐네. 앞으로 얼마나 많은 상품들이 새로 나오겠나. 상상도 할 수 없지.

……

일부에서는 재앙이라고 하지만 이건 진화라네. 여자를 사귀는데 드는 시간과 비용과 감정의 낭비를 생각해봐. 우리는 오르가슴을 잃지는 않았어. 어쩌면 예전보다 훨씬 위생적이고 간편한 쾌락을 누리게 됐다고 생각하지 않는가?

그는 머리가 커졌다 작아졌다 하는 느낌이었다. 역시 출세는 아무나 하는 게 아니라는 생각이 들었다. 부장은 간단한 업무지시를 받고 돌아서는 그에게 한마디를 더 던졌다.

감염된 걸 다행으로 생각하게.

네?

지하인들이 얼마나 버티겠나. 그들이 돌아올 때쯤 자넨 부자가 돼 있을 거네. 쓸데없는 경쟁 없이 성공할 기회를 얻은 거지.

통과병이 발생한 지 육 개월이 지났다. 회사에서는 사무실의 크기를 대폭 줄였다. 제멋대로 겹쳐지고 포개진 채 일했지만 아무도 불평하지 않았다. 하지만 복도에서는 서로 적당히 피해 다녔다. 사람을 통과할 때의, 몸속이 텅 비어 있는 듯한 그 기분은 결코 유쾌하지 않았다.

부장의 말대로 증권시장은 활기 있게 돌아갔다. 휴게실에 마주 앉은 사람들은 너도나도 새로운 상품에 대해 얘기하느라 바빴다.

독일에서 여러 명이 겹쳐 탈 수 있는 소형 럭셔리카를 상용화했다며?

이미 출시했다던데? 연비도 환상이래.

일본 섹스머신이 대박이지.

리얼돌?

섹스 전용 인공지능 휴머노이드. 수준이 다르죠. 자유자재로 움직이고, 말도 하고, 심지어는 오럴도 된대요.

물론 여성용도 있겠죠?

그럼 뭐해. 집 한 채 값이라는데.

그는 생각 없이 끼어들었다.

미국에서는 정상인만 골라 죽이는 나노미사일을 개발중이랍니다.

대화가 뚝 끊겼다. 사람들은 종이컵을 차례대로 버리고 사무실로 되돌아갔다. 예전보다 더 열심히 일했다. 살 게 많아졌으니 당연한 일이었다.

너무 바빠 아내 얼굴 보기도 힘들었다. 복귀한 지 세 달 만에 애인의 초대를 받고서야 저녁식사를 함께할 수 있었다. 예전에는 꿈도 못 꾸던 고급 프랑스 레스토랑이었다.

뻥 안 치고 손님이 몇백 미터씩 줄을 서요. 이젠 매춘이 안 되니깐 보기라도 해야 된다 이거지. 진짜 만지는 것처럼 보디라인 따라가면 남자들 완전 뿅 가. 수용소에서 쇼 했던 경험이 완전 소중하다니까요.

나도 환자들한테 치여 죽을 지경이야. 너도나도 인공수정하겠다고 몰려들거든. 심지어는 세쌍둥이를 주문하는 사람도 있어. 아무래도 병원을 확장해야 할 것 같아.

미국에서는……

아내와 애인은 그의 말을 들어보지도 않았다.

마사지방 가보셨어요?

아니, 그게 뭔데?

남자 두 명이 온갖 기구로 마사지를 해주는데…… 아, 남자들은 절대 그 섬세한 느낌 모를 거예요.

애인은 그가 앞에 있는데도 스스럼없이 말했다. 아내와 애인이 이야기꽃을 피우는 동안, 그는 혼자서 창밖 멀리 보이는 동영상 광고판을 보고 있었다. 새로 만든 공익광고가 나오고 있었다.

이젠 집이 안 좁아요.(단칸방에 다섯이 사는 가족의 소년가장)

만원 버스, 만원 지하철이 없어져서 행복합니다.(평범한 회사원)

매춘과 성범죄가 사라진 안전한 세상에 살게 돼서 좋아요.(섹시한 여대생)

가정의 평화를 되찾았습니다.(매일 맞던 가정주부)

하지만 호황은 오래가지 않았다. 인공수정된 아이들이 태내에서 녹아버리는 현상이 속출했다. 세계보건기구는 부모 중 한 명만 감염자여도 아이는 태어날 수 없게 된다고 공식 발표했다. 선천성 존재결핍증이라나 뭐라나.

그와 아내는 수많은 다른 사람들과 마찬가지로 실직하여 집 안에 틀어박혔다.

*

일 년이 지났다. 매일매일이 고즈넉했다. 그가 가끔 알 수 없는 말로 중얼거리고, 아내가 간혹 아무것이나 마구 집어던지는 일만 빼면. 깊은 동굴 속의 안개처럼 그들은 그저 집 안에 괴어 있었다. 한참 동안 앉아 있다보면 이미 죽어 귀신으로 화한 것 같았다. 존재를 확인시켜주는 것은 지난 십 년 동안 사모은, 지금은 대부분 쓸모없게 된 수많은 물건들뿐이었다.

물건들의 감촉조차 현실감이 없어져 그들이 자신을 가구나 전자제품의 일종쯤으로 착각할 때쯤 애인이 집을 방문했다. 커다란 남자 성기 모양의, 생전 처음 보는 물건을 가지고 왔다.

이게 뭐야?

그가 조금 당황하며 물었다.

개발중이라는 콘돔이야. 아직 시제품인데 개발자가 내 광팬이거든.

애인은 아내가 보는 앞에서 스스럼없이 그의 바지를 벗겼다. 페티시쇼를 펼쳐 그를 흥분시킨 다음 성기에 팔뚝만한 콘돔을 끼웠다.

통과하지 않게 두껍게 만들었어. 대신 바깥의 자극을 구십구 점 구 퍼센트 전달할 수 있는 신소재를 사용했대. 어때? 좋아?

애인이 콘돔 표면에 살짝 손을 댔다. 신기하게도 직접 만지는 것처럼 느낌이 왔다. 혓바닥으로 핥자 녹슨 신경들이 마른 낙엽에 불붙듯 일어났다.

하지만…… 이게 들어갔다가는…… 여자 거기가……

그는 터져나오는 신음을 가까스로 참았다. 침묵하던 아내가 갑자기 입을 크게 벌렸다.

여자 거기가 꼭 작아야 한다는 편견을 버려.

애인이 설핏 웃었다.

바로 그거예요. 동업하자고 찾아왔어요.

두 여자는 손을 잡고 '견우와 직녀사'를 설립했다. 성상담, 페티시 교육, 산부인과 진료 및 수술, 성기구 판매 등의 서비스를 한꺼번에 제공하는 신개념 클리닉이었다. 두 여자의 예상은 적중했다. 초대형 콘돔은 센세이션을 일으켰고, 산부인과는 그곳을 확장하려는 여자들로 제2의 부흥기를 맞았다. 인류의 위기가 그들에게는 기회였다.

신흥 사업을 선도한 대가로 그들은 짧은 기간에 큰돈을 모았다. 일 년 만에 커다란 저택을 사들였다. '견우와 직녀사'의 서비스는 필요 없었다. 일제 섹스머신을 구입했기 때문이었다. 아내는 성기에 칼을 대는 여성들을 경멸했다.

그와 아내와 애인은 각자의 방에서 각자의 파트너를 품고 잠들었다. 정교한 휴머노이드였다. 말솜씨는 초딩 수준이었지만 그건 사람보다 잘했다. 무엇보다 선택의 폭이 다양했다.

어느 날 그는 고딩 숫처녀 강간 모드로 놀다가 장난기가 발동했다. 필사적으로 저항하던 그녀의 입에서 슬슬 교성이 흘러나올 때쯤 성기를 빼버리고 물러앉았다.

자, 이제 어쩔래? 더 안아달라고 애원할래?

놀랍게도 그녀는 침대에 엎드려 몸을 가렸다. 이불을 덮어쓰더니 서럽게 울기 시작했다. 그 행동은 너무나도 사람 같았으므로 그는 자신도 모르게 말했다.

너도 사실은 이렇게 살고 싶지 않은 거지?

......

사람들이 너를 존중해줬으면 하는 거지?

......

그는 가늘게 떨리는 여자애의 등에 가만히 손을 댔다.

미안. 앞으로 강간은 안 할게.

그녀는 더 서럽게 울었다. 그는 손조차 떼고 간절한 목소리로
물었다.

마, 말해봐. 어떻게 하면 마음이 풀리겠니?

그러자 그녀가 거짓말처럼 울음을 뚝 그치며 말했다.

대기 시간이 길어져, 절전 모드로 돌입합니다.

순간 그의 마음속 전원도 꺼진 것 같았다. 그는 무릎 사이에
얼굴을 파묻고 한참 동안 꼼짝하지 않았다.

섹스는 감히 바라지도 않았다. 오직 누군가의 포옹이 절실했
다. 내가 살아 있음을 느끼게 해줄 수 있는, 타인의 살아 있는
살. 그것만 얻을 수 있다면 영혼이라도 내다팔 수 있을 것 같은
심정이었다.

이토록 많은 것을 얻고도 행복하지 않다니. 그는 하수구에 살
고 있다는 정상인들에게 살의를 느끼고 선뜩해졌다.

    일부 시민들이 무장했다. 처음에는 '반정부군'이었지만 점차 폭력집단이 되어갔다. 그들은 정상인을 찾아내어 죽이는 걸 업으로 삼았다. 그런 다음 오랫동안 살갗이 벗겨지도록 시간(屍姦)했다. 남자는 물론 노인과 아이까지도 예외가 아니었다.

    그와 아내와 애인은 언제 습격당할지 모르는 부실한 은행에 최고가의 보물을 맡겨놓은 듯한 심정이었다. 자신들에게 유일하게 하나 남은 감염되지 않은 살. 그들의 딸을 더러운 사냥개들에게 던져줄 수는 절대로 없었다.
    백방으로 알아봤는데 소용없어. 대통령도 안 된대.
    개새끼들. 제대로 보호도 못 하면서.
    그러게. 이것들이 '견우와 직녀사'를 뭘로 보고.
    납치할까요?
    총 맞고 싶어? 우리가 가진 걸 다 잃을지도 몰라.
    TV가 켜졌다. 정규군과 폭도 들이 초등학생들을 사이에 두고 전투를 벌이고 있었다. 뉴스는 학살의 현장을 지나치게 생생하게 보도하고 있었다. 그는 어린 여자애를 총검으로 살해하는 전(前) 부장의 얼굴을 똑똑히 보았다.
    주위에는 죄다 감염자뿐이었다. 사람을 사려 해도 믿을 수가 없었다. 직접 하는 수밖에 없었다. 아내가 팀장을 맡았다.

일단 폭도들 틈에 섞이는 거야.

왜?

딸애의 학교를 습격할 때까지 기다렸다가 함께 공격하는 척 딸애만 구출해야지.

하지만 그러다가⋯⋯

더 좋은 생각 있음 말해봐.

반론은 없었다. 암시장에서 예비군복과 총을 구입했다. 한 달 동안 전직 군인에게서 특수훈련을 받았다. 학교 주변과 내부구조가 정확히 그려진 지도도 한 장 구했다.

모두 준비됐지?

그럼요. 공간이동!

나는 용이다!

글쎄 나는⋯⋯

아자아자.

그의 반응은 아랑곳없이 애인과 아내는 겹쳐지지도 않는 손을 모았다. 그때 유령처럼 나타난 딸애가 물었다.

뭐 해?

아이구 깜짝이야. 너 언제 왔니?

엄마 아빠가 이럴 줄 알고 미리 탈출했지. 나 예쁘지?

세 사람은 딸이 너무 예쁜 나머지 동시에 달려들었다. 그리고,

철퍽 철퍽 철퍽, 하는 소리와 함께 각자 바닥에 엎어졌다.

얼결에 딸은 뒤로 넘어졌으니, 윷놀이로 말하면 '도', 아니 '백도'였다.

대체, 대체 누가 이랬어?

제일 먼저 정신을 차린 아내가 물었다.

내가 선택한 거야.

뭘?

당근빠따 남자지.

그들은 일제히 딸의 뺨을 후려쳤으나 당근빠따 헛방이었다. 때릴 수만 없는 게 아니라 말발도 딸렸다.

변태들한테 잡히면 죽어. 엄마는 내가 죽는 게 좋아, 감염되는 게 좋아?

감염 안 되고 살아 있는 게 좋아.

감염 안 되면 죽는다니까. 한국말 몰라?

그래서 양아치 새끼랑 뒹굴었니?

양아치 아니지롱. 알면 깜짝 놀랄걸?

딸이 가방 속에서 커다란 사진 한 장을 꺼냈다. 남자애가 다섯 명이나 되었다. 애인이 갑자기 손뼉을 치며 호들갑을 떨었다.

어머! 너 걔들이랑 잤어? 몰라요? 요즘 최고 인기 아이돌 스타잖아.

딸은 매우 자랑스럽다는 표정을 지었다.

그럼요. 완전 황홀했어요.

어떻게 만났는데?

인터넷으로 만났죠. 오빠들이 오토바이를 몰고 와서 나를 구출해냈어요. 난 수십만분의 일의 경쟁률을 뚫고 선택됐다고요!

아내와 애인은 말없이 옷을 갈아입고 출근했다. 그는 프라이팬을 들고 딸을 쫓아다니다가 도저히 잡을 수가 없자 아내의 휴머노이드를 아이돌 스타 모드로 설정한 다음 흠씬 두들겨 팼다. 그리고 인터넷 바다에 뛰어들어 고가로 매매되고 있다는 정상인들을 물색하기 시작했다. 하지만 그들은 너무 비쌌다. 그는 순간의 쾌락에 재산의 절반을 날리고 싶지는 않았다.

*

세계 각지의 '시설'에 나노미사일이 떨어졌다. 펜타곤은 이번 공격이 자신들의 기술을 은밀하게 입수한 국제적인 테러리스트의 소행이라고 발표했다. 반정부군이 어부지리로 권력을 장악했다. 그러나 곧 예전과 크게 다를 바 없는 정부가 꾸려졌다. 감염자가 정상인의 자리를 대체했을 뿐.

살아남은 지하인들은 이차 폭격을 두려워하여 대부분 스스로 감염의 길을 택했다. 정상인들의 씨가 말랐다. 이제는 사람을 통과하는 개, 고양이, 심지어는 비둘기까지 있었다.

인간은 왜 살지?

핸드피시로 주가를 확인하며 그가 물었다. 러닝머신 위를 열심히 달리고 있던 아내가 받았다.

상황이 이럴수록, 하, 하, 열심히 살아야지, 하, 하.

어차피 멸종할 텐데?

게임에 열중해 있던 딸이 한심하다는 듯 말했다.

아빠는 미국에서 치료제 개발하고 있다는 말도 못 들었어?

어느 세월에?

공들여 페디큐어를 칠하고 있던 애인까지 합세했다.

이미 동물실험 성공했거든요?

벌써? 어떻게 그렇게 빨리?

러닝머신에서 내려온 아내가 심각한 표정을 하고 그와 마주 앉았다.

잘 들어. 치료제는 굉장히 비쌀 거래. 우리는 돈을 많이 모아야 해. 이제는 돈이 생명이고, 역사거든. 돈이 없으면 나도, 내 DNA도 완전히 사라지는 거야.

그는 멍청한 표정으로 물었다.

당신 애 또 낳을 거야?

딸 생각은 안 하니? 손자는 안아보고 죽어야 할 거 아냐, 이 멍충아.

멍충이는 진지해졌다. 통과병 이후의 삶은 해결책 없는 양자택일이었다는 생각이 들었다. 정상인으로 땅속을 택할 것인가, 감염자로 빛 속에 남을 것인가. 스스로 감염될 것인가, 죽음의 공포에 시달릴 것인가. 이제는 급기야 악착같이 벌어서 씨를 남길 것인가, 아니면 지금 당장 굶어 죽을 것인가. 신은 그에게 묻고 있었다. 나쁠래, 아니면 더 나쁠래?

*

주가는 생각보다 더 빨리 사상 최하를 기록했다. '견우와 직녀사' 역시 구멍 뚫린 기구처럼 추락하고 있었다. 수술받을 사람은 거의 다 받아서 환자가 없었다. 매춘도 부활했다. 사람을 팔 때보다 훨씬 비싸진 로봇 매춘이었다.

아내와 애인은 그토록 아끼던 파트너 중 하나를 내다팔았다. 저택도 내놓고 예전의 작은 아파트로 되돌아왔다. 아내는 다시 고딩들을 상대하게 되었다. 가끔이기는 했지만 신분상승을 이룩한 여성들의 예쁜이수술이 짭짤했다.

애인은 남성용 마사지방을 열었다. 로봇 매춘은 엄두도 못 내는 서민들이 자주 찾았다. 게임방도 함께 운영했는데 기구를 컴퓨터에 접속해 상대방의 움직임을 그대로 전송받을 수 있는 섹스게임이 인기 있었다.

그는, 그로 말할 것 같으면 인간이 신과 장기를 두고 있다는 생각에 깊이 빠졌다. 장군. 장고 끝에 멍군. 그래 봤자 곧바로 다시 장군. 짓궂기 짝이 없는 신은 언제나 그에게 이렇게 물었다. 나쁠래, 아니면 더 나쁠래?

그는 책을 읽기 시작했다. 출근하는 두 여자와 학교에 가는 딸의 뒤치다꺼리가 끝나고 나면 곧바로 도서관에 갔다. 책들은 TV가 보여주지 않는 수많은 사실들을 웅변하고 있었다. 좁은 공간에 수십 명의 아이들을 몰아넣고 발암물질과 중금속을 다루게 하는 진일보한 아동착취와, 인간에게 인공성기를 이식해 하루에 수십 명씩 상대하게 하는 저렴한 성매매, 가축을 통과병에 감염시켜 겹치기로 사육하는 보다 효율적인 동물학대에 대해서……

하지만,

아무도 신경쓰지 않았다. 사람들은 오히려 더 열심히 일했다. 치료제를 위해서, DNA를 위해서, 생명과 역사와 그리고 인류의 재건을 위해서,

만세. 萬世. 萬歲.

보름달이 뜬 어느 밤, 그리하여 그는 영원히 절전 모드에 돌입하기로 결심했다. 딸과 작별하는 건 의외로 어렵지 않았다. 꼭 치료받아 좋은 세상을 살아가기를. 하지만 안방에 들어가 아내와 애인을 보았을 때는 기분이 이상했다. 두 명의 여자는 공동 소유의 휴머노이드를 사이좋게 나눠 안고 잠들었다. 그들의 손이 닿아 있는 휴머노이드는 계속해서 숨을 쉬며 조금씩 움직이고 있었다. 단꿈에 빠진 소년처럼 미소까지 머금은 채.

막 돌아서려는데 잠버릇이 험한 애인이 크게 뒤척였다. 휴머

노이드를 타고 넘더니 아내와 하나로 겹쳐졌다. 그는 이웃의 여자를 탐하듯 조심스럽게 손을 가져가 댔다. 기적처럼, 두 여자의 합체된 몸이 만져졌다.

그는 최면에 빠지듯 그들의 구멍 속으로 빨려들어갔다. 동시에 새나오는 불협화음의 신음소리. 두 개의 몸통과 네 개의 다리를 가진 이란성 샴쌍둥이. 낡은 성기에 꿰인 채 두 폭의 춘화는 부챗살처럼 펼쳐졌다 합쳐지기를 반복했고, 액체인 듯 고체인 듯, 잡힐 듯 놓칠 듯 감겨오는 그들의 살갗 위에서는 구속도 자유도, 전쟁도 평화도, 삶도 죽음도 희미해졌다. 짙은 안개는 촉촉해지고, 가슴속의 어둠은 풍만해졌다. 숯불처럼 선명해진 욕망 속에서 그는 아내도 애인도 모두 잊었다. 오직 저 밑에서 점차 뭉긋하게 차오르고 있는 살덩이만이 지금의 그에게는 구체적이었다.

다음날, 자신의 방 침대에서 혼자 잠에서 깬 그는 잠시 울었다. 간밤의 일이 꿈인지 현실인지 구분할 수 없어서가 아니었다. 새삼스럽게 치료받고 싶다는 욕심이 생긴 것도 아니었다.

다만, 그는 살고 싶었다.

*

삼 년이 지났다. 치료제는 개발되지 않았다. 하지만 그들은 희망을 버리지 않았다. 가세는 점점 기울어가고 있었지만 언젠가는 반드시 개발될 치료제를 사기 위해 그 어느 때보다도 열심히 일했다.

그의 가족은 여느 날과 다름없이 아침 일곱시부터 식탁에 마주 앉았다. 묵묵히 밥을 먹으며 어떻게 하면 돈을 모을 수 있을까 고민하고 있는데 최근 사춘기에 접어든 딸이 철없는 소리를 했다.

엄마, 나도 휴머노이드 사줘.

뭐?

다 있는데 나만 없잖아.

중딩이 까불고 있다.

뭐 어때? 어차피 아다도 아닌데.

죽을래?

그럼 같이 쓰자. 울 오빠 모드 입력해서 응?

그때 TV가 번쩍 켜졌다.

쟨 왜 만날 아무 때나 켜지고 지랄이야?

그는 짐짓 밥풀까지 튀기며 화를 냈다. 그러거나 말거나. 전 채널은 다시 뉴스 특보였다.

아프리카의 밀림에서 신생아가 탄생해 세계의 이목이 집중되고 있습니다. 이 아이의 DNA는 통과병에 내성을 갖고 있어,

이 아이의 정자를 받을 경우 2세는 정상인으로 태어나게……

다음날에도, 또 그 다음날에도 딸은 휴머노이드를 사달라고
졸랐고, 그때마다 TV가 켜졌고, 그때마다 또 한 명의 신생아가
탄생했다. 다음날은 극지방과 고비사막에서, 또 그 다음날은 아
마존의 밀림과 티베트의 고산지대에서……

뭐야. 그럼 치료제 개발 안 해도 인류는 멸종 안 한단 말이잖
아?

쟤네들 정자 난자를 배양하겠지. 잘하면 또 바빠지겠군.

그런 것도 가능해요?

어디 있다 이제 나왔을까?

그러게, 도시는 없고 왜 죄다 오지일까요?

딸의 입을 틀어막기 위해 그들은 저마다 한마디씩 했지만 진
짜 궁금한 건 이거 하나였다.

쟤네들은 평생 몇번이나 할까? 과연 나한테도 기회가 올까?

다람쥐 죽이기

여자는 배시시 웃고 있는 것 같았다. 모호한 형체의 얼룩 속에서도 하얀 이가 반짝 빛났다. 나는 어둠 속을 들여다보고 있는데도 눈이 부셨다.

씨벌. 또 안 선다. 술만 깨면 이 지랄이다.

여자애의 젖가슴은 만질수록 쫀득쫀득했다. 담배 한 대를 피워물고, 뭐 해 이년아, 빨리 빨아, 하려다 그만두었다. 오랜만에 안아본 핏덩이였다. 어차피 공짜인 거, 열 번이고 스무 번이고 좆에 물집 잡히도록 먹어주고 싶었다. 하지만 후우— 빨아도 안 서면? 그건 정말이지 개망신이었다.

이십대 후반쯤 되었을까. 한창 나이에 이런 촌구석까지 밀려온 걸 보면 이년 팔자도 똥이다. 그래도 젊은 게 좋긴 좋다. 술에 절 대로 절었을 년이 피부 하난 고왔다. 자는 건지, 자는 척하는 건지 알 수 없는 여자애의 광대뼈 즈음에는 까만 점 하나가 있었다. 앙증맞기도 하고, 팔자에 맞게 천해 보이기도 하고, 어쨌거나 허벌나게 섹시했다. 깊숙이 빨아들였던 연기를 점 위에 뿌려보았다. 아 진짜 씨바, 여자애가 미간을 찌푸리며 얼굴을 베개 속에 파묻었다. 어쭈, 씨 뭐? 하고 묻자 여자애는 금세 쫄 았다. 이불 속을 더듬어 탱탱한 엉덩이에 손을 얹어보았다. 조금 반항하는가 싶더니 이내 몸을 조금씩 떨었다. 오호라 이년 봐라, 그새 나한테 길들여졌다 이거지야? 하지만 나는 달건이. 달건이 는 아무리 미련이 남아도 맺고 끊을 줄을 알아야 했다.

옷을 걸쳐입고 막 나가려던 찰나, 여자애가 이불을 몸에 감고 일어나 옷소매를 붙잡았다. 한 번 더 하자는 거지야? 싫었는데 엉뚱한 소리였다.

"정말 제가 말했다고 하면 안 돼요. 네?"

확 짜증이 났지만 여자애의 애원하는 눈빛이 귀여워서 봐줬 다. 대답 대신 슷— 소리를 내주었다. 여자애가 어깨를 움칫, 했 다. 겨드랑이에 껴 있었던 이불이 한 뼘쯤 내려오며 벌씸거렸다. 반달처럼 드러난 젖가슴을 적당히 주물러준 다음 조용히 말했 다. 다시 올 테니까 젖퉁 간수 잘 허고 있어라.

여관 밖은 햇살이 눈부시게 밝았다. 나는 눈살을 찌푸렸다. 얼 마 전부터 낮이 되면 눈이 흐려졌다. 특히 정면으로 날아오는 빛을 받으면 맥을 못 췄다.

햇빛 때문인지, 숙취 때문인지, 걸음이 흔들렸다. 그러나 나, 달건이는 손으로 햇빛을 가리는 행동 따위는 하지 않는다. 추울 수록 어깨를 펴고 천천히 걸었다. 사장은 오늘까지랬지만 서두 를 필요는 없었다. 몇 시간이면 충분히 끝날 일이었다. 우선은

44

해장부터 할 생각이었다.

남해와 맞닿아 있는 이 작은 마을에 온 것은 어제 오후였다. 여러 사람 돈을 떼먹고 달아난 껌치 녀석을 붙잡기 위해서였다. 사기야 만날 치던 놈이니까 특별히 문제 될 건 없었다. 근데 하필이면 사장님 돈을 건드린 게 화근이었다.

껌치는 아직 그 사실을 모르고 있을 거였다. 어떤 건설업자를 사기쳤는데 하필이면 그놈이 사장님 돈을 왕창 쓰고 있는 놈이었다. 한마디로 재수가 더럽게 없었다. 설상가상으로 건설업자는 며칠 전 제 손으로 뒤져버리고, 부인이란 년은 장례 치르기도 전에 빚 안 갚으려고 상속포기각서부터 썼고…… 그런다고 못 받아낼 우리가 아니지만 존경스러운 사장님께서는 역시 현명한 판단을 내리셨다. 그년한테는 물론 받아내고, 그 양아치 새끼한테도 받아와.

회사에서는 껌치의 소재를 금방 파악했다. 바보 같은 놈이 은행거래를 했기 때문이었다. 사장님께서는 큰손들이랑 연이 닿아서 별별 것을 다 아셨다. 특히 연예계에 대해선 박사였다. 예를 들어 김 모가 홍콩 모 호텔에서 카드 결제를 했다 치자. 그런데 다음날 아침 이 모가 공교롭게도 그 호텔에서 카드를 썼다, 비슷한 일이 몇 번 더 일어난다. 이러면 둘이 빠구리치는 사이, 이렇게 딱 걸린다 이거지야. 은행은 많은 것을 알고 있다. 그 은행과 손을 잡고 있는 금융계의 큰손들은 모든 것을 알고 있다. 근데 껌치 겨우 너 따위가 사장님의 포위망을 벗어날 수 있다고 생각했단 말이냐.

 일단 거래된 지역을 확인하면 그뒤부턴 쉬웠다. 껌치 같은 양아들은 하루도 가만있질 못했다. 술집, 하우스, 티켓다방 등등을 뒤져 껌치가 단골로 찾는다는 빠순이를 찾아내는 데는 채 세 시간이 걸리지 않았다. 그런데 이년 입이 솔찮이 두꺼웠다. 껌치가 입단속을 단단히 시켜놓은 게 틀림없었다. 그 새끼, 멀쩡한 잔 깨고, 야매로 한 싸구려 문신 뵈주고, 배때기 수술자국이나 보여주면서 고함치고, 온갖 지랄염병을 떨었겠지. 밖에서는 좆나 얻어터지면서 매일 밤 지 마누라나 두들겨 패는 놈이 오죽하겠냐. 그러니까 니가 그 나이 먹도록 껌이란 소리를 듣는 거다. 하찮고, 귀찮고, 여기저기 씹혀서 아주 더럽단 뜻이지.

 나, 달건이는 별거 안 했다. 껌치 사진 보여주고, 아는 놈이냐고 물어보고, 모른다고 잡아떼는 여자애를 지그시 쳐다보다가, 시기적절하게 딱 한마디 했을 뿐이었다. 니 서방은 잘 지내냐?

 사실 나는 그 지지배 애인이 누군지, 뭐 하는 놈인지 몰랐다. 그냥 관상을 보면 켕기는 게 있는지 없는지, 그게 돈인지 가족인지 애인인지 정도는 깜으로 때려맞힐 수 있다. 장사 하루 이틀 하나, 말도 끝나기 전에 여자애 얼굴의 점이 움씰거렸다. 여자애는 내 눈을 한참 동안 들여다보더니 쟁반 가득 술을 가져왔다. 팁 안 받을 테니까 술값만 내. 대신 우리 오빠 건드리면 나도 가만 안 있어. 목숨 걸고 경찰에 쑤실 거야.

 양아들은 만날 이빨만 까 의리 같은 건 좆도 없는 놈들이었다. 진짜 의리 있는 건 꼭 빠순이들이었다. 재밌는 건 의리 있는 빠순이치고 애인 없는 년 없고, 그런 년 애인치고 양아 아닌 놈이 없다는 거였다. 눈물나는 일이었다. 자신이 사랑하는 양아가 다칠까봐 또다른 양아한테 맞아 죽을 걸 각오한 년이라니. 그도 모자라 직업으로 하는 년이 뭐 하는지도 모르는 놈한테 공짜로 술 따라, 긴 밤으로 몸 대줘, 정말이지 코미디가 따로 없었다. 씹 주고 뺨 맞는다더니, 그러니까 네년 주위에 양아가 끊이질 않는 거다.

나로 말하자면 양아 딱지는 고조선 시절에 뗐다. 건달? 졸업한 지 오래였다. 나는 달건이다. 달건이가 뭐냐. 통달할 달, 건달 건. 한마디로 이 바닥에 정통한, 득도한 건달이란 뜻이다. 전문가는 오바 안 한다. 액션은 작게, 효과는 크게. 이것이 나, 달건 도사의 경영철학이었다.

조금 걷다보니 어젯밤 술을 마셨던 술집이 나왔다. 안쪽으로 색깔 있는 비닐을 발라놓은 유리창 위에, 펑퍼짐한 점퍼에 무릎 꺾인 코르덴 바지를 입은 중년 사내가 서 있는 게 비쳤다. 확실히 험상궂은 얼굴은 아니었다. 흉터가 있지도 않고, 눈매가 날카롭지도 않았다. 사실 눈 하나는 송아지 눈깔맹이로 숫하게 생겼다. 하지만 내가 봐도 이상한 얼굴이었다. 눈 양쪽이 짝짝이고 약간 사시인데다, 두꺼운 입술은 불알을 잘라 맞붙여놓은 것처럼 쭈글쭈글하고, 머리는 채 썰다 만 감자처럼 뒤통수가 납작했다. 일부러 사람들을 겁준 적은 없었다. 가만히 있어도 사람들은 충분히 무서워했다. 그래도 이 얼굴 때문에 먹고사니 다행이다. 때깔 좋게 태어났으면 이 짓도 못 했다.

다시 터덜터덜 걷다가 술집을 돌아보았다. 어쩐지 그 지지배가 누구랑 닮은 듯해서였다. 아주 오래된 얼굴이 새삼스레 떠올랐다. 아 그래 그 점, 그러고 보니 어린 시절의 예나 누우랑 똑같다.

예나 누우는 점도 점이지만 가슴이 정말 컸다. 어머니 가게에 있던 일 년 동안은 그 거리에서 제일 빵빵한 누나였다. 누나는 당시 초등학교 오학년생이었던 나, 재복이를 좋아했다. 자주 그 커다란 품으로 안아줘서 나도 좋았다. 씨벌년, 애정 표현도 정도껏이지 그 거대한 젖퉁을 다 큰 사내 얼굴에 대고 비빌 건 뭐람.

"가게 오정 말랑께, 이제는 신청도 안 허냐, 쎄가 나개 뚜두라 맞고 자운갑재."

"집에 아부지 계셔 숙제 못 헌당께로."

혀가 빠지게 때리겠다는 어머니의 위협도 들은 척 만 척, 나는 가게에서 하루 종일 지내다시피 했다. 말만 험하게 했다 뿐이지, 어머니도 나를 애써 내쫓지 않았다. 뚜두라 패서 사람노리 헐 양이면 하리 내 패지, 하고는 말았다. 집에 있어봤자 아버지한테 잘못 걸려 괜히 얻어터질 일밖에 없었으니까. 덕분에 나는 매일같이 예나 누우가 자는 쪽방에서 숙제도 하고 그림도 그리고 그랬다. 주목적은 가슴 훔쳐보기, 물건 뒤지기 등등이었지만. 생리대나 콘돔 따위를 훔쳐내 친구들에게 팔아먹는 재미도 쏠쏠했다.

거리로 나서면 지저분한 이차선 도로 양쪽에 포플라마치가 모여 있고, 사이사이로 참새구이집이며 국숫집 따위가 별책부록처럼 끼어들어가 있었다. 밤에는 갈보들의 싸구려 향수와, 쏟아지고 엎어지고 흘러넘친 시큼한 술 냄새, 먹고 싶어서 미치고 지긋지긋해서 또 미치는 참새 굽는 향이 국수 삶는 냄새와 함께 한꺼번에 콧속으로 밀려들어와, 텅 빈 뱃속을 날짝지근하게 훑아대곤 했다.

그곳은 내 고향이었다. 그러니까 나, 달건은 서울놈이다. 부모님의 영향을 받아 사투리도 알지마는, 하나같이 촌놈이던 그곳 사람들과 달리, 재복이만큼은 어릴 때부터 표준말 배운 서울 토박이였다, 이 말씀이다.

아니다. 한 사람 더 있었다. 분명 표준말이었지만, 사투리보다 더 사투리 같은 말을 하던 사내. 사람들은 그를 '게다짝'이라고 불렀다.

게다짝은 그 거리에는 전혀 어울리지 않는 일본식 정종집의 주인이었다. 그 가게는 아침 열한시에 정확히 개시하고 밤 열한시쯤이 되면 네 짝의 함석 빈지가 끼워져 굳게 닫혔다. 부지런 떠는 것도 유별났지만 그는 그 거리의 다른 사내들과는 하나부터 열까지 달랐다. 쪽팔리게 사람들 다 보는 앞에서 기모노 가운을 입고 열심히 요리를 하고, 깡패는 그렇다 쳐도 갈보들에게까지 굽실거리는 남자 어른이라니. 그 집에서 풍겨나오는 묽은 된장국 냄새와 달콤한 튀김 냄새만 맡으면 속이 간질간질해

지곤 했다.

그에게 게다짝이라는 별명을 붙인 건 깡패들이었다. 깡패들은 매일같이 그 집에 가서 공짜로 술을 마시며 그를 괴롭혔다. 갈보들도 덩달아 게다짝만 보면, "아저씨는 왜 우리집에 안 와요? 그거 빨아주는 물고기가 있다던데, 정말이에요?" 수작부리며 깔깔거렸다. 어느 날 나는 그에게 물었다. "아저씨는 왜 발음이 달라요? 정말 쪽발이예요?" 아저씨는 환하게 웃으며 대답했다. "예저네 이를 자못 뽀바서 그래애, 그때부터 혀가 잘 앙 도라가."

하지만 그 거리에 들어온 지 몇 달이 지나자 게다짝도 그 거리의 다른 남자들을 닮아가기 시작했다. 매일 밤 깡패들과 갈보들이 따라주는 술을 받아먹기 시작하면서부터였다. 변한 뒤에도 그는 여전히 규칙적이었다. 더도 말고 덜도 말고 딱 열한시 반이 되면 그는 양 허리춤에 다섯 개씩, 꼭 열 개의 사시미칼을 차고 나와서는 사방에 대고 고래고래 소리질렀다. 이 씨바 새끼드, 다 주거서, 다 덤버, 이 개새기드아.

깡패들은 딱 하루만 인상 썼다. 누나들도 일주일쯤 지나자 무덤덤해졌다. 칼을 열 자루나 차고서 설치는데, 다들 아무 일 없다는 듯 히죽거렸던 것이다. 아무도 그를 건드리거나 대거리하지 않았다. 가끔 국숫집 할매가 나와 "어이구, 또 저 지랄이네, 찌를 것도 아니믄서 매일 동네 시끄럽게 저 지랄이여" 할 뿐이었다.

어느 날이었다. 조금 늦게, 거의 통금 직전 게다짝이 칼을 차고 나왔다. 어른들이, 어디가 아픈 모양이다, 무슨 일이 생겼나,

혹시 깡패들 구박을 못 견뎌 홧김에 일냈나, 하나둘씩 궁금해하던 무렵이었다. 국숫집 할매도 가게 문을 닫으며 힐끗힐끗 게다짝네를 훔쳐보았는데 드디어 그가 나와 야 이 씨바 다 덤벼, 를 외치자, 와아~ 길거리에 한바탕 웃음이 번졌다. 그때 지나가던 취객 하나가, 이 새끼는 뭐야, 하면서 들고 있던 우산으로 그를 때리는 시늉을 했다. 시늉만 했다. 그런데 서걱, 하는 낯선 소리가 들렸다. 길지도 짧지도 않게, 마치 나뭇가지 긁히는 소리처럼, 그냥 서걱.

예나 누우가 내 얼굴을 품속에 돌려 안았지만 나는 곁눈질로 다 보았다. 취객은 배에 칼자루를 매단 채 아무렇지도 않게 이쪽으로 걸어오고 있었다. 얼굴에 약간 미소가 맺혀 있는 듯도 싶었다. 나는 몰캉몰캉한 예나 누우의 가슴을 머리 전체로 느끼며, 저 사람은 불사조야, 그런데 오늘 처음 알았나봐, 그래서 집에 가서 마누라한테, 여보, 나 오늘 사시미칼을 맞았는데 아무렇지도 않은 거 있지, 하고 자랑하려나봐, 생각하고 있었는데 털썩, 우산 든 사내가 쓰러져버렸다.

피우던 담배를 가운뎃손가락으로 탁 튕겼다. 꽁초는 전봇대를 정확히 맞추고 바닥에 떨어졌다. 시벌, 벌써 늙으려나. 좆같은 것이, 요즘 들어 부쩍 옛날 생각이 났다. 오늘처럼 출장이라도 오게 되면 더 심했다. 건달은 단순할수록 좋다. 머리가 복잡하면 다친다.

스포츠로 깎은 머리를 앞뒤로 쓸어보았다. 주위를 둘러보니 어이없었다. 왜 이런 데서 어릴 때 생각이 났을까. 남해 목공소, 영희네 구멍가게, 가새집 미용실, 싸구려 옷집과 문방구 등등이 띄엄띄엄 있었다. 이차선 도로가 있는 행길 가라는 것만 같을 뿐, 사는 데 필요한 것들이 꼭 하나씩만, 그것도 주택과 건물 사이로 드문드문 있는, 삼십여 년 전 서울 뒷골목보다도 못한 촌 동네였다.

조금 걷다보니 식당이 몇 개 모여 있었다. 맘 같아선 토종닭을 먹고 싶었지만 돈이 없었다. 어젯밤 공짜로 자주겠다는 말에 기분이다, 싶어 술값을 내버린 것이다. 그냥 싸구려 해장국집에 들어섰다. 겁나게 늙은 할머니가 주인이었다. 할매, 국빱에 닭알 하나 팍 여주소. 자리에 앉자마자 나도 모르게 사투리로 지껄이고 할머니를 향해 최대한 착한 표정을 지어 보였다. 일할 때 남의 눈에 띄는 것은 절대 금물이었다.

다행히 할머니는 TV만 열심히 쳐다보았다. 할매, 아 국빱 안 주요? 한 번 더 얘기하자 얼굴도 보는 둥 마는 둥 주방으로 들어가버렸다. 머가 저래 재미지나. 궁금해서 TV를 쳐다보았더니 뉴스였다. 북한 핵이 어쩌고저쩌고 씨알머리도 안 먹히는 소리들 뿐이었다. 이런 답답한 빨갱이 촌놈들, 조폭으로 따지자면 미국이란 나라가 전국군데, 느네들이 칼자루 몇 개 달랑 찬다고 이길 수 있을 성싶으냐. 나는 나도 모르게 <u>흐흐흐</u> 웃어버렸다.

웃는 게 이상했는지 아저씨 두 명이 나를 힐끔힐끔 쳐다보았다. 나는 그들에게 또 한번 활짝, 웃어주었다. 할머니는 소라젓,

김치, 국밥을 아무렇게나 내준 다음 밖으로 나가버렸다. 또다른 할머니와 무슨 얘긴가를 열심히 하는데 이쪽을 심드렁하게 쳐다보는 걸로 봐서 내 얘기는 아닌 것 같았다. 노친네들도 참 모를 족속이었다. 오늘내일하는 늙은이가 TV와 잡담으로 시간 때우기에는 세월이 아깝지 않소? 내가 혀를 끌끌 차는 동안 뉴스는 끝나고 광고가 시작되었다. 직업은 못 속인다고. 고개 숙여 국밥만 먹다가도 노란 전화기들이 떼지어 행군하며, 무이자! 무이자! 무이자! 를 외치는 광고에는 이상스럽게 눈길이 쏠렸다. 시벌, 세상 좋아졌다. 이제는 사채도 광고를 때린다! 사장님 말씀에 의하면 저놈들 돈줄이 쪽발이라고 했다. 줄지어 선 전화기를 볼 때마다 한산도 앞바다에서 새까맣게 몰려오는 왜선들을 바라보던 이순신 장군 맘이 어땠는지를 알 것 같다고도 했다. 그럴듯하게 이빨 잘 까는 거 보면, 새에끼들 똑똑하긴 똑똑하다. 무이자? 맞다. 우리도 첫 달에는 수수료만 받는다. 담보? 필요 없다. 콩팥 두 짝만 온전하면 오케이. 무방문? 물론이지. 고객님들께서는 안 오셔도 된당께. 대신 한 달만 더 무이자 하시면 우리가 직접 찾아갑니다.

껌치가 은신해 있는 곳은 버스를 타고 이십 분쯤 이동해, 평야 하나를 건너, 다시 한 시간쯤 등산을 해야 하는 곳에 있었다. 재수가 없으려니까 버스 시간을 못 맞춰 사십 분이나 기다려야 했다. 버스는 먼지를 풀풀 날리며 휑하니 달아나버렸다. 눈앞에는 넓은 평야가 펼쳐져 있었다. 안개 낀 산맥은 멀찌감치 떨어져 있어 잘 보이지도 않았다.

택시를 타면 좋겠지만 돈이 없으니 걸어갈밖에. 씨벌놈들, 카드라도 하나 맞춰주지. 사장의 수석변호사, 사실상 회사의 부사장이나 다름없는 동창 녀석은 나에게 법인카드를 내주지 않았다. 그래, 나 신불자다. 나이 사십 넘어 승용차 한 대 없다. 승용차가 뭐냐, 중학생 꼬마들까지 다 갖고 있는 핸드폰 하나 없다.

아르바이트 삼아 뒤봐주고 있는 녀석들도 그깟 핸드폰 하나에 쩨쩨하게 굴었다. 개새끼들, 그 동안 내가 찾아다 준 돈이 얼만데. 수수료 삼십 퍼센트면 싼 거 아냐. 삥땅도 조금 쳤지만 법무사 새끼들처럼 반을 꺾진 않았다. 그뿐이냐. 니 돈 못 받아내면 나도 노 페이, 의리 있게 하지 않았나. 그런데도 녀석들은 돈을 받건 못 받건 착수금 수수료 다 받아 챙기는 법무사들한테 하나둘 넘어가고 있었다. 개네들은 합법이라는 거였다. 대학 나왔다는 좆만한 새끼들, 치사한 짓은 지네가 더 많이 하면서 합법은 뭔 놈의 합법.

사장님은 안 그러신다. 사장님 지론이 뭐냐. 이 바닥에선 신불이 곧 신용이다, 아니냐. 내가 은행계좌도 있고 대출도 가능하고 그래봐라. 언제 뒤통수치고 도망갈지 알 게 뭐냐. 덕분에 내가 현금 하난 지겹도록 만진다 이것들아. 우리집 뒷산에는 자그마치 칠백만원이나 되는 돈이 묻혀 있다 이 말이다.

새삼 떠오른 돈 생각에 콧노래를 흥얼거리며 걸었다. 일 년 정도만 더 고생하면 된다. 그러면 한 장을 채울 수 있다. 한 장만 채우면 이마담을 이사장인가 이영감탱인가, 그 빌어먹을 부동산 중개업자한테서 빼올 수 있다. 남자는 돈이 아니다. 남자는 좆이다. 처음엔 다들 싫다고 하지. 못생겨서 싫고, 무식해서 싫고, 그놈의 매넌가 씨방인가가 없다고 지랄이지. 하지만 언 넌이건 이놈의 좆 맛 한 번만 봐봐라. 공주넌이건 갈보넌이건, 할매건 핏덩이건, 엉덩이에 손만 대도 질질 싸게 되어 있다. 이마담 봐라. 대학 나온 넌이라고 그렇게 잘난 척하더니만 하룻밤 자고 나더니 싹 달라졌다. 이영감, 너는 여자가 돈을 볼 때와 남자를 볼 때 눈빛이 어떻게 다른지를 알아야 할 거다. 이마담 말을 빌리자면 내랑은 아랫구녕으로 하는 것이지마는 네놈이랑은 목구녕으로 하는 거다 이 말이다.

바지에 넣어둔 주먹을 꼭 쥐고 걸었다. 한참을 그렇게 걷다보니 어느새 평야가 끝나고 있었다. 나무를 건목쳐 대충 와꾸를 짠 다음 바깥에만 회칠을 한, 오래된 슬레이트 지붕 집이 몇 채 모여 있었다. 시멘트와 돌을 섞어 쌓은 벽이 반쯤 허물어진, 그중 가장 허름한 집 앞에 잠시 멈춰 섰다. 신기하게도 지붕에 선풍기 날개를 달아놓았다. 하나도 아니었다. 쇠로 만든 날개 네 개짜리, 플라스틱으로 만든 네 개짜리, 세 개짜리, 다섯 개짜리가 나란히 붙어 돌아가고 있었다. "저건 또 왜 붙여놨당가?" 담배 한 대 피우며 중얼대는데 웬 이빨 몽창 빠진 할아버지가 기척도 없이 불쑥 나타나선, "밸그 아이다, 내가 팽생 썼던 슨풍기 기념으로 부치논 기다" 했다. 아이고 씨벌, 알았소 이 하나쌔야,

구신인 중 알고 식겁했네.

가만 보니 선풍기뿐이 아니었다. 손주 생각해서 달았는지 처마 밑에는 비닐로 만든 바람개비가 줄지어 박혀 있었고, 쓰는 것 같진 않지만 마당 한편에는 손맷돌도 하나 놓여 있었다. 회벽에는 타이어 빠진 자전거 바퀴와 언제 봤는지 기억도 안 나는 굴렁쇠가 떡하니 매달려 있었다. 닭장 옆에 모셔놓은 다람쥐 쳇바퀴들은 또 어떻고. 하하 시벌, 무슨 박물관 허나, 정말 돌아불겠구먼.

할아버지가 사라진 걸 확인하고 침을 탁, 뱉었다. 딴 건 몰라도 다람쥐의 '다' 소리만 들어도 재수 없었다. 그러고 보니 시골인데도 아직까지 다람쥐는 못 봤다. 다행이었다.

이십 년도 더 지난 얘기였다. 하나쌔 말마따나 '밸그 아이'다. 오랜만에, 아니 나서 처음으로 정의사회 좀 구현해보려고 했을 뿐이다. 그런데 이놈의 장교 새끼들이 사람 말을 홍어 좆으로 아는지 들은 체도 하지 않았다.

건달이 군대 간 것도 창피한데, 하필 돌고 돌아 장교 아파트 청소병으로 빠졌다. 해병대는 등짝의 그림 땜에 짤리고, 전방은 사고쳐서 안 된다고 하고, 병사 단둘이서 자고 먹고 하면서 장교 아파트나 청소하고 테니스 코트나 관리하는 쪽팔린 신세가 된 것이었다. 허벌나게 심심한 걸 빼면 별문제 없었는데, 할 일 없는 아지매들이 지랄이었다. 얼굴 때문에 윗사람들한테 미운털 박힐까봐 그렇게 착한 척을 했는데, 나만 보면 가슴이 덜컹덜컹

한다나 어쩐다나. 그러니 뺄도 없는 놈처럼 더욱더 착한 척하는 수밖에.

그런데 그놈의 착한 척이 내가 생각해도 좀 심했다. 백 년이 가도 아무 일 없을 것 같은 관사에서 드디어 그냥은 넘어가지 못할 꼴을 본 것이었다.

손중원가 발대원가 하는 놈이 다람쥐를 잡아오래서 다람쥐 잡아다줘, 그것도 한 마리는 외롭다고 해서 한 마리 더 잡아다줘, 어푸라진 데 더푸라진 격으로 이번에는 쳇바퀴를 만들래서 일일이 나무를 깎아 만들어, 재주는 곰이 넘고 돈은 되놈이 번다는 격으로 그렇게 해서 국민학교 저학년에 다니는 아들 생일선물을 해다 바쳤더니, 어느 날부턴가 이놈이 친구들과 함께 다람쥐한테 버러지를 잡아다주기 시작했다. 그런다고 다람쥐가 그걸 먹냐 싶어 그냥 냅뒀는데, 이것들이 대체 뭔 짓을 했는지 한 달쯤 지나자 다람쥐가 버러지를 먹더라 이 말이다. 알고 보니 지독한 녀석, 먹을 때까지 굶긴 거였다.

차라리 호랑이한테 여물을 먹이지, 다람쥐한테 버러지라니. 나, 달건이는 한 명의 착한 병사로서 비뚤어지기 시작한 상관의 아들을 바로잡아주지 않을 수 없었다. '뺄그 아이'었다. 이놈의 자석이 끝까지 잘했다고 뻐럭뻐럭 대들기에 몇 대 손찌검으로 다스렸을 뿐이다.

어떻게 됐냐고? 영창 갔다. 씨부랄, 그것도 오래 먹었다. 영창도 감지덕지, 지금 생각해보면 삼청교육대 안 간 게 다행이었다. 문 닫고 좆 찧기고 국 쏟고 보지 덴다더니. 말년에 최전방 끌려가 고생해, 말년 신삥 군기 잡는다고 짬밥도 낮은 것들한테 다구리당해, 제대 늦어져, 내 인생에 평생 한 명 있었던 지대로 된 애인 도망가, 제대하자마자 니도 내 꼴 될 게냐고 아부지한테 씹창나, 한마디로 줄줄이 비엔나로 좆같은 일만 생겼다.

그때부터 나, 달건이는 결심했다. 착하지 말자. 착하면 개좆 된다.

영창에 갔다 오니 손중원지 발대원지는 그의 싸가지 없는 아들과 다른 부대로 떠나고 없었다. 도망간 걸 보니, 내가 무섭긴 무서웠던 모양이지 씨벌놈들. 혹시나 싶어 장교 아파트에 다시 갔었다. 주변을 몇 번이나 돌아도 다람쥐통을 찾을 수 없었다. 마지막으로 보일러실을 거쳐 창고로 들어가보았다. 아니나 다를까, 다람쥐통이 그곳에 있었다. 그 싹퉁머리 없는 아새끼가, 끝내 창고에 내버리고 간 것이었다.

죽었겠지, 그것도 형체도 없이 썩어 문드러졌겠지. 불쌍하다는 생각은 잠깐, 도대체 어떤 모습으로 죽어 있을까 궁금증이 솟아났다. 그런데, 어둠 속에서 들들들, 쳇바퀴 돌아가는 소리가, 작지만 분명하게 들렸다.

어떻게 살아남았지? 이병장이 먹을 걸 구해다줬나? 그럼 밖에다 놓고 곱게 키울 일이지, 왜 저렇게 내동댕이쳐놨당가. 가까이 다가가보았다. 이상하게도 통 속에는 다람쥐가 한 마리밖에 없었다. 이게 뭣이다냐. 고양이나 살쾡이가 채갔나? 다람쥐통은 말짱했다. 그럼 통은 그대로 두고 다람쥐만 잡아갔다고? 직접 만들었는데 모를까, 씨알도 안 먹히는 소리였다. 통을 들고 요리조리 돌려보다가 천조각 같은 검은색의 이물질이 바닥에 붙어 있는 것을 발견했다. 어둠 속에서 그것은 껌이나 오물이 달라붙어 바싹 말라버린 것처럼 보였다. 통을 들고 밖으로 나와서야 나는 그것이 무엇인지를 알았다. 나는 다람쥐통을 놓치고 말았다. 깜짝 놀라 이리 뛰고 저리 뛰는 살아남은 육식동물의 털이 햇빛을 받아 탐스럽게 빛나고 있었다.

머리를 앞뒤로 쓸었다. 또 옛날 생각이었다. 벌써 늙어서 맛테기가 가부렸나. 잡생각도 잡생각이지만 산에 올라가려니 숨이 찼다. 이제 마흔 살. 예전에는 담배를 피우면서 뛸 수도 있었다. 후까시 잡는다고 담배 물고 따가리 붙기도 여러 번이었다. 담배가 꺼지기 전에 게임을 끝내면 그 담뱃맛이 꿀맛이었다.

사십 년 동안 뭘 했을까. 누구는 집안 좋아 대학 가고 판검사 되고 회사 부사장까지 되는 동안, 나는 뭘 했을까. 박검사, 느 옛날에는 삐가리는커녕 닭알도 안 되던 놈이 대갈빡 많이 컸다. 중학교 때만 해도 만날 얻어터지고 다니던 거 축구 한 번만 끼워줘도 헤벨레하던 덜떼기가, 무슨 악연인지 수십 년 뒤 갑자기 두목이 돼서 나타나 나를 종놈처럼 부려먹게 될 줄이야. 그래도 그놈, 내가 꼬박꼬박 정중히 인사하고 그랬더니, 옛날 친구끼리 너무 그러지 맙시다, 했었다. 그뒤부터 내 인사는 달라졌다. 원래는 칠십 도쯤 됐던 게 얼결에 구십 도쯤 돼 있더라 이 말이다.

동창인데 왜 그러냐고? 나도 모른다, 이 씨벌놈아.

돈이 좋긴 좋다. 그 홍어 좆만도 못했던 꼬치도 지금은 수술해서 겁나게 커졌겠지. 술도 안 먹고 담배도 안 피우고 존 것만 골라 잡술 테니 정력도 허벌날 테지.

하지만 입때까지 길 위에서 뒹군다고 낮춰보지 마라. 나도 한창땐 날렸다. 돈도 꽤 만지고 쫄따구들도 여럿 거느렸다. 맘만 제대로 먹었으면 형님들 제끼고 일찌감치 중간보스쯤, 아니 부두목까지도 충분히 해먹었을 게다. 그러나 한자리 해먹었던 놈들은 죽거나, 병신 되거나, 십수'년 내지 무기 뭐 이딴 거 때려맞고 감방 갔다. 두목을 위해 칼받이가 되기는 대강이나 꼬래비나 마찬가지였다. 군대에선 중간만 가면 질로 성공이라고, 이 바닥에서도 결국 살아남는 건 중간치였다. 실력 좋은 놈이 보스 된다고? 천만에. 제아무리 시라소니라도 수십 명과 싸우면 진다. 이 세계는 정확하다. 쪽수가 많은 쪽이 무조건 유리하다. 연장 든 한 놈은 불알만 찬 놈 열 명이나 같다. 다만, 말 한마디로 수십 명을 쫄게 만들었다면 말이 된다. 칼을 든 수십 명이 주머니에 손을 꽂은 한 놈의 구라 한마디를 이기지 못하는 순간이 있는 것이다. 똑똑한 놈들은 주먹이 아니라 구라로 상대를 꺾는다. 제아무리 실력이 뛰어나도 구라의 논리를 모르면 반드시 죽게 된다. 나? 그 정도쯤이야 일찌감치 알아챘다. 그러니까 아직까지 살아 있지. 내가 누구냐. 달건 아니냐 달건.

높은 산은 아니었다. 야트막하지도 않았지만 산들이 오밀조밀

아슬아슬하게 이어진 야무진 산줄기였다. 문제는 이차선 도로를 제외하면 별다른 등반로가 없다는 거였다. 이놈의 산에는 그 흔한 문화재 하나 없나. 그야말로 집도 절도 없는, 차들도 딴 데 가려고 어쩔 수 없이 거쳐가는 것 같은, 그조차도 띄엄띄엄 지나가는 한적한 곳이었다. 풍경은 꽤 좋았다. 뱀이 똬리를 틀고 있는 것처럼 구불구불 올라가는 길인데, 한 굽이에 도달하면 평야가 보이고, 또 한 굽이에 도달하면 멀찍이 펼쳐져 있는 바다가 내보였다. 산촌과 농촌과 어촌이 뒤섞인, 사람으로 말하자면 튀기 같은 동네였다. 가는 동안 지루하지는 않겠다 싶었다. 좋은 게 하나 더 있었다. 차가 다니는 길이라 다람쥐가 안 보였다.

개처럼 두들겨 맞고 야산에 버려진 적이 있었다. 눈을 떴지만 다리가 움직이지 않았다. 바스락바스락하는 소리가 들렸다. 고개만 돌려 가만 보니 다람쥐였다. 겁도 없이 이쪽으로 접근하고 있었다. 일 미터쯤 오다가 서고, 한동안 물끄러미 쳐다보다 다시 오십 센티쯤 다가오는 식이었다. 제발 저리 가라, 손을 휘저어보았지만 소용없었다. 마치 사냥감을 조심스럽게 노리듯, 다람쥐는 점, 점, 다가오고 있었다.

그때부터였다. 좆나 쪽팔린 얘기지만 나는 다람쥐가 무서워졌다. 숫제 칼이 몸속으로 후비고 들어오는 것처럼 몸서리쳤다. 생쥐도 괜찮은데 꼭 그 토실토실한 다람쥐만 끔찍했다. 서울에 다람쥐가 없기에 망정이지 비둘기 새끼들처럼 떼발로 다녔으면 아마도 건달 짓 일찌감치 종쳤을 거다.

여기가 맞긴 맞나? 구불구불 아스팔트길을 걸어올라가다보니 발바닥이 아팠다. 숨찬 것은 좀 괜찮아졌지만 종아리랑 허벅지는 점점 더 땅겼다. 안개가 짙어져 있었다. 영 이상한 데로 가고 있다는 느낌이 들었다. 오늘 이 길은 기억에 남을까? 요즘 들어 옛날 일이 잘 기억나지 않았다. 무슨 똥 싸는 것도 아니고, 기억도 가리매 사이로 질질 새는가, 아니면 젊을 때 하도 맞아서 지능이 떨어졌나, 죽은 사람 화장하면 한 줌 뼛가루만 남는 것맹키로 그 긴 세월이 순간밖에 떠오르지 않는 거였다. 그래, 세월이 지나면 순간만 남더라. 가장 기뻤거나, 슬펐거나, 혹은 끔찍했던 단 몇 초가 나머지 놈들을 제치고 홀로 살아남는 것이다. 좆나게 배고팠던 똘마니 시절도 죽도록 얻어터져서 열흘 동안 앓아누웠다가 친구가 끓여준 라면 먹다 울음 터졌던 그때로, 쫄따구들 좀 생겼다고 맞춤양복에 삐까번쩍 구둣발 세우고 다니던 시절도 반대파 녀석들한테 다리에 칼 맞아서 길바닥에 앉아 똥오줌 싸고 있던, 아 씨발 좆나게 쪽팔리던 어느 저녁 해 질 무렵으로, 어매가 죽었다는데 삼 년 동안 슬프지도 않아 눈물도 안 나와, 곰곰 생각해보니 어이없어 잠 못 들던 감방에서의 어느 날 새벽, 평생 도박하고 술만 처마시다 십 년 동안 송장처럼 누워 있던 아부지, 다 죽어가는 양반이 좆은 또 왜 꼴렸는지, 갈보를 붙여달라는 건지 대신 딸딸이를 쳐달라는 건지 칭얼대면서 질질 짜던 날, 바지춤 내려간 노인네 짓무른 살 위로 염치없이 밝게 떨어지던 그 햇빛만이, 마치 그 긴 세월이 한순간에 지나

62

지 않았던 것처럼 기억나는 거다. 나는 길 위에 섰다. 삐식삐식 웃으며 담배에 불을 붙였다. 아까 그 지지배는 벌써부터 머릿속에 하나의 점으로만 남아 있었다.

다리도 아프겠다, 길도 확신이 안 서겠다, 왠지 걸음이 잘 떨어지지 않을 때쯤 희미하게 집 한 채가 보였다. 드디어 찾았다! 마음속으로 외치며 종종걸음으로 접근했다. 길옆으로 움푹 들어간 공터 위에 선 집이었다. 뒤로는 가파른 벼랑이 버텨서 있었다. 애초에 산에 길을 뚫을 때 일꾼들 쉬는 데로 만들어놓은 곳 같았다. 그러니까 집이라기보다는 가건물에 가까웠다. 널빤지로 대충 와꾸를 짠 판잣집인데 양쪽에 벽돌을 반쯤 쌓다 말았다. 누런 나무가 그대로 드러난 앞면에는 '출입금지'라는 팻말까지 붙어 있었다. 껌치, 느 대갈빡 좀 굴렸다. 긍께, 여기는 집이 아니요, 보면 모르요, 바라크나 함바 아니요, 하고 싶은 거지야? 소용없다. 산 위에 딱 하나 있는 집이라 했다. 땅주인을 어떻게 구워삶았는지 모르지만 야산관리인으로 들어왔단 얘기까지 다 들었다. 이웃이 없어야 안 잡힌다는 건 철칙이었다. 하지만 아무리 동떨어져 있어도 한 푼이라도 쓰면 잡힌다. 근디, 느놈이 돈지랄에 좆지랄까지 해? 글케 이 달건이를 시퍼보면 안 되지.

문부터 점검했다. 자물쇠가 물려 있었다. 어라, 나갔나? 낭패였다. 추운데 밖에서 기다리는 건 별로였다. 자세히 살펴보았다. 문틀과 벽 사이가 살짝 떠 있었다. 씨벌놈, 그럼 그렇지. 자물쇠는 속임이고 문틀 전체가 문인 것이었다. 소리나지 않게 지그시 잡아당겨보았다. 열리지 않았다. 껌치는 마누라를 샌드백처럼 다루는 놈이었다. 샌드백이란 게 밤에 안고 잘 순 있어도 낮에 갖고 다닐 물건은 아니잖나. 적어도 한 사람은 안에 있었다. 문제는 그게 누구냐는 거였다.

껌치 나와라, 같이 놀자, 소래기를 질러볼까? 안 될 일이었다. 마누라 혼자 있다 전화하면 종친다. 그럼 그럴 새도 없이 무작정 문을 부수고 들어갈까? 좋지 않았다. 그것도 껌치가 없으면 말짱 도루묵이었다.

그때였다. 집 안에서 우당탕쿵탕, 요란한 발소리가 났다. 와르르 무너지는 소리. 곧이어 여자의 것임에 분명한 외마디 비명소리. 잠시 조용했다가 와장창 쨍그랑 부서지고 깨지고……, 그뒤를 어김없이 따르는 짐승의 울부짖음. 나도 모르게 입가에 웃음이 번졌다. 씨벌놈, 양아 버릇 개 주까.

잠시 고민했다. 나, 달건이한테도 상도(商道)라는 게 있기 때문이었다. 가족들의 일상생활을 최대한 불편하게 만들되 시시콜콜한 가정사에는 관여하지 말 것. 하지만 이번엔 아니었다. 어차피 잡아갈 거, 이왕이면 착한 일 한번 하자는 생각이 들었다.

도로변까지 뒤로 한껏 물러섰다가 전속력으로 달려 문의 사분의 일 지점을 어깨로 강타했다. 첫번째는 실패했다. 다시 물러나서 좀더 세게 맞부딪쳤다. 우지끈, 경쾌한 소리가 나며 문이 부서졌다. 그러나 다음 순간 나는 공중에서 한 바퀴 굴러 방 안에 떨어졌다. 입구 바로 안쪽에 오토바이가 서 있었던 거였다.

시벌, 쪽팔리게, 다리 아픈 것을 용케 참으며 잽싸게 일어나 자세를 잡았다. 방 안에는 불이 꺼져 있었다. 등뒤에서 쏟아져들어오는 빛이 방을 빛과 어둠으로 날카롭게 갈랐다. 삽자루라도 들고 달려들고 있을 줄 알았던 껌치는 빛의 한가운데에 누운 채 희번덕거리는 눈으로 나를 올려다보고 있었다. 그것도 모자라 살려줘……, 살려줘……, 신음소리까지 내고 있었다. 씨벌놈이 사기꾼 아니랄까봐 연기하고 있네, 싸게싸게 일어나라이……, 하면서 몇 발을 내디뎠는데 이런, 정말로 숨을 헐떡이고 있었다. 피가 내 쪽으로 서서히 번져오고 있었다.

방 오른쪽의, 세간살이가 아무렇게나 흩어져 있는 어두운 구석때기에서 칼 하나가 조용히 번득이는 것을 발견할 때까지도 나는 영문을 몰랐다. 어둠 속에 웅크리고 앉아 있는 것은 아마도 껌치의 마누라였다. 껌치에게로 고개를 돌렸다. 명치 바로 옆이었다. 껌치의 손은 왼쪽 옆구리, 명치와 갈비뼈 사이에 올라가 있었다. 피가 바닥에 퍼지는 걸 보니 깊게 찔린 게 틀림없었다. 하이 이런 씨벌년, 해필 질로 비싼 디를……

남 걱정할 때가 아니었다. 껌치의 마누라가 칼을 쥔 채 천천히 일어나고 있었다. 그러고 보니 젠장, 이건 십중팔구 살인사건, 재수가 억수로 좋다 해도 살인미수였다. 그리고 나, 달건이는 유일한 목격자였다. 껌치의 배때기가 펄떡펄떡, 갑판 위에 오른 물고기처럼 요동치기 시작했다. 뱃속이 간질간질해졌다. 갑자기 배를 잡고 뒹굴고 싶은 충동이 일었다. 나는 오랜만에 헐

헐헐헐…… 크게 소리내어 웃었다.

웃는 얼굴로 어둠 속을 들여다보았다. 흔들리는 칼날이 물고기 비늘처럼 반짝거렸다. 씨벌년의 얼굴이 밝은 수면 위로 절반쯤 드러났다. 잠시였지만 나는 멍투성이가 된 그 얼굴을 또렷이 보았다. 내가 뒤로 한 발자국 물러서자 얼룩덜룩한 얼굴은 다시 천천히 어둠 속에 잠겼다. 그 과정은 어쩐지 얼굴에서 빛이 가시는 게 아니라 군데군데 피어난 얼룩들이 얼굴 전체로 퍼져 하얗게 남아 있는 피부조차 검게 물들여가고 있는 것처럼 보였다. 이제 껌치 마누라의 얼굴은 보이지 않았다. 하지만 공포에 가득 찬 눈동자가 틀림없이 이쪽을 겨냥하고 있음은 알 수 있었다. 아 저 칼, 세상에서 제일 무서운, 칼에 서투른 자의 칼. 사장님은 이 사태를 두고 뭐라고 할까. 머리가 안 되면 두 배로 뛰세요. 박검사의 차가운 얼굴이 스쳤다. 하지만 이마담의 얼굴은 아무래도 생각나지 않았다. 아까 본 핏덩이의 점만 자꾸 떠올랐다.

펄떡, 펄떡, 껌치 녀석의 경련이 서서히 잦아들고 있었다. 반면 씨벌년의 칼은 흔들림을 멈추고 점차 날카롭게 곤추서고 있었다. 나는 두 팔을 앞으로 뻗은 채 기마자세로 앉으며 몸의 중심을 낮추었다.

심호흡을 했다. 여자는 배시시 웃고 있는 것 같았다. 모호한 형체의 얼룩 속에서도 하얀 이가 반짝 빛났다. 나는 어둠 속을 들여다보고 있는데도 눈이 부셨다.

사랑의 역사

거실에 발을 디뎠을 때 엄마는 막 식탁에서 일어나는 참이었다. 한 손에는 소주병을, 다른 손에는 칼을 들고 나비처럼 안방을 향해 걸어가고 있었다.

                                            *

  엄마가 아빠를 찔렀다. 벌써 다섯번째였다.
  집에 들어오면 즉시 엄마를 찾아 인사부터 해야 했다. 그게
우리집 법도였다. 거실에는 아무도 없었다. 거실에서 훤히 보이
는 주방에도, 그 뒤에 있는 다용도실에도, 항상 열려 있는 내 방
에도 엄마는 없었다. 할 수 없이 조심스럽게 안방 문을 열었는
데, 바닥에 붉게 세계지도가 그려져 있었다.

  방 안에 펼쳐진 세상은, 참으로 고요했다.

  아빠와 엄마는 모두 북태평양에 있었다. 하지만 지도 위에서

그들은 극과 극이었다. 아빠는 아시아의 오른편 바다를 죄다 차지한 채 이불도 없이 잠들어 있었고, 엄마는 북미 대륙의 좌측 연안에 술상을 차려놓고 소주를 마시고 있었다. 이번에는 팔뚝이었다. 다행히 셔츠 밑으로 드러난 상처는 이미 스무 바늘쯤 단단히 봉합되어 있었다. 아빠는 현명했다. 엄마가 처음 아빠를 찔렀을 때 아빠는 검시관에게 찾아가 바느질부터 배웠다. 쌍시옷을 고통스럽게 한입 가득 물고 눈물을 글썽이며 상처를 꿰맸을 아빠의 애처로운 모습이 눈앞에 선했다.

"다녀왔습니다."

잽싸게 인사하고 소인 물러나려는데 마마가 술상 위에 소주잔을 탁, 내려놓았다.

"어디 가, 이년아."

"방에 가는데요."

"닦고 가, 이년아."

나는 대야에 뜨거운 물을 받아와 걸레로 바닥을 닦기 시작했다. 피를 닦을 때는 걸레를 꽉 짜야 한다. 물기가 많으면 바닥에 피가 번지거나 스민다. 잘 지워지지 않는 피를 닦다보면 발바닥이 짜릿짜릿해졌다. 내게도 엄마의 피가 흐르고 있겠지. 생물 시간에 본 유전자의 모습은 단단한 사슬 같았다. 엄마 것은 다른 사람의 것보다 열 배는 더 단단할 거였다.

"받아라."

마마가 잔을 건넸다. 나는 핏물 어린 손으로 잔을 받았다. 콸

콸, 경쾌한 소리를 내며 술이 채워졌다. 꿀꺽. 난 단숨에 비웠다.
마마가 말했다.

"여자는 항상 조신하게 살아야 한다."

나는 '조신하게'를 '좆이 나게'로 들었다. 엄마가 어떻게 '조
신하게' 같은 말을 안단 말인가. 얼결에 대답했다.

"저는 좆…… 같은 거 싫은데요?"

그뒤에 무슨 일이 벌어졌는지는 굳이 말하지 않겠다. 사실 별
을 아주 많이 봤다는 것밖에는 기억도 잘 나지 않는다.

*

"미워하지 마. 엄마 있는 게 어디야."

남치가 말했다. 놀이터 벤치였다. 하늘이 충혈되어 있었다.

"미워할래. 그래야 안 닮지."

"그러니까. 미워하면 닮아."

"어째서?"

"너는 아직 잘 모르겠지만 심리학적으로 봤을 때 말야……"

나는 남치의 뒤통수를 한 대 때렸다.

"알았어. 쉽게 설명할게. 누가 너한테 초콜릿을 먹지 말라고
한다. 어떻게 할 거야?"

"그 새끼 숨 막혀 죽을 때까지 처먹일 거야."

"너는? 너는 어떡할 건데?"

"안 먹어. 졸라 재수 없어."

"먹고 말고는 네 자윤데 왜 개 때문에 안 먹어?"

"그럼 먹으면 되지."

"먹고 말고는 네 자윤데 왜 개 때문에 먹어?"

"그게 같아? 초콜릿은 맛있고, 엄마는 싫은데?"

남치는 손가락으로 감히 내 관자놀이를 슬쩍 밀었다.

"잘 들어. 너 선생님한테 혼날 때 웃음 나온 적 있지?"

"있지."

"웃지 말아야지 웃지 말아야지 할수록 더 웃기지?"

"웃기지."

"똑같아. 닮지 말아야지 말아야지 하면 더 닮게 돼."

녀석은 정말이지 천재였다. 나는 존경하는 마음을 담아 녀석
의 잔등을 성의 있게 후려쳤다. 우와 따따따―, 남치는 괴성을
지르며 등에 불붙은 원숭이처럼 벤치 주변을 뛰어다녔다. 미안
해. 어쩔 수 없어. 때리지 말아야지 말아야지 할수록 나는 너를
더 때리고 싶은걸.

남치로 말하자면……, 그러니까 내 남치였다. 남친으로 두자
니 부실하고 깔치로 삼자니 창피해서 그냥 남치라고 불렀다. 남
치는 전교에서 노는 성적짱이었고, 나는 동네에서 알아주는 몸
짱이었다. 아이큐는 남치가 두 배쯤 높았고, 몸무게는 내가 두
배쯤 더 나갔다. 왕따인 건 똑같았다. 애들은 우리를 '왕커'라고
불렀다. '왕따 커플'인데다 머리까지 '왕 크'다는 뜻이었다. 남치

의 그림자는 숟가락 같았다.

모든 애들이 남치를 표 안 나게 건드렸다. 하지만 나는 아무도, 심지어 선생들도 손끝 하나 안 댔다. 남치의 계모는 봉투를 들고 교장실을 방문하지만, 마마는 각목을 들고 교무실을 습격하기 때문이었다.

"넌 혁준이 싫어하잖아. 근데 왜 전혀 닮지를 못해?"

내가 물었다. 혁준은 매일같이 남치를 괴롭히는 학교 폭풍간지였다. 얼짱에 몸짱에 성짱까지. 옛날 양아들은 못살고 못나서 범생이들을 괴롭혔다던데 요즘엔 정반대였다.

"요즘엔 안 맞아. 일주일 동안이나 안 맞았어."

손이 저절로 올라가는 걸 참았다.

"자랑이다. 나 같으면 한번 지대로 맞고 끝내겠다."

"맞고 들어가면 아버지한테 또 맞게 돼."

"또 맞아. 평생 할부로 맞는 것보단 낫지."

"혁준이한테 맞으면 아플 뿐이지만 아버지한테 맞으면 아예 죽게 돼."

남치 꼰대는 단란주점 사장이었다. 말이 관광업자지 실은 조폭이었다.

"아예 죽어. 설마 무덤까지 파헤쳐서 때리겠어?"

"군사적 제재로 끝나면 그만이게. 금융 제재가 뒤따를 거야. 용돈은 물론이고 최악의 경우 책값과 학원비까지 동결될 수 있어."

또 아홉시 뉴스였다. 아무리 들어도 웃음이 나왔다. 남치는 종

종 자신의 일을 역사적으로 보도해서 나를 웃겼다. 남치 집은
더 웃겼다. 딴 집은 오토바이 안 사주면 공부 안 한다고 개기는
데, 남치네는 공부 안 시켜준다고 아빠가 아들을 위협한다. 나는
한동안 피식거리다 깊은숨을 들이마셨다. 마음이 편안해졌다.
우리집만 이상한 건 아니어서 다행이었다.

놀이터를 빠져나오며 남치가 말했다.

"내가 엄마 칼 피하는 방법 알려줄까?"

"말해봐."

"삼촌들이 그러는데 전문가들은 몸통을 잡고 정확히 쑤신대.
근데 아빠가 매일 경상에 그치는 걸 보면 너네 엄만 칼에 서툰
거야. 아니면 처음부터 죽일 생각이 없든지. 당연히 칼을 잡은
손에 힘이 없겠지. 칼이 날아올 때 살짝 피하면서 손목을 잡아
쭉 당겨. 몸이 딸려오면서 칼은 이렇게 네 뒤로 갈 것 아냐. 손
목 있는 데를 겨드랑이에 끼우고 팔뚝을 꽉 잡은 다음 반대편
손으로 요래요래, 졸라 패주는 거야. 그럼……"

나의 남치는 정말 별걸 다 알았다. 나는 존경심에 복받쳐 남
치의 팔뚝을 꽉 잡은 다음 요래요래, 뒤통수를 졸라 패주었다.

*

"여자는 항상 여자다워야 한다."

마마는 항상 말씀하셨다. 요는, 엄마와 반대로 하면 된다는 애

기였다. 나는 아빠에게 자주 물었다.

"왜 엄마랑 안 헤어져?"

"미안하다."

"그렇게 맞으면서도 좋아?"

"잘못했다."

"이게 대화야?"

"엄마 말 잘 들어라. 엄마가 저리된 건 다 나 때문이다."

물론 나는 아빠 말을 잘 듣고 싶었다. 하지만 아빠 말을 잘 들으려면 엄마 말을 잘 들어야 하고, 그러려면 나는 아빠를 '씹새'라고 불러야 했다.

"누가 아빠야? 저 새끼는 씹새야 씹새. 앞으로는 씹새라고 불러."

아빠는 씹새가 아니었다. 아빠는 짭새였다. 그것도 강력반 형사였다. 하지만 엄마한테는 쨉도 안 됐다. 엄마는 강도나 조폭보다도 무서운 존재였다.

그런 엄마가 젊을 적에는 간호원이었단다. 그때는 예쁘면 간호원이 될 수 있었단다. 반면 사회적 지위는 지금보다 높아서 의사가 할 일을 간호원이 대신 하기도 했단다. 엄마는 무서운 동네에 홀로 핀 꽃이었다. 워낙 '여자다워서' 이력서 취미란에 수놓기라고 썼다가 싸우다 다친 동네 양아치들을 지겹게 꿰매는 신세가 되었다.

아빠는 엄마의 청순함에 뻑 갔다. 자신만을 치료해주는 천사로 만들고 싶었다. 주위를 둘러싼 불량하고 거친 남자들이 문제였다. 아빠는 어디까지나 엄마를 구출해주기 위해 권총을 들고 엄마의 집을 방문했다. 엄마를 내주지 않으면 빵빵! 머리를 쏴서 자살해버리겠다고 외쳐댔다. 경찰에 신고해도 소용없었다. 일대 경찰들은 아빠한테 꽉 잡혀 있었다.

엄마의 증조외할아버지가 '빨갱이'였다. 처가의 '나쁜 피'를 정화하기 위해 외할아버지는 틈만 나면 모녀를 두들겼다. 엄마가 아직까지도 유일하게 무서워하는 사람은 외할아버지였다. 외할아버지는 관공서의 '관' 자만 들어도 벌벌 떠는 인물이었다.

아빠의 난동에 시달리다 못한 외할아버지는 이거야말로 가문의 빨간 물을 완전히 없앨 기회라고 생각하게 되었다. 결국 외할아버지의 강압으로 엄마는 스물한 살 꽃다운 나이에 열 살이나 많은 짐승과 결혼했다.

짐승은 매일같이 엄마를 두들겼다. 다른 남자를 만날까봐 집 밖에 나가지도 못하게 했다. 임신을 못 한다고 때리더니, 임신을 하니까 언 놈의 자식이냐고 때렸다. 그래도 나를 품고 있었던 칠 개월 정도의 기간은 행복했다. 엄마 인생 최초로 한 번도 안 맞았다. 하지만 나를 낳자, 구타는 다시 시작되었다.

엄마는 술을 배웠다. 술을 먹자 엄마는 아빠가 되었다. 다른 점이 있다면 훨씬 더 과격하다는 거였다. 아빠가 된 엄마 앞에서 아빠는 엄마가 되었다. 아니, 어린애가 되었다. 맞다가 지치면 엉엉 우는가 하면 마지막 필살기로 귀여운 척까지도 했다.

백 킬로그램의 거구가 오십 킬로그램도 안 되는 여자 앞에서.

"넌 순전히 권총 때문에 태어난 년이다. 권총한테 감사해라."

'권총'에 두 가지 뜻이 있다는 건 초경을 하고 나서야 알았다. 생리대를 내주며 엄마는 언제나 그렇듯 전혀 일관성 없게 말했다.

"여자는 모름지기 그놈의 권총을 조심해야 한다."

남 얘기였다. 눈 삐면 이십대 후반으로도 착각할 완벽동안에, 신의 은총이라고밖에 할 수 없는 34-26-36의 몸매를 자랑하는 마마라면 몰라도. 턱까지 흘러내리는 다크서클 올드 페이스에, 뭘 입어도 쫄티에 스키니, 온몸 풍만하다 못해 발가락까지 볼륨 있으신데도 가슴만 보면 목 돌아간 것 같더라는 울트라 H라인 왕커녀에게는, 바바리맨들조차 쌩을 까고 지랄들이셨다.

엄마는 계모였다. 일 퍼센트라도 유전자를 챙겼다면 내가 이럴 수는 없었다. 혹시 진짜 나는 살 속에 파묻혀 있는 것일까? 존재의 고민은 더 깊어졌다. 나는 어떻게 살아야 하는가. 진짜 나를 찾아 얼짱마녀가 될 것인가, 아니면 그냥 착한 괴물로 남을 것인가.

내 속에 정말 엄마가 있는지 알고 싶었다. 남치에게 물었다. 소주 다이어트가 짱이라는 답이 나왔다.

"술 마시면 살찐다는 편견을 버려. 알코올은 지방을 축적시키지 않아. 백 킬로칼로리의 술을 분해하는 데 백이십 킬로칼로리의 열량이 없어지니까. 반면 고열량이라 충분한 에너지원이 돼.

단, 안주는 절대 금지야. 술이랑 같이 먹으면 그게 뭐든 바로 지방이 되니까. 깡소주만 불어. 너는 특히 쌓아둔 열량이 쌀 열 가마니쯤 되니까 영양제랑 비타민만 잘 챙겨 먹으면 쓰러질 일은 없어."

나는 아니지만 남치는 쓰러져야 했다. 쌀 열 가마니의 무게에 눌려.

아주 매를 버는 남치였지만 정확도는 네이버를 능가했다. 포장마차를 몇 군데 찍어 주 오일제로 달렸다. 타고난 겉보기등급 덕택에 뻬찌먹는 일은 없었다. 남치를 극중 친동생, 실제로는 트레이너이자 안주처리반으로 달고 다녔다. 한 달 만에 약 삼십 근의 기름이 알코올과 함께 휘발했다. 반면 통통하게 살이 오른 남치는 츄파춥스 같았다.

서서히 거울 속에 엄마가 나타났다. 바위를 조각하듯 조금씩 완성되어가는 모습에 흥분을 느끼기도 했지만, 문득문득 두려움과 혐오감에 치를 떨기도 했다. 매일매일 업데이트되는 짜릿한 공포였다.

밥상이 커지기 시작했다. 원래는 반찬을 두 가지 이상 올리지 않는 엄마였다. 두번째 규칙. 한번 차려진 음식을 남겨서는 안 되었다. 그런데 야금야금 늘어나기 시작한 접시들이 급기야는 임금님 수라상으로 이어지고 있었다. 내가 부쩍 야위었다는 거였다. 밥상은 세계만큼 넓었고, 접시는 나라 수만큼 많았다. 엄마가 밥을 많이 주면 줄수록, 나는 밤마다 술을 더 퍼야 했다.

아침이 되면 뱃속이 버려진 소주팩 같았다. 엄마는 구겨지고 찢어진 내 위장에 세상의 모든 먹을거리들을 죄다 쑤셔넣을 셈인가. 눈앞에 펼쳐진 하얀 접시들이 부화를 기다리고 있는 바퀴벌레 알 같았다. 나는 현기증을 느껴 수저를 내려놓았다.

"뭐야 이년아."

"못 먹겠어요."

"뭐야 이년아?"

"다이어트중이에요."

내가 꼬챙이처럼 말랐다는 엄마의 말은 사실이었다. 엄마는 머리채를 잡아 나를 들다시피 화장실로 끌고 갔다. 나를 욕조 속에 던져넣고 샤워기를 틀었다. 물방울들이 얼굴 위로 촘촘하게 쏟아져내렸다. 엄마가 나를 몸소 씻겨주는 기분이 꽤 삼삼했다. 당최 숨을 못 쉬겠다는 것만 빼고.

"내가 밤새 한 음식을 뭐? 안 먹어? 먹어 안 먹어 이년아."

얼굴에 난 모든 구멍으로 물을 먹으며 나는 필사적으로 고개를 흔들었다. 우주에 몇 번 나갔다 오니 욕조 안이 출렁이고 있었다. 엄마가 내 얼굴을 물속에 처박았다. 용솟음치는 물방울 사이사이로 무지갯빛 해초와 열대어가 보였다. 심청을 봤던가 인어공주를 봤던가, 용궁에 다다르기 직전 입에서 검은 마녀들이 와르르 쏟아져나왔다. 죽기 직전 물 밖에 나와보니 어제 먹은 갈비와 그제 먹은 삼겹살, 머릿고기 편육 잡채와 개구리 뒷다리, 메뚜기튀김, 바퀴벌레조림, 훈제생쥐가 물 위에 동동 떠 있었다.

엄마는 그 죽음의 바다에 내 머리를 다시 처박았다. 그러자 이
번에는 왕뚜껑 신라면 와플 오감자 가루비 프링글스 가나 카카
오56 부산오뎅 비비큐 켄터키프라이드 파파이스 버거킹 맥도날
드 던킨 크리스피 피자헛 탐앤탐스 파스타리오 스파게띠아 델리
파리바게뜨 크라운베이커리 나뚜루……가 와륵 와르르륵 잭폿
으로 쏟아져내렸다. 그것들은 욕조를 넘고 화장실과 복도를 넘
어 거실까지 밀려갔으나 엄마는 쓰레기 더미 속에서도 머리채
잡은 손을 놓지 않았다. 나는 다 죽어가는 마당에 초인적인 힘
을 발휘하여 크게 외쳤다.

"머…… 머…… 먹을게요!!!"

"진작 그럴 것이지."

엄마가 손을 놓았다. 나는 다시 세상 밖으로 나왔다. 거실까지
밀려갔던 음식물들이 내 입속으로 와구와구 되돌아왔다. 초고속
리와인드를 한 것처럼 나는 다시 왕커녀가 돼 있었다. 욕조 물
은 언제, 무슨 일이 있었냐는 듯 맑기만 했다. 나는 한동안 소리
죽여 웃었다. 더이상 이렇게 살 수는 없다고 생각했다. 물론 생
각뿐이었다.

*

나는 학원 앞에서 벼르고 별렀다. 나를 물고문당하게 만든 남
치를 가만두지 않을 생각이었다. 그런데 누군가 선수를 쳤다. 고

개를 숙이고 있기에 얼굴을 들어봤더니 엉망이었다. 남치는 나와 눈이 마주치자마자 울음을 터뜨렸다.

열시 반의 놀이터에는 애들이 없었다. 하긴 대낮에도 없기는 마찬가지였다. 나는 소주가 담긴 생수병을 꺼냈다. 종이컵에 따라 남치에게 건넸다. 남치는 한참 캑캑거렸다. 두번째부터는 괜찮았다. 한 병이 금방 비었다.

"왜 맞았는데?"

"내가 사등 했거든."

"뭐야. 사등도 안 돼?"

"꼭 이등이어야 해. 그리고 개, 삼등 했어."

나는 두번째 생수병을 꺼냈다. 뒷맛이 썼다. 혁준은 남치를 재미로 때리는 게 아니었다. 폭풍간지가 왕따를 상대하는 것 자체가 쪽이었다. 무서워서 누르는 거였다. 딸이 예뻐질까봐 얼짱마녀가 두려워하듯이.

"뿐이야?"

"뭐가?"

"다음번엔 사등 하면 되는 거냐고."

"주말에 스키장에 보내달래. 수행평가도 대신 하래."

남치의 입술이 나트륨등 불빛에 반짝거렸다. 남치네도 잘살았지만 혁준네에 비할 건 아니었다. 혁준네 꼰대는 국회의원이었다. 혁준은 숙제를 하지 않았다. 엄마가 전문가한테 맡긴다는 걸 선생들도 알았다. 성적이 떨어져서 스키장이라는 상 대신 수행평가를 직접 하는 벌을 받은 게지.

남치는 엄마까지 혁준에게 달렸다. 남치 엄마는 오래 전에 죽었다. 유품이라곤 먹고 남은 수면제뿐이었다.

남치 꼰대는 몇 년 전 이십대 중반의 마담과 재혼했다. 말이 마담이지 완전 개빠순이였다. 젊은 년을 앉혀놓고도 성이 안 차 꼰대는 자주 외박을 했다. 그럴 때마다 계모는 집에서 술을 왕창 처먹었다. 무섭다는 이유로 남치를 종종 침대에 끌어들였다. 어릴 때 못 해준 엄마 노릇을 늦게나마 해주는 거라고 했단다. 남치도 남자였다. 가슴에 얼굴 묻는 게 좋아서 못 이기는 척 받아줬다. 그러던 어느 날 그년이 남치를 꼰대로 착각했단다. 덩치가 세 배는 차이나는데, 같은 사람인 줄 알았단다. 남치는 엄마도 아닌, 엄창한테 동정을 잃었다. 아무래도 꼰대가 눈치깠나봐. 남치는 시도 때도 없이 불안에 떨었다.

"수행평가는 그렇다 치고. 스키장은 어떡할 건데?"

남치는 소주를 병째 가져갔다. 물처럼 꿀꺽꿀꺽 마시더니 얼굴에 붓기까지 했다. 얼굴 전체가 불빛에 번들거렸다.

"난 개랑 친해질 거야."

"뭐?"

"지금은 어려서 그렇지만 나중에는 내 마음을 알아줄 거야."

"뭐?"

"친군데 그 정도 노력은 할 수 있어."

"뭐?"

"걔도 나한테 정이 있어! 애들 눈치 보느라 표현 못 할 뿐이야!"

남치는 주먹까지 불끈 쥐고 말했다. 애나 어른이나 맞는 것들은 다 똑같다. 개새끼나 매한가지다. 맞다보면 의지하게 되고, 의지하다보면 사랑하게 된다. 맞아서 사랑한다. 아니, 맞을수록 사랑한다. 어쩌면 나도 엄마를 사랑하게 될까?

"아 완전 한심해 진짜. 차라리 죽어버려 이 빙신아. 아님 평생 혁준이 깔치나 하든지!"

술에 취한 아저씨 두 명이 실실 쪼개면서 이쪽을 힐끔거렸다. 하지만 내가 생수병을 구기며 눈에 불을 켜자 고개를 획 돌려버렸다. 하여간에 씨발 죄다 비겁한 것들. 목이 타서 생수병을 말끔히 비웠다. 속이 더 뜨거워졌다. 등짝을 막 후려치려는데 남치가 말했다.

"나만 맞은 거 아냐. 이번 일등도 같이 맞았어. 다음번엔 걔가 이등을 하고, 내가 삼등을 해야 한대."

"……"

"찌직이가 될 수는 없어."

언젠가 남치가 해준 어떤 불쌍한 개 얘기였다. '찌직이'는 우리가 그 개한테 붙여준 별명이었다. 나는 고개를 끄덕였다. 암, 그 개처럼 될 수는 없지.

"나는 어차피 버린 몸이지만 다른 애 건드리는 건 못 참아. 다시는 아무도 못 건드리게 할 거야, 다시는."

처음으로 납치가 멋있어 보였다. 나는 나도 모르게 손을 거뒀다.

*

엄마에겐 오래된 친구가 있었다. 원래는 하늘 같은 애인이었는데 결혼한 후에 친구 먹었단다. 그 아저씨를 만나면 엄마는 날밤을 새워 술을 마셨다. 너 때문에 생이별했잖아, 설사 바람을 피워도 넌 할 말 없어.

엄마는 나름 논리정연했다. 나는 스물한 살, 첫사랑도 제대로 못 해보고 결혼했다. 너는 서른한 살, 젊고 탱탱한 년들을 이미 실컷 안아봤다. 공평하려면 여러 번 연애를 해야 할 판이다. 아빠는 찍소리도 못 했다. 바람나서 도망갈까봐 오히려 엄마한테 더 잘했다. 참 공평한 세상이었다.

토요일에도 그랬다. 새벽까지 달리시느라고 매우 피곤하신 마마를 위해 해장국을 사서 두시쯤 들어오겠다고 했었다. 그런 아빠가 강력반에 급한 일이 생겨 많이 늦겠다고 열두시쯤 전화를 했다. 나는 그때 마마 옆에 꿇어앉아 있었다. 옛 애인과 술을 마셔서가 아니라 어디까지나 자식 때문에 뼈마디가 쑤신다는 마마의 다리를 벌써 두 시간째 주무르고 있었다. 엄마도 양심은 있는지, 일 잘 처리하고 들어오라고 아빠에게 모처럼 화창하게 말했다. 그러나 전화기를 들고 있는 엄마의 얼굴은 점차 흙빛이 되어갔다.

세번째 규칙. 먼저 전화를 끊어서는 안 되었다. 그래서 나도 아빠도, 끊겠다고 말한 뒤 전화기를 그냥 내려놓는 버릇이 있었다. 그날의 야유회에서도 아빠는 하던 대로 했다. 규칙을 지켰을 뿐이니까 아빠는 잘못이 없었다. 다만 아빠를 집에 못 가게 붙잡은 김형사와, 재주 좋게도 강력반 야유회에 영계들을 잔뜩 동원한 이형사와, 마침 그 잠깐을 못 참고 영계 중 한 명과 요란하게 수작하고 있었던 박형사가 잘못이라면 잘못이었다.

그 모든 것들이 전화기를 통해 고스란히 생중계되었다, 그리고.

어디선가, 칠면조 한 마리 길게 울었다.

엄마는 다른 폭력중독증 환자와 달리 술에 취했을 때만 폭력적인 게 아니었다. 다만 감정적이고 충동적일 뿐이었다. 그건 술이 깨면 냉정하고 이성적인데다가 여전히 폭력적이기까지 하다는 의미였다. 그게 엄마가 무서운 진짜 이유였다.

엄마는 수화기를 조심스럽게 내려놓았다. 벌떡 일어나 핸드폰으로 전화번호를 검색했다. 경찰서에 전화해봤자 외근중이라고 할 게 뻔했다. 유일하게 친한 이형사 부인한테 전화를 했다. 한참 동안 수다를 떨다가 넌지시 물었다.

─오늘인가 다음준가 모르겠네. 토요일에 야유회라던데 그게

혹시 오늘이야?

—응응, 무슨 단합대회라던데? 무슨 산으로 간댔는데? 어라, 어디라더라. 기억이 통 안 나네.

인터넷에 접속했다. 경찰서를 중심으로 야유회 가기 좋은 산들을 물색했다. 오 분도 안 돼 가능 지역은 세 군데로 좁혀졌다. 피식, 하고 웃더니 이번에는 음식점을 검색했다. 마마 왈, 칠면조는 아무 데나 있는 동물이 아니라는 거였다. 도대체, 누가 경찰이람.

어쨌든. 수사 시작 세 시간 만에 엄마는 현장에 잠입했고, 형사들은 어안이 벙벙해진 채 엄마의 조그마한 선전포고를 들었다. 딱 그 자리에 앉은 사람들만 들을 수 있는 정도의 크기였다.

"모두 영계를 버리고 투항하라. 투항하면 살려준다. 저항하면 죽는다."

왜 하필 그날 집에 있었을까. 나는 얼결에 끌려가 열심히 현장 사진을 찍어야 했다.

토요일 오후라 음식점에는 '민간인'들이 바글바글했다. 하필 대청이 여러 개 있는 야외음식점이었다. 오십대 박형사가 구두를 신는 둥 마는 둥 마당으로 내려와, "어이고 이게 누구야, 어서 오십시오" 너스레를 떨었다. 막내 형사가 잽싸게 내려와, "아이고 사모님 왜 이러십니까, 잠깐 저랑……" 하면서 등에 손을 살짝 댔다. 그러자 엄마는 "어딜 만져 이 변태 새끼야" 속삭이면서 곧바로 팔을 꺾어버렸다. 김형사는 뺨을 맞았고, 이형사는 조인트를 제대로 까였다. 박형사는 가뜩이나 없는 머리털을 한 줌이나 뽑혔고, 두 명의 이십대 형사는 은밀한 곳을 은밀하게 얻어맞았다. 어떻게 도합 오백 킬로그램은 족히 나갈 강력반 형사 여섯 명이 고작 오십 킬로그램짜리 여자 한 명을 못 당해냈을까? 아빠는 무슨 생각으로 도망가지 않았을까? 왜 대청마루에 끝까지 앉아 엄마가 하는 꼴을 가만히 지켜보고 있었을까? 아빠는 시종일관 천하절색의 가무를 감상하는 선비처럼 태평하고 진지한 표정이었다.

아빠의 태도는 엄마를 더욱 난폭하게 만들었지만, 아무리 목소리가 커도, 아무리 손버릇이 험악해도, 사람들 눈에 엄마는 남편 잘못 만나 인생 망친 가녀리고 불쌍한 여인이었다. 그 여인이 처음으로 크게 소리질렀다. 이 천하의 깡패 새끼들아. 남의 남편 물들이지 말고 오입질은 너네끼리 해.

아빠와 아빠의 동료들은 하나같이 우락부락하지, 나이대별로 위계질서 확실하지, 여자 한 명씩 죄다 꿰차고 있지, 누가 봐도 '깡패 새끼들' 맞았다. 나조차도 아니라고 생각하면 할수록 더욱더 그렇게 보였다. 졸지에 깡패가 된 아저씨들 중 그 누구도 수많은 시민들이 지켜보는 앞에서 자신이 경찰이라고 말하지 않았다. 그럼. 오입질하는 경찰보다는 오입질하는 깡패가 훨 낫지. 낫고 말고.

영화에서처럼, 경찰차는 엄마가 깡패들을 일망타진한 후에야 경박한 사이렌 소리와 함께 출동했다. 한 손은 권총집에, 다른 손은 진압봉 손잡이에 얹고 근엄하게 걸어오던 두 명의 경찰은 깡패들의 신원을 파악하자마자 마당 한가운데 어설프게 멈춰 섰다. 젊은 짭새는 두 눈을 끔벅끔벅했고, 나이든 짭새는 한쪽 뺨을 자꾸만 실룩거렸다. 날씬한 다리를 다소곳이 모은 엄마는 깡패와 경찰 사이에 군계일학처럼 서 있었다.

어디선가, 칠면조 한 마리 길게 울었다.

*

남치가 죽었다. 아빠가 사건을 맡았다. 남치는 밤 열한시쯤 수면제를 잔뜩 먹었다. 하필 그날 꼰대는 외박을 했다. 엄창은 억병으로 취해 잠들었다. 다음날 점심때까지 아무도 남치를 깨우지 않았다.

동기가 성적 비관이란다. 계모의 증언에 의하면 스키장에 보내달라고 했다가 안 된다고 하자 꼰대와 언성을 높여 싸우기까지 했단다.

조금만 일찍 병원에 갔더라도 살았을 거라고 아빠는 말했다. 설상가상으로 오래된 수면제라 구토제 성분이 없었단다. 나는 가슴이 싸늘해졌다.

"유서는 없었어?"

"그게 이상해. 없었다는 건지 있었다는 건지……"

나는 유서가 없었을 리가 없다고, 남치는 정말 죽으려던 게 아니라고, 만약 그랬다면 완벽한 방법을 택했을 거라고, 말하려다 말았다. 유서가 있음 뭘 해? 왕따 찌질이, 계모한테 따먹히고 자살한다고 해?

어쨌거나 남치는 죽었다. 죽는 척하려다 정말로 죽었다. 죽어서도 아홉시 뉴스에 나오지 못했다. 그렇게 잘난 척하더니, 정말이지 존경스러운 남치였다. 나는 녀석의 잔등을 후려갈기고 싶어 아주 미칠 지경이었다.

가뜩이나 심란한데 열흘 만에 집에 들어온 아빠는 죽겠다고 생난리였다. 엄마 때문에 징계를 먹었단다. 형사한테 징계는 겁나게 무서운 것이었다. 연타를 치면 강등될 수도, 잘릴 수도, 퇴직금을 뺏길 수도 있었다. 그래도 그렇지. 퍼질러 앉아서 눈물 흘리고, 어깨 흔들고, 심지어 발차기까지 할 건 없잖아. 엄마가 마지못해 미안하다고 했다. 아빠는 좀 전보다 더 요란하게 칭얼거렸다.

"이제 쪽팔려서 어떻게 형사질을 해. 차라리 그냥 콱 죽어버릴래."

"당장 죽어. 자신 없으면 내가 죽여줄까?"

나는 울컥, 해서 침대에서 벌떡 일어섰다. 인사도 없이 집을 나와버렸다. 갈 곳은 한 군데밖에 없었다. 어차피 가야 할 곳이었다.

남치가 꿈에 나올까 무서웠는지 장례식장에는 생각보다 애들이 많았다. 생전 처음으로 남치한테 절을 두 번씩이나 하고 나왔다. 희희덕거리던 애들이 나를 보고서야 표정을 굳혔다. 애들이야 철이 없으니까 그렇다 쳐도 엄창의 모습은 좀 거슬렸다. 새로 산 듯한 검은색 명품 정장에 싼 티 나는 스모키 메이크업을 하고 있었다. 옆방의 상주가 손님들을 바래다주고 들어오며 엄창을 위아래로 훑어보았다. 엄창은 엉덩이를 흔들며 나한테로 다가와서는 꽤나 슬픈 표정으로 물었다.

"니가 왕커녀니?"

안녕, 엄창? 하려다가 말았다. 내가 대답을 않자 엄창은 갑자기 나를 껴안더니, 정확히 말하면 매달리더니, 내 등과 머리카락을 어루만졌다. 서로의 몸을 어설프게 안은 채 엄창과 나는 오래 울었다. 울다가 지쳐 쉬는 타임에 나는 마스카라가 번진 엄창의 얼굴을 변기 속에 처박아 깨끗이 닦아주었다.

혁준은 오지 않았다. 대신 혁준의 꼰대가 왔다. 남치의 꼰대는 그를 욕하지도, 때리지도 않았다. 짧게 인사를 하고, 수행원과 함께 사라지는 그의 뒷모습을 오래도록 노려보았을 뿐이었다.

놀이터에 들렀다. 소주 한 모금을 마실 때마다 하늘이 붉어졌다. 붉은 하늘이 보기 싫어 소주를 그만 마시기로 했다. 일 분도 안 돼 소주가 몸서리치게 마시고 싶어졌다. 붉은 하늘을 수십 번도 더 봤다. 그때마다 눈시울이 뜨거워졌다. 나는 눈을 감았다.

나는 남치네 가게에서 술을 마시고 있었다. 혁준 꼰대가 나의 벗은 어깨에 팔을 올리고 있었다. 아빠는 신경도 안 썼다. 형사 아저씨들과 함께 새파란 영계들을 꿰차고 좋아하고 있었다. 맞은편에서 엄창이 나를 노려봤다. 유리벽에 비친 나를 보니 장난 아니게 예뻤다. 그 누구보다도 젊고 그 누구보다도 쭉빵했다. 혁준 꼰대가 왜 나를 택했는지 알 만했다. 연달아 술을 받아먹다 보니 사타구니가 뜨뜻해졌다. 가만 보니 사타구니에서 피가 흘러나오고 있었다. 룸 바닥이 우리집 안방 장판으로 바뀌었다. 바닥에 세계지도가 그려지고 있었다. 피를 많이 흘렸는데도 나는 하나도 안 아팠다. 다른 사람들도 개의치 않고 웃고 떠들어댔다. 남치 꼰대만이 바닥의 피를 치운다고 들통에 물수건을 빨아오고 난리었다. 손님 맞을 때 생리하는 건 예의가 아니라며 화를 냈다. 아무리 노력해도 생리는 멈추지 않았다. 남치 꼰대가 피를 지우고 또 지워도 세계지도는 또다시 그려졌다.

나는 한밤중의 놀이터에서 눈을 떴다. 몹시 추웠다. 이불 속에 들어가고 싶다는 생각뿐이었다. 하지만 집 안의 풍경은 더 추웠다. 거실에 발을 디뎠을 때 엄마는 막 식탁에서 일어나는 참이었다. 한 손에는 소주병을, 다른 손에는 칼을 들고 나비처럼 안방을 향해 걸어가고 있었다.

예전 같으면 방문을 잠그고 벌벌 떨었을 터였다. 오늘은 달랐다. 식탁에 앉아 엄마가 먹다 남은 술상을 받았다. 어차피 못 죽인다. 아빠가 없으면 엄마도 재미없어 죽을걸. 난 아빠가 얼마든지 엄마를 이길 수 있다는 걸 이미 알아버렸다. 남치가 혁준이 다른 애 건드리는 걸 못 참겠다고 말한 진짜 이유가 무엇인지도 이제는 알 것 같았다.

'찌직이'라는 개가 있었다. 개는 철판 중앙의 기둥에 묶여 밖으로 나갈 수 없었다. 과학자는 하루에 두 번 개를 감전시키고 끝난 뒤에는 반드시 밥을 주었다. 처음에는 온 힘을 다해 몸부림쳤으나 개는, 결코 벗어날 수 없다는 사실을 깨닫자 조용해졌다. 조신하게 참다못해 나중에는 고통에 몸을 떨면서도 침을 흘리며 입맛을 다셨다지.

엄마의 술상을 깨끗이 비우고 일어섰다. 나는 이백 근짜리 왕커녀였다. 55사이즈쯤은 우스웠다. 내 다이어트를 방해한 건 분명 그녀의 실수였다.

살아 있음에 감사하라

그렇게 한참을 있다가 S는 조금 울었다.

오직, 자신의 살아 있음에 감사하며 울었다.

S는 연락할 곳도 없으면서 핸드폰을 열었다 닫았다 했다.

범사에 감사하라.
이는 그리스도 예수 안에서 너희를 향하신
하나님의 뜻이니라.
—데살로니가 전서 5:18

S는 늙었다

모든 일은 S의 집 화장실에서 시작되었다.

S는 수건으로 물기를 닦다가 자신의 얼굴과 정면으로 마주쳤다. 이마에 못 보던 주름들이 깊게 패어 있었다. 눈꺼풀은 마른 대추처럼 쭈글쭈글했고, 다크서클로 물든 눈밑은 말 그대로 눈물 주머니였다. 쓴웃음을 짓자 눈가와 뺨에 넓은 밭이랑이 생겼다. 볼을 쓰다듬어보았다. 달 표면 같았다. 모공은 거대한 분화구만해서, 잘못 짚었다간 손가락도 꽂힐 것 같았다. 이 곰보 하르방이 누구람?

S는 신문을 읽기 위해 소파에 앉았다. 기사는 읽는 둥 마는 둥 자신의 스무 살 시절을 반추했다. 별다른 기억이 떠오르지 않았

다. 지난 이십오 년이 길었던가? 천만에. 그렇다면 앞으로의 이십오 년은 어떨까. 훨씬 빨리 가겠지. 이십대는 무궁화호, 삼십대는 새마을호로 갔으니, 이제는 KTX에 탔다고 봐야 한다.

이십오 년 뒤면 S의 나이 칠십. 이른바 고희(古稀)다. S는 자신도 모르게 몸서리쳤다.

S는 사회학과 강사였다. 마흔다섯이 되어서도 여전히. 그 동안 뭘 했던가. 대학 때는 데모하느라 바빴다. 수배자로 쫓겨다니느라 몇 번 휴학을 했고, 버티고 버티다 군대에 다녀왔다. 자본주의의 녹을 받아먹지 않겠다는 신조로 대학원에 진학했다. 그때가 서른. 자신을 빨갱이로 점찍은 노교수들 밑에서 어렵사리 박사학위를 받고 나니 마흔. 교수 밑에서 허드렛일이라곤 단 한 번도 해본 일 없는 그 잘난 유학파들에게 번번이 밀려 이리 치이고 저리 치인 끝에 교수는커녕 사실, 강사라도 하고 있는 게 다행이었다.

S는 자신이 교수가 되기에는 너무 저항적이라고 생각했다. S의 일상은 그 자체가 저항이었다. S는 나이키 제품을 사지 않았다. 나이키는 제삼세계에서 저임금 아동노동을 조장해온 기업이므로. S는 맥도날드 햄버거를 먹지 않았다. 맥도날드가 아마존의 원시림을 파괴했기 때문에. 최근에는 던킨도너츠도 끊었다. 오지의 유목민이 한 백인 남성에게 던킨도너츠를 대접하는 광고를 본 뒤부터.

그러나 여자들은, 모 상표의 화장품이나 옷이 어떠한 비리와 만행 끝에 생산된 것인지를 줄줄 꿰고 있는 S를 끔찍해했다. 한

창 사회 비판에 열 올려야 할 학생들도 예외가 아니었다.

자신을 피해다니는 여학생들의 얼굴을 S는 알고 있었다. 꼬박꼬박 '강사님'이라는 호칭을 붙여 자신을 불렀던 여학생의 이름도 또렷이 기억했다. 대부분의 여학생들은, 안녕하세요, 건성 인사만 하고, 어쩐지 좀 전보다 빨라진 걸음으로, S에게서 멀어져가곤 했다.

어느 봄날, 축제 기간이니 수업을 일찍 끝내달라고 강력하게 주장하는 학생들에게 떠밀려나오듯 강의실을 나온 S는, 연구실이 없어 갈 곳도 없고, 그렇다고 학교에 온 지 한 시간 만에 집에 돌아가기도 난처하여 금빛 햇살과 주변에 흐드러지게 핀 꽃들만 공연히 감상하다, 쟁반 위에 풀어놓은 진주처럼 맑은 웃음소리를 내며 지나가는, 봄볕보다 봄꽃보다 더 화창한 표정을 지닌 한 무리의 여학생들을 무심하게 바라보다가 문득, 살의를 느꼈다.

그때였다, 현재는 시속 삼백 킬로미터의 속도로, 하지만 곧 음속을 넘어 광속으로 날아오게 될 사십대 남자의 죽음을 용감하게 새치기하여 그 여학생이 S의 삶에 와 끼어든 것은.

"선생님! 잠깐만요!"

제비처럼 총총거리며 여학생은 뛰어오고 있었다. 그녀는 한쪽 손을 들어 가볍게 흔들었는데, 그 손짓은 마치 S에게, 어차피 죽을 건데 조금 천천히 가세요, 하고 타이르는 것만 같았다.

"그러니까……, 스토커에 대한 나의 사회학적 관점……을, 알고 싶다는 건가? 요?"

"아 네에. 역시 선생님은 정리를 잘하시는 것 같아여."

키가 큰 여학생은 머리를 뒤로 넘겼다. 눈부시게 하얀 목덜미가 드러났다. S가 이메일 주소를 불러주겠다고 하자 여학생은 얼굴을 오른쪽으로 돌리고 가방을 열었다. 여학생의 목덜미가 적나라하게 드러났다. S는 여학생이 노트와 펜을 꺼낼 것이라고 예상하고 하얀 목덜미에 시선을 좀더 두었다. 여학생은 핸드폰을 꺼냈다. 슬라이드를 여는 데 일 초도 걸리지 않았다.

"부르세요 선생님."

S는 화들짝 놀라 눈을 위로 들었다.

S는 'social6203'을 부르려고 했다. 그런데 난데없이 'SEX'라는 단어가 떠올랐다. S······O······라고 발음할 것이 S······E······O······가 돼버렸다. S는 진땀이 났다. 아니, 에스이오가 아니라 에스오······ 하는데 여학생이 슬라이드를 닫아버렸다.

"선생니임, 죄송한데요오, 그러지 마시고 그냥 저 술 한잔 사주시면 안 돼요? 여쭤볼 게 많아서 그러는데······"

S는 말문이 막혔다. 술이라니. 그것도 여학생과 단둘이?

피부가 백옥처럼 고와서도, 생머리가 비단결 같아서도 아니었다. 속옷이 살짝 비쳐 보이는 얇은 스웨터 안으로 짐작되는 가슴이 크지도 작지도 않은, S가 선호하는 꽃망울형의, 전반적으로 도톰하면서 유두 부분이 좀 돌출된 형상이어서도 결코 아니었다. 다만 S는 그날 아침 화장실에서 자신의 죽음을 보고 난 후였던 것이다. S는 한차례 심호흡 후 입을 열었다. 엉뚱한 대답이 튀어나갔다.

"글쎄…… 그건……, 별로 좋지 않은 생각 같은데……"

여학생의 입이 뾰로통해졌다. S는 이왕 뱉은 말을 번복할 수 없어 난처했다. 다행히 여학생은 좌절하지 않았다. S의 팔을 붙잡고 적극적으로 매달렸다. 도톰한 꽃망울 한쪽의 감촉이 감질나게 전달되었다. 여학생은 고무줄을 넘듯, 교대로 다리까지 동동거렸다. 봄햇살을 받아 매끈한 종아리가 팔딱팔딱 빛났다.

"선생니임, 전 정말 심각하단 말이에요. 선생님이 안 도와주시면, 저 인생 망칠지도 몰라요. 제 인생 망치면 후회하실 거잖아요. 도와주세요. 도와주실 거죠? 역시~! 선생님 머엇쨍이!"

S는 어이가 없었다. 이애는 내가 도와줄 걸 어떻게 확신할까? 더구나 인생이 걸린 심각한 일을, 어쩜 이렇게 명랑하고도 발랄하게 말할까? S는 여자애에게 모종의 사회학적 관심을 품지 않을 수 없었다.

S는 웃었다. 여학생도 따라 웃었다. 두 사람의 은밀한 미소가, 교정에 봄꽃처럼 흐드러졌다.

녀석은 젊었다

남자애가 전화한 것은, 여학생을 만난 다음날부터였다. 십수 년 만에 늦잠을 자고 있는 중이었다. 남자애는 다짜고짜 욕부터

했다. S의 사회학적 연구 대상이, 한 명에서 두 명으로 늘어나는 순간이었다.

─야 이 씨발놈아. 전화 왜 안 받아? 어제 뭔 짓을 했는데 날 피해? 좆을 잘라서 똥꼬에 처박아버릴까보다. 이 졸라 까진 늙은이 변태 새끼야!

─저…… 죄송하지만…… 전화를 잘못하신 것 같은데……요.

─까고 있네 씨발. 나이 처먹어 기억력 감퇴냐! 어제 보고 오늘 발뺌을 해! 어제도 아냐, 오늘이야, 잠깐만 기다려봐……, 정확히 여덟 시간 삼십육 분 전이라구!

S는 전화를 끊고 침대에 걸터앉았다. 누구지? 여학생이 말했던, 삼 년 됐다는 그 스토커? 그 남자애가 내 전화번호를 어떻게 알았지? 전화는 또 왔다.

─왜, 그년이 내가 스토커래? 걔 그거 상습적인 구라야. 예쁜 애 한번 걸쳤다고 째진 모양인데, 착각 마셔. 난 걔랑 졸라 많이 잤어. 난 걔 그거 옆에 커다란 점이 있는 것도 알아. 스토커랑 졸라 하는 년 봤어? 당신은, 그냥 갖고 논 거야. 당신이 걔를 따먹은 게 아니라, 걔가 당신을 따먹은 거라고. 당신 졸라 못한다며? 다 들었어. 걘 나한테 다 얘기하거든. 생각해봐. 내가 당신 전화번호를 어디서 땄겠어?

전화는, 걔한테 한 번만 더 연락하면 죽는다, 기다려, 이번엔 내가 먼저 끊는다, 로 끝났다.

두통이 몰려왔다. 술을 좀 많이 마시기는 했다. 그뿐이다. 손

한번 잡은 기억이 없다. 그런데 왜 잤대? 보나 마나다. 괜히 떠보는 거다.

S는 정반대의 경우도 고려했다. 여자애가 전화번호를 알렸다면? 여자애가 같이 잤다고 거짓말한 거다. 그렇게 젊고 예쁜 애가 왜 나를? 혹시 동침했다고 말해도 쪽팔리지 않을 만큼 나에게 매력을 느꼈다는……

여자애는 전화를 받지 않았다. 띄엄띄엄 문자메시지를 보냈다. 역시 답장은 없었다.

몇 시간 만에 문자메시지가 왔다.

'방금 여친이랑 통화. 너 또 연락. 죽고 싶으면 한 번만 더 하셈.'

S는 그저 웃었다. 내심 S에게는 이 싸가지 없는 남자애보다는 자신이 훨씬 낫다는 확신이 있었다. 엿새를 기다렸다. 크게 숨을 한 번 쉬고 강의실에 들어섰다. 여자애는 결석이었다. 나를 한 번만 더 만나면 죽여버리겠다고 위협한 게 아닐까? 혹시 납치?

강의가 끝나자마자 전화가 왔다. 잽싸게 핸드폰을 열었는데 남자애였다.

—그년 어따 숨겼어? 나랑 통화한 거 꼰질렀지? 너 땜에 내 전화를 안 받잖아! 네가 설득해. 오늘 내로 전화 안 오면, 너 진짜 죽을 줄 알아.

S는 무시했다. 똑같은 내용의 문자메시지가 문장만 바꿔 삼십 분이 멀다 하고 날아왔다. 하루는 핸드폰을 껐다 켰다. 수십 통

의 문자메시지가 확인할 새도 없이 계속 날아와 꽂혔다. S는 들어본 적도 없는, 기상천외한 욕설들이었다.

납치 사실을 숨기기 위해, 계획적으로 보내는 건 아닐까? 문자메시지는 며칠을 두고 계속되었다. 그러니까 납치는 아니었다. 여자애는 안전했다. 안전하지 않은 것은 S였다.

S는 종횡무진 헷갈렸다. 처음에는 전화하면 죽인다더니, 이제는 전화를 안 한다고 죽인단다. '연락 안 됩니다 죄송합니다' 수십 번 답장해도 믿지 않았다. S는 며칠 만에 핸드폰 노이로제에 걸렸다. 핸드폰이 떨리면, S의 몸도 떨렸다.

더더욱 미치겠는 것은 갈피를 잡을 수 없는 남자애의 태도였다. 하루는,

'날 떨구면 니가 그년이랑 될 것 같아? 다 죽여버릴 거야 둘 다'

했다가 다음날엔,

'어젯밤엔 제가 죄송했습니다. 제발 부탁인데 선생님이 그애 좀 찾아주세요'

하는 식이었다.

녀석은, 당근과 채찍을 병행하고 있었다. 협박만 하는 것보다는, 그편이 열 배는 더 효과 있었다. S는 녀석을 인정하지 않을 수 없었다. 하지만, 당하고만 있을 S가 아니었다.

S는 적극적으로 대처했다. 사과하기, 제압하기, 구슬리기, 위협하기, 받아주기, 따지기, 져주기, 싸우기…… 다양한 전략으

로 녀석의 심리를 요리했다. 녀석한테 반말을 못 쓰게 하는 데 이틀, 존댓말을 가르치는 데 다시 이틀……, S는 일주일 만에 문자메시지의 달인이 되어 있었다.

우연히 점심을 같이 먹게 된 동료 선생들은, 쉰세대의 대명사 S가 웬 문자메시지냐, 디지털이 무섭긴 무섭구나……, 그도 모자라 눈빛이 초롱초롱해졌다는 둥, 얼굴에 혈색이 달라졌다는 둥, 암만해도 늦바람이 분 게 틀림없다는 둥……, 남의 속도 모르고 저들끼리 신나게 들까불었다.

녀석을 알게 된 지 꼭 이 주째 되는 날. 며칠 뜸하던 녀석에게서 문자메시지가 왔다.

'헤어지기로 했슴다. 이젠 정말임다. 쌤한텐 그간 열라 죄송. 앞으론 전화하지 않겠슴다.'

'젊은 사람이 뭐 그런 일로 여친이랑…… 잘 생각했네. 나도 개인적인 원한은 없네.'

십 분이 넘도록 응답이 없었다. 혹, 잘 생각했다, 는 말에 앙심을 품었나. S는 왠지 불안했다.

'앞으로도 힘든 일 있으면 상의하게. 그럼 좋은 하루.'

일 분 만에 답장이 왔다.

'그럼 마지막으로 셋이서 만남 주선 좀. 오해는 풀고 시픈데…… 걔가 쌤 말은 들을 것 같아여……'

이 새끼가 또 떠보고 있네. 안 만난다니까. S는 곧바로 답장을 보냈다.

'계속 연락두절임. 도와주고 싶으나 연락이 안 되니 그건 힘들겠음. 죄송.'

'그럼 쌤이랑 저랑 둘이 만나요 ^——^'

S는 잠시 전율했다.

'별로 좋은 생각 같지 않음. 정말 죄송.'

그때쯤 S는 주차장에 도착했다. 문제의 코란도를 발견한 것은 그때였다. 검은 창 안에서 한 남자가 푸른색이 도는 핸드폰의 자판을 눌러대고 있었다. 남자가 폴더를 닫자마자 S의 몸이 찌르르 울렸다.

'전화 안 한다며 연락두절 어케 알아. 너 이제 선생질 좋이다. 부디 몸조심 - -+'

코란도는 빠른 속도로 주차장을 빠져나갔다.

놈은 무서웠다

S는 열시쯤 집에 도착했다. 차로 이십여 분 거리에 있는 시립도서관에서 오는 길이었다. 하루 종일 인격모독은 물론, 생명의 위협까지 당한 터라 다른 날보다 몇 배는 피곤했다. 하지만 S는 자신이 도착하자마자 또다시 주차장을 빠져나가는 검은색 코란도를 놓치지 않고 보았다. S는 달리던 그대로 기어를 바꾸고 코란도를 뒤쫓기 시작했다. 가만 앉아서 벌벌 떨고만 있을 줄 알

있니? 내가?

코란도는 상습적으로 차선을 바꿨다. 에스 자로 지그재그, 마치 놈이 구사하는 게임의 법칙처럼. 제아무리 변화무쌍한 커브볼이라도 못 받아낼 S가 아니었다. 비록 구닥다리 프라이드지만 내 차는 가솔린이다. 백사십 넘기면 다행인 디젤 주제에…… S는 할리우드 영화의 멋진 추격 장면을 떠올리며, 기어를 이리 넣었다 저리 넣었다, 기민하게 차를 움직여 매번 코란도의 꼬리를 물었다.

신호 대기에 걸렸다. S는 놈 바로 뒤에 있었다. 뒤창도 틴팅으로 어두웠지만 놈의 실루엣이 안 보일 정도는 아니었다. 놈은 미행 따위는 아랑곳없다는 듯 룸미러를 들여다보며 연방 앞머리를 정리하고 있었다. 뻔했다. 모르는 척하면서 이쪽의 동태를 파악하려는 수작이다. S는 휴대전화를 들었다. 어이, 김형사 난데, 차량 넘버 하나만 조회해줘……, 완벽을 기하기 위해 소리까지 내면서 어딘가로 전화하는 시늉을 했다. 모든 것을 다 알고 있다는 표정으로, 딴청을 피우는 놈의 뒤통수를 무서운 눈초리로 노려보면서.

S의 속생각을 듣기라도 한 것일까. 일차로로 달리던 코란도가 갑자기 오른쪽으로 차를 획, 꺾었다. 이차로 삼차로를 달려오던 차들이 급정거를 했다. 코란도는 두 차선을 수직으로 가로질러 오른편 도로로 사라졌다. S는 놈이 빠르게 멀어져가는 것을 망연히 바라보며 입을 딱 벌렸다. 뒤차가 요란하게 경적을 울려대

는 것도 알지 못했다.

무서운 놈이었다.

그들은 친절했다

경찰차가 왔다. 두 명의 경찰이 그 안에서 내렸다. 한 명은 S 또
래쯤 돼 보이는 사복 차림의 짤따란 사내였고, 또 한 명은 경찰복
차림의 젊고 건장한 사내였다. 둘 중 어느 누구도 만만해 보이
지가 않았다. S는 휴대전화를 만지작거리며 난감한 표정을 지었
다. 이 상황을, 대체 어떻게 설명한단 말인가.

S는 어젯밤 또 술을 마셨다. 계속되는 놈의 전화 때문에……,
라고는 하지만 사실은 집에 들어가기가 무서워져서였다. 갑자기
매일 하던 일이 몸서리치도록 싫어질 때가 있지 않나. 더구나
집 앞에 칼을 든 괴한이 기다리고 있을지도 모른다면?

"야, 조심해라. 요즘에는 아무 이유도 없이 사람을 죽여. 어제
뉴스 못 봤어? 엄마가 잔소리를 해서 찔러 죽였다는 거 아냐. 한
마디로 수틀리면 지 아비어미도 죽이는 세상인데……"

"……"

"스토커? 그거 남의 일 아냐. 연예인 사십 퍼센트, 일반 여성
삼십 퍼센트가 스토킹 피해자인 거 알고 있지? 아마 통계에 잡
히지 않은 것까지 따지면 일반인이 연예인보다 더 많을걸?"

106

"……"

"미국에서는, 연간 살해되는 여성의 삼분의 일이 애인이나 남편이 죽인 거고, 그중 구십 퍼센트 이상은 죽기 전에 스토킹을 당했대. 다른 게 있다면, 이놈의 나라에는 스토킹 방지법이 전무하다는 거지."

"……"

"농담이 아니고, 모쪼록 조심하시게."

오랜만에 만난 동기 녀석은 딸 핑계를 대고 집에 먼저 가버렸다. S는 혼자 남았다. 마침 젊은 애들이 들어와 양주를 시켰다. S는 나이든 놈이 자리만 차지하고 맥주를 홀짝거리는 게 체면상 그렇다고 생각해서 본인도 양주를 시켰다. 양주를 시키자 바텐더가 남자에서 여자로 바뀌었다. 비싼 양주가 아깝긴 했지만 예의상 한 잔을 권했다. 여자는 아예 자기 잔을 가져왔다. 술 잘 마시는 여자 바텐더는 사라진 여학생을 생각나게 했다. S는 취했다. 그것도 아주 많이 취했다.

사건은 다음날 터졌다. 지난 새벽 S는 다 낡아 떨어진 프라이드를 대리운전하기 쪽팔려 택시를 타고 귀가했었다. 그런데 차를 찾으러 학교에 돌아와보니 차가 없었다. 도난당한 것이다!

주차관리실에 갔다. 자초지종을 설명한 다음 차가 언제 학교를 빠져나갔는지, 누가 가지고 나갔는지를 알 수 있겠냐고 물었다. 관리실장은 걱정과 놀라움이 가득 찬 표정을 지었다. 그러더니 상당히 냉랭한 목소리로, 그런 일은 이 학교가 생긴 이래 한 번도 없었던 일이다. S의 차는 정식 교직원 차량이 아니기 때문에 기록이 남지 않는다, 는 말만 반복했다.

경찰에 전화를 했다. 경찰은 십 분 내로 출동하겠다고 말했다. 그 십 분 동안에도 S의 머릿속에는 한 가지 생각밖에 없었다. 놈의 친구 중엔 조폭이 있다. 놈은 분명히 그렇게 말했다. 조폭이라면 사람을 죽이는 것도 별일 아닐 텐데 차 한 대 훔치는 일쯤이야. 이건 놈들의 경고, 이를테면 선전포고다.

경찰차가 왔다. 두 명의 경찰이 내렸다. 기억은 그때 되돌아왔다.

돌아온 기억 속에서 S는 술에 취해 프라이드를 탔다. 왜? 차를 자신이 강의하는 건물 앞에 세워두면 안 된다고 생각했다. 왜? 놈은 S의 차를 알고 있고, 차를 보고 강의실로 찾아오면 낭패니까. 앞으로는 계속 딴 건물 앞에 세워서, 놈이 자신을 찾아오지 못하게 해야 한다고 생각했다. 주차 위치도 자주 바꿔야 한다. 차의 브레이크 따위를 망가뜨리거나, 어딘가에 숨어 있다가 칼로 확 쑤시면 큰일이지 않나. 그런데 왜 잊었냐고? 술에 취해서 그랬다.

"그러니까…… 이 대학 교수님인데, 차를 아무렇게나 주차해놔서, 조교한테 안전한 곳에 옮겨두라고 하셨단 말이죠? 그런 다음 그걸 깜박 잊으셨단 말씀이시죠?"

사복 차림의 남자가 물었다. S는 고개를 끄덕였다. 그래도 출동은 했으니까 이곳에 사인을 해주셔야 합니다. 경찰복을 입은 남자가 말했다. 그들은 친절했다.

집에 돌아오면서 S는 실소했다. 생각하면 생각할수록 기가 막혔다. 생각들은 스스로 꼬리에 꼬리를 물었다. 무슨 근거로 놈이 차를 훔쳤다고 단정지었을까? 왜 스스로 차를 옮겨놓고 기억하지 못했을까? 혹 놈의 다른 협박도 모두 허풍?

S가 거기까지 생각했을 때 핸드폰이 울렸다. S는 몸을 또 한바탕 떨었다. 발신자 표시제한이었다.

─S 강사님?

─그런데요……, 전화하시는 분은 누구신지……

─네가 쫓아다니는 분이 고용한 해결삽니다. 저는 또 미행을 하셨다기에 저랑 동업자 되시는 줄 알았더니만 교육인이셨더구만요. 저희는 뭐 죄 없는 사람을 죽이거나 뭐 이딴 짓은 안 합니다. 분명히 말씀드립니다만, 그년이랑 무슨 관계이신지는 몰라도 만약 한 번만 더 눈에 띄면 그년이랑 영원히 함께하시게 될 겁니다. 그럼, 공부 많이 하신 분이니까 제 말 잘 이해하셨을 걸로 믿고 끊습니다.

그는 친절했다. 그게, 훨씬 더, 무서웠다.

놈은 내리지 않았다

S는 시트에 몸을 묻고 아파트 주차장을 좌우로 살피고 있었다. 며칠 전 빌린 렌터카 안에서였다. 한 시간째였다. 머릿속에

는 한 가지 생각뿐이었다. 넌 오늘도 온다, 분명히 와…… 연방 되뇌며 S는 조수석에 놓아둔 가스총을 다시 한번 점검했다.

차는 천천히 다가왔다. S는 몸을 한껏 낮추었다. 미리 겨냥해 놓은 룸미러를 통해 놈의 차를 보았다. 검은색 코란도. 매일 밤 아홉시에서 열한시 사이에 나타나는 바로 그 번호판. 차는 암살자의 그것답게 미끄러지듯, 주차장을 한 바퀴 꼼꼼히 돌아본 다음 S가 사는 아파트 옆동에 소리없이 멈추었다. 코란도의 시동은 곧 꺼졌다. 검은 유리 때문에 놈의 얼굴은 보이지 않았다.

뻔하다. 녀석은 고민하고 있다. 죽일까 말까……, 죽여도 될까? 주위를 살피며 망설이고 있다. 어쨌거나 놈은 프로가 아니다. 사흘째 같은 차를 타고 오는 것만 봐도 그렇다. S는 차를 렌트했다. 프라이드는 눈에 잘 띄는 곳에 세워두었다. S는 회심의 미소를 지으며 몸을 조금 세웠다.

작전은 간단했다. 녀석이 살인을 결심하기 전까지는 아무 짓도 안 한다. 차에서 내려서, 엘리베이터를 타고, S의 집 앞에 설 때까지도 역시 아무 짓도 안 한다. 초인종을 눌러라. 제발 이미 열려 있는 현관문을 당겨 네 지문을 남기고, 집 안으로 한 발자국만 들어서라. 그렇게만 해준다면……

하지만 언제나처럼 놈은 내리지 않고 있었다. 오늘도 가만히 앉아만 있다 갈 셈인가?

S는 차에서 내리고 싶은 충동을 느꼈다. 코란도의 검은 창문을 두드리고, 놈이 창문을 내리면 그냥 한 방 쏴버릴까. 너무 가

까이에서 쏘면 위험합니다. 화약식이라 공포탄이랑 똑같아요. 몸에 대고 쏘면 죽을 수도 있습니다. 총포상 주인은 살짝 웃었다. 주의사항이 아니라 리볼버 가스총의 숨은 기능을 일러준 것 같았다. 안 될 말이었다. 지금 그랬다간 정당방위를 증명할 방법이 없다. S는 당장이라도 달려가고 싶어, 벌써부터 신경이 찌릿찌릿해진 두 다리를 애써 눌렀다.

다만 S는 검은 창문을 집요하게 노려보며 생각했다. 너만 아니었으면……

그녀는 예뻤다

"반응을 하지 않는 것이 중요해. 스토커들은 모든 반응을 자신에 대한 관심이라고 해석해. 화를 내거나 욕을 해도 다 자신을 사랑하기 때문이라고 봐. 본인이 그러니까 남도 그렇다고 생각하는 거야."

"맞아요 맞아요. 역시, 선생님 만나길 잘한 것 같아요."

"더더군다나 중요한 것은 놈의 심리를 읽으려고 해서는 안 된다는 거야. 스토커들은 상대의 심리에 매우 집착하기 때문에 조금이라도 신경을 쓰면 단박에 알아채. 일단 상대가 자신의 심리를 염두에 두게 되면 자신을 사랑하게 된 거라고 판단하지. 스토커가 무서운 것은 그 때문이야."

"근데요, 반응을 안 하면 불같이 화를 내요. 평소엔 부드럽다가도 화나면 되게 무서워요. 그런데 어떻게 반응을 안 해요."

"바로 그게 스토커들에게 시달리는 많은 사람들이 하는 호손데, 무슨 말을 하건 절대 답장을 해선 안 돼. 정말 사람을 죽일 놈은 그렇게 말로 떠들지 않아. 스토커들의 말은, 말이 아무리 험악하더라도 자신의 심정을 좀 알아달라는 일종의 어리광이라고 생각하면 돼. 처음부터 무시하면 아무 문제가 생기지 않지만 어떻게든 설득해보겠다고 응답을 하게 되면 그때부턴 정말 무서운 일들이 생기게 되지. 오래 끌면 끌수록 잔혹한 범죄로 발전할 가능성도 함께 높아진다고 생각하면 돼."

"아 무서워. 그런 얘기 그만하세요."

여학생은 S의 팔을 붙잡고 흔들더니 살며시 머리를 기대왔다. 덕분에 S는 바(bar) 위에서 어색한 자세로 굳어졌다. 잠시 후 여학생은 벌떡 일어나더니 S를 바라보았다.

"선생님은 뭐랄까. 참 귀여우세요. 아니 열라 귀여워 막 이래."

여학생은 S 쪽으로 몸을 돌렸다. 그 바람에 여학생의 다리가, 높은 회전의자 위에서 한껏 허벅지를 드러내고 있는 그 완벽한 곡선이 S의 몸에 와 닿았다. S는 또 한번 돌부처가 되었다. 어머, 선생님 표정 봐, 정말 귀여워, 여학생은 뭐가 그렇게 좋은지 배꼽을 잡고 웃으며 S의 어깨를 툭, 툭, 쳤다. 그 바람에, 아슬아슬하게 파인 스웨터 속의 싱싱한 젖무덤이 아련한 향과 함께 S의 눈 속에 들어와 박혔다.

S는 웃었다. 여학생이 귀여워서 웃고, 귀여운 여학생과 함께 있는 자신이 행복해서 웃었다. 그래, 딱 하루만이다, 딱 하루만……

여학생은 갑자기 취했다. 이유 없이 깔깔거리며, S로서는 알아들을 수 없는 이야기들을 주절주절 늘어놓다가, S의 어깨에 머리를 기대고 잠들어버렸다. S는 여학생이 깨어나지 않게끔 조심하며 슬쩍, 여학생의 부드러운 어깨에 손을 얹었다.

저 멀리, 모자를 눌러쓴 한 남학생이 어두운 구석자리에 혼자 앉아, 여학생의 팔을 훑으며 서서히 허리 쪽으로 뻗쳐가는 S의 손가락들을 무서운 눈초리로 쏘아보고 있었다.

여자는 죽었다

S는 일어나자마자 부릅뜬 눈으로 핸드폰을 확인했다. 문자메시지도, 부재중 전화 기록도 없었다. 깨끗했다. 입에서 끄응~, 하는 소리가 새어나왔다. 원래의 무기력한 자세로 돌아왔다. 슬리퍼를 질질 끌며 신문을 집어왔다. 소파에 거만하게 앉아 심드렁하게 기사를 읽어나갔다. 그러다가 그 기사를 보았다. S의 안구가 철판을 만난 자석알처럼 와락, 신문 위로 쏠렸다. 이완돼 있었던 척추가 한껏 당겨진 활처럼 휘어져 부르르 떨렸다.

어젯밤 열시 서울 ㅁ동 ㄱ아파트에서 변심한 애인을 수년간 스토킹하다 끝내 살해하는 사건이 발생…… 범인은 형사 김 모(35)씨로 옛 애인의 아파트에 찾아가 실랑이 끝에 ㅂ기업 직원 이 모(29)양을 칼로 찔러 숨지게 한 후 한 시간 뒤 경찰에 자수……

S는 꾸역꾸역 아침을 먹었다. 꾸역꾸역 출근 준비를 했다. 괜찮아, 일주일이나 지났잖아, 지금쯤 지쳤을 거야……, 하면서 바지 벨트를 힘주어 잠갔다가, 아무 일 없는 게 더 수상해, 상대방이 방심할 때를 기다리는 게 틀림없어! 라는 생각이 들자 윗도리를 반만 걸친 채 골똘해졌다. 알람은 그때 울렸다.

S의 동작이 빨라졌다. 허공에 매달려 있던 한쪽 팔을 윗도리에 마저 꿰었다. 거울 앞에서 넥타이를 다시 손봤다. 알람시계 옆에 있던 가스총을 집었다. 총을 옆구리 안쪽에 낀 채로 조심스레 현관문을 나왔다. 엘리베이터 문이 열릴 때마다 긴장했다. 일층에 내려서는 주위를 연방 둘러보며 차까지 뛰다시피 했다.

S의 차는 얼마 못 가 멈추었다. 누가 S의 차를 향해 총을 쏜게 아니었다. 미리 설치해둔 폭탄이 터진 것도 아니었다. 다만 그가 사는 아파트의 옆동, 아파트 입구를 나서려면 반드시 거쳐야 하는 102동 앞에 사람들이 모여 있었다. 경찰도 두 명 서 있었다. 창문을 내렸다. 아줌마 몇 명의 이야기가 생생하게 들렸다. 어젯밤에 그랬다매…… 어머 어머 그 곱상하게 생긴 처녀…… 매일 밤 와 있었대? 어이구, 무서워…… 무서워서 어떻

게 살아……

그러고 보니 여기가 ㅁ동 ㄱ아파트다. 그렇다면?

여자가 죽었다. 여자는 ㅁ동 ㄱ아파트 102동에 살고 있었다. S가 뜬눈으로 침대에 누워 있는 동안, 여자는 죽고, 남자는 자수하고, 경찰은 조서를 쓰고, 기자는 기사를 쓰고, 누군가는 신문을 인쇄하고, 누군가는 여자의 부고를 친절하게 옆동까지 배달해주고…… 그 동안 여자의 시체는 보관소에서 냉동됐겠지. 썩어서는 안 되는 생고기처럼.

그런데 형사? 서른다섯? 그놈이 서른다섯이나 됐다고?

S의 꽉 다문 입술이 조금 벌어졌다. 한쪽으로 찢어진 입모양이 나이키 상표 같았다. 나이키는 점차 헤벌어져서 던킨도너츠가 되었고, 마침내 커다랗게 열린 입속에서 맥도날드 심벌을 닮은 목구멍의 형상이 만천하에 드러났다.

뒤차가 빵! 하고 경적을 울렸다. S는 웃음을 거두고 차를 출발시켰다. 잠시 후, S의 머릿속에서 무언가가 폭발했다.

그러니까, 남자애는 아무 짓도 안 했다는 말이지?

방금 전까지만 해도, 목젖까지 드러내고 크게 웃었던 S는, 아파트 단지를 빠져나오자마자 기분이 나빠졌다. 생각하면 생각할수록 현기증이 났다. 그러고 보니 S는 남자애의 얼굴을 한 번도 본 적이 없었다. 코란도 운전자의 얼굴도 제대로 보지 못했다. 놈은 형사였단다. 형사이자 동시에 스토커였단다. 내가 형사 흉내를 내며 핸드폰을 들고 있을 때 놈은 내 차번호를 조용히 외웠을까? 녀석은 내가 렌터카로 녀석을 계속 쫓아다녔던 것을 눈치챈 게 아니었을까? 만에 하나, 그래서 홧김에 여자를……

뒤차가 빵빵거렸다. 좀 전에 102동 앞에서 빵빵거렸던 그 차였다. 앞차가 안 가는데 나보고 어쩌란 말이야? 한번 이상하게 운전한 놈 영원히 믿을 수 없다 이거야? 앞차가 아예 서버렸다. S도 차를 세웠다. 뒤차가 또 빵빵거렸다. S는 사이드 브레이크를 단단히 잡아당겼다. 차에서 내려 뒤차를 향해 걸어갔다. 운전자는 젊은 남자애였다. 남자애는 껄렁껄렁한 눈초리로 열린 창문 밖으로 침을 탁, 뱉었다. S를 노려보며, 아 씨발, 운전 좀 똑바로 해 이 아저씨……, 하다가 딱딱하게 굳어졌다. S는 남자애의 머리에 가스총을 겨냥한 채로 말했다.

"난 똑똑한 놈 머리에 총알 박고 뭐 이런 짓은 안 해. 그러니까 한 번만 더 빵빵거려. 어차피 텅 빈 머리 총알 하나 박힌다고 뭐 큰일나겠어? 이 좆을 잘라서 똥꼬에 처박아도 시원찮을 놈의 시끼야."

S는 감사했다

"제 네이트온을 해킹했었나봐요. 주소록에 선생님 전화번호가 있었거든요. 좀 욱하는 성격이라서 그렇지 천성이 나쁜 애는 아니에요. 어쨌든 다 잘 해결됐어요. 그 남자애는 이제 다른 여자애가 좋아졌대요. 다시는 전화 안 하겠다고 문자 보냈더라구요. 선생님한테 정말 죄송해요. 걔가 선생님한테까지 그럴 줄은 정말 몰랐어요."

여자가 죽자, 여학생이 찾아왔다. 두 사람은 꽃잎이 마구 떨어지는 사회과학대 앞 벤치에서 만났다.

"그 동안 어디 있었니?"

"그냥……, 친구 집에 피신해 있었어요."

S는 별로 할 말이 없었다. 생각다 못해 한 달 결석을 봐줄 테니 수업에 들어오라고 말해주었다. 여학생은 죄송해서 그렇게는 못 할 것 같다고 대답했다. 한참을 어색하게 앉아 있다가 S는 앞으로도 얼마든지 상담을 청하라고 했다. 여학생은, 그럴게요, 짧은 대화에 마침표를 찍었다.

야구모자. 허름한 티. 헐렁한 청바지. 돌아서는 여학생의 모습은 평범했다. 정말 그거 옆에 커다란 점이 있을까. 서서히 멀어져가는 여학생을 바라보며 S는, 자신에게 평생 모를 일이 하나 생겼음을 깨달았다.

남자애는 스토커가 아니었다. 삼 년이나 누군가를 미치도록 사랑할 수 있는, 혈기왕성한 청춘일 뿐이었다. 진짜 스토커는 따로 있었다. 놈은 사람을 죽이고 감옥에 갇혔다. 어쨌든 여학생의 말대로 모든 일은 끝났다. S는 이제 완벽하게 안전했다. 하지만 그 사실이 S에게 안긴 것은 안도감이 아니라, 갑작스레 몰려오는 허전함과 무기력함이었다.

S는 시립도서관으로 직행해 스토커에 대한 자료를 잔뜩 찾았다. 집에 돌아와 남은 반찬을 죄다 때려넣은 뒤죽박죽 비빔밥을 썸어 먹으며 자료들을 꼼꼼히 읽었다. S는 비빔밥도, 자료도, 신들린 사람처럼 게걸스럽게 먹어치웠다.

S는 밤늦게 드라이브를 했다. 주차장에 돌아와 매일 밤 코란도가 서 있던 자리에 차를 세웠다. 주위를 공연히 둘러보았다. 공룡처럼 거대한 두 개의 아파트 동이 나란히 서 있었다. 이 안에는 얼마나 많은 여자가 살고 있을까. 한 동에 백 채, 그러니까 모두 이백 채. 한 채 걸러 성숙한 여자 한 명씩만 살아도 모두 백 명이다. 그런데 코란도 한 대쯤이 뭐 놀랄 일인가? 우연이 아니었다. S의 잘못이랄 수도 없었다. S에게 잘못이 있다면, 세상에 스토커가 그토록 많다는 사실을 미처 몰랐다는 것뿐이었다.

S는 연락할 곳도 없으면서 핸드폰을 열었다 닫았다 했다. 자신과는 상관없는 자에게 살해당한, 그러니까 자신과는 전혀 무관한, 이 모양의 불 꺼진 집을 몇 번씩이나 올려다보았다.

그렇게 한참을 있다가 S는 조금 울었다. 오직, 자신의 살아 있음에 감사하며 울었다.

외눈박이

진짜 몰카는 당신을 이미 알고 있는 사람들에 의해서 설치된다. 그들은 당신에게 아무것도 캐묻지 않을 것이다. 그럴 필요가 없기 때문이다.

*

"모니터랑, 사람 얼굴이랑, 같이 보여야 되는데……"

의뢰인이 미간에 주름을 잡고 입을 약간 내밀며 말했다. 입 주변은 욕구불만에 가득 찬 어린아이의 그것인데 이마 부위는 초로의 노인처럼 찌그러져 있었다. 표정 짓는 법을 배우다 만 것 같은 남자였다.

침실도, 거실도, 금방 끝났다. 침실의 침대는 TV를 바라보고 있었고, 거실에는 화재경보기가 소파를 굽어보고 있었다. 하지만 이 방은 사정이 달랐다. 네모반듯한데다 벽과 천장과 바닥이 책받침처럼 매끈했다. 있는 가구라곤 문 두 개 달린 책장 하나와 데스크톱 한 세트뿐이었다.

"컴퓨터에 심으면 간편할 텐데요."

"그럼 사람만 보일 텐데…… 화면도 같이 보이면 좋을 텐데……"

남자가 느려터진 속도로 말했다. 변비 같은 놈, 덜 닦은 뒤 같은 새끼, 안 나오는 재채기, 이빨 사이에 긴 음식물 찌꺼기 같은 자식. 돈만 주면 뭐라도 해준다. 그런데 왜 말끝은 흐리고 표정은 짓다 마나.

"저건 쓰시는 건가요? 개조해도 될까요?"

나는 책장 안에 놓여 있는 오래된 수동카메라를 가리켰다. 남자는 입을 벌릴 듯 말 듯 한동안 생각했다.

"개조하면……, 쓸 수 없게 되는 건가보네……"

못 쓴다고 대답했다. 남자는 좀 전보다 더 오래 생각했다. 무표정한 얼굴인데다 영국 경찰처럼 부동자세인 채였다. 가슴이 막 터지려는데 남자가 입을 열었다.

"그래도 뭐……, 할 수 없지 뭐……"

말 끝나기가 무섭게 책장의 문을 열고 카메라를 꺼냈다. 족히 삼십 년은 넘었을 아사히 제품의 SLR 카메라였다. 스크루 마운트에 독일제 카를 차이스 렌즈가 물려 있었다. 요즘 나오는 똑딱이 디카와는 비교도 안 되는 화질을 갖고 있을 명품이었다. 단호하게 렌즈를 돌려 빼냈다.

바닥에 앉아 곧장 작업을 시작했다. 거울을 제거해 충분한 공간을 확보했다. 사진기의 축소 모형처럼 생긴 일명 '단추형' 카메라를 삽입했다. 매거진을 열어 필름 들어가는 곳에 무선송신기를, 바를 제거하고 필름 감기는 곳에 건전지를 장착했다. 몇 주 뒤 카메라가 멈추도록 조작해놓는 것도 잊지 않았다. 그래야 AS를 핑계로 동영상 훔쳐갈 기회를 얻을 수 있었다.

남자는 자주 기웃거렸다. 내가 쳐다보면 입술을 이상하게 실룩거렸다. 보나 마나 아내가 바람이 난 걸 거라고 나는 생각했다. 점점 대담해져 최근에는 남자를 집 안에까지 끌어들이기 시작한 거겠지. 어떤 것들은 물어보지 않아도 알 수 있다. 아내가 출연하는 포르노를 시청하는 남자의 표정은 과연 어떨까?

작업이 끝났다. 나는 남자에게 컴퓨터로 촬영된 동영상을 확인하는 방법을 설명해주었다. 물론 불법으로 찍은 영상은 법정 증거가 될 수 없다거나, 아내는 살리고 상대 남자만 처벌하고 싶으면 '주거침입죄'로 고소하면 된다는 사실은 알려주지 않았다.

남자는 나에게 문을 열어주며 어색한 악수를 청했다. 여전히 서툰 표정으로 남자는 웃고 있었다. 나는 카메라를 고장나게 해둔 것을 후회했다. 정말이지 다시 보고 싶지 않은 남자였다. 나는 남자가 발기부전이거나 지독한 지루증 환자일 거라고 생각했다.

*

TV가 직직거리고 있었다. 수많은 비디오들이 수많은 제목을 달고 바닥에 흩어져 있었다. 나는 침대에 모로 누워 있었다. 목이 말랐다. 한 손으로 침대를 짚고 일어나 앉았다. 오른쪽에 몰려 있던 피가 머리 전체에 퍼지면서 정수리에 매달려 있던 두통이 진자 운동을 시작했다.

착, 철컹! 착, 철컹! 착, 철컹! 착, 철컹!

머릿속에서 종이 울렸다. 또 문 닫히는 소리였다. 십층짜리 건물. 이곳에는 모두 쉰 개의 원룸이 있다. 방 하나에 한 사람씩 한 번씩만 나갔다 와도 하루에 백 번 현관문이 여닫힌다는 얘기다. 아침나절에는 일 분이 멀다 하고 착, 철컹! 소리가 났다. 잠금장치가 여러 개인 방은 아예 착, 착, 착, 철컹! 했다. 저녁때는 거꾸로 철컹, 착, 착, 착! 이었다. 그렇다고 문 여닫히는 소리 때문에 이사하기는 싫었다. 어딜 가나 신경에 거슬리는 일은 항상 있게 마련이다. 현관 쪽이 허술하기는 해도 다른 곳은 방음이 잘되어 있는 편이었다. 오줌 누는 소리, 쾌활한 웃음소리나 남녀의 교성 따위가 벽을 타고 넘어오지 않는 것만도 다행이었다. 누군가 네스팟을 달아서 무선인터넷도 아이디 값 만원으로 쓰고 있었고, 아마도 304호 여대생이 쓰고 있을 케이블 TV 유료채널은 내 방에서도 잘 잡혔다. 양쪽 방에서 워낙 난방에 열을 올려서, 보일러를 끄고도 그럭저럭 겨울나기가 가능했다.

일어나자마자 아침 겸 점심으로 '생생 우동'을 끓여 먹는다. 라면과 달리 일 분 만에 익어서 선호한다. '풀무원 냉면'은 고작 사십 초다. 우동은 건더기가 적어 수챗구멍에 곰팡이도 피우지 않는다. 냉면은 아예 건더기가 없다. 국물 때가 묻지 않아 물로

만 행궈도 설거지가 깔끔하다.

식사를 마치면 컴퓨터를 켠다. 목적 없는 웹서핑은 하지 않는다. 남의 홈피 따위 기웃거리는 일은 정말이지 노 생큐다. 보여주는 놈도 보여주고 싶은 것만 보여주고, 보는 놈도 보고 싶은 것만 보는 세상. 혼자 있을 때 솔직한 인간은 없다. 인간은 몰카가 있는 곳에서 가장 솔직하다.

성인사이트 몰카는 돈이 돼주지 않았다. 이미 너무 많은데다 연출하는 편이 돈이 적게 먹힌다. 요즘에는 개인수집가들을 위해 일한다. 진짜 몰카는 공개되지 않는다. 당신의 홈피를 방문하는 익명의 대다수가 그렇듯이, 진짜 몰카는 당신을 이미 알고 있는 사람들에 의해서 설치된다. 의심하는 아내에 의해, 출장이 잦은 남편에 의해, 이미 헤어진 옛 애인에 의해, 무관심하고 시큰둥한 동료에 의해, 당신의 침실, 당신의 욕실, 당신의 차, 당신의 사무실, 당신 애인의 집에 설치된다. 그들은 당신에게 아무것도 캐묻지 않을 것이다. 그럴 필요가 없기 때문이다.

카메라뿐만이 아니다. 이메일, 인터넷 SMS 서비스, MSN 메신저는 공개 일기장이나 마찬가지다. GPS가 내장된 핸드폰은 당신의 현재 위치를 알려준다. 어딘가에 불법 복제 핸드폰이 있다면? 당신의 수신 문자메시지는 쌍둥이 핸드폰에도 보내진다. 누군가가 항상 당신의 핸드폰을 훔쳐보는 것이다.

돈만 많이 준다면 이메일 암호, 현관문, 금고까지 뚫어줄 수 있다. 해커나 자물쇠 전문가나 할 수 있는 일을 어떻게 할 수 있냐고? 복도에 몰카를 심고 다음날 수거하러 가면 번호 키의 암호를 알 수 있다. 그래서 나는 번호 키를 쓰지 않는다. 번호 키를 쓰는 건 정말 바보짓이다.

비록 외도를 하고 있지만 내 꿈은 영화감독이다. 언젠가는 반드시 거짓말도 트릭도 없는 감동적인 영화를 찍을 것이다. 몰카 설치는 무명 시절을 버티기에 딱 좋은 밥벌이였다. 어쨌거나 카메라를 가지고 하는 일이었다. 열 번 정도 일하면 일 년을 버틸 수 있다는 장점도 있었다. 내가 직접 스토킹을 한 적은 없었다. 복도에 심은 카메라는 어디까지나 곧 시작할 단편영화를 위한 거였다. 구체적인 인물들이 살아 있는 단 하나의 복도. 동시에 서울 어디에나 있을 법한 평범한 복도. 오랫동안 찍은 것을 빠른 속도로 돌려 영화의 중간중간에 삽입하면 꽤 심오한 인상을 줄 것이다.

부팅이 되자마자 나는 CCTV 프로그램을 연다. 어제저녁부터 새벽까지 촬영된 것들을 검색했다. 위층에 있는 방은 서른다섯 개인데, 카메라가 저장한 파일의 숫자는 백 건을 넘고 있었다. 메모리만 축내는 바퀴벌레들 같으니라고.

눈과 손을 민첩하게 놀려 여자들만 검색했다. 매일 복도 앞을 지나는 미인은 다섯 명. 그중 네 명은 밤에 출근하고 새벽에 퇴근한다. 인형처럼 생긴 여자 한 명은 어젯밤에 들어오지 않았다. 나는 겨울이 되어도 변함없는 그녀의 짧은 치마와 가슴 파인 옷을 떠올렸다.

다른 층 사람들 것은 모두 삭제하고, 삼층 사람들 것만 남겼다. 첫번째 파일. 저녁 일곱시경. 305호 아저씨 먹을 것 사들고 귀가. 문 열어준 아줌마 감동한 게 분명. 나이에 맞지 않게 머리를 붉은 톤으로 물들이고 하얀색 스웨터를 입은 뚱보 아줌마는 '꼬꼬댁'이다. 한 평 남짓한 복도에 매일같이 기름 냄새와 고기 냄새를 퍼뜨리는 주인공이 누구인지는 궁금해할 필요도 없었다. 두번째 파일. 밤 열시경. 304호 여대생 귀가. 남자친구와 어울려 술을 사들고 들어왔다. 거의 매일 주님을 영접하는 여대생의 애칭은 '주사파'. 친구들이 하도 들락날락해 메모리를 아홉 번이나 잡아먹었다. 거만한 눈초리를 가진 여자애의 남자친구는 두 명이었다. 다른 남자를 데려올 때 여학생의 손에는 술 대신 핸드백이 들려 있었다. 열두번째 파일. 새벽 두시 삼십분경. 이번에는 301호 '주색파'. 또 술 처먹고 여자 옆에 끼고 귀가. 여자는 매일 바뀐다. 녀석은 잡식성이다. 연상 연하 미녀 추녀 가리지 않는 눈치다. 마우스 버튼을 힘껏 눌러 화면을 넘겼다. 열세번째 파일. 새벽 세시경. 억병으로 취한 아저씨 한 명이 계단을 올라왔다. 이쪽을 바라보며 킥킥킥 웃더니 301호 문에 귀를 대고 한참 동안 비틀거렸다. 나는 얼굴이 붉어졌다. 화면을 닫고 파일을 지워버렸다. 화면 속의 내 얼굴은 추했다. 나는 내 모습을 보지 않기 위해 외출할 때마다 몇 분간 촬영이 되지 않도록 프로그램을 예약해두곤 했다.

마지막 파일이었다. 그녀는 어제도 안 나왔다. 일주일 전, 식료품 등속을 사서 들어간 게 마지막. 그후로는 외출은커녕 문한번 열리지 않았다. 여자는 도대체, 혼자서, 하루 종일, 무얼 하는 것일까.

원룸은 층마다 다섯 개였다. 계단을 올라와 복도에 발을 디디면, 정면에 내가 사는 303호가 있고, 좌측에 304호와 305호가, 우측에 301호와 302호가 있었다. 문들은 정사각형 복도를 중심으로 다닥다닥 붙어 있었다. 여자는 302호에 살고 있었다. 일명 '총알형' 카메라는 내 방 현관문의 볼록렌즈 대신 꽂혀 있었다. 컬러 화면에 초당 열다섯 프레임을 제공하는 괴물 같은 놈이었다. 그런 녀석도 여자의 비밀은 밝혀내지 못했다. 여자의 방에서는 벌써 칠 주째, 쓰레기가 나오지 않고 있었다. 꼬꼬댁이 엄청난 양의 쓰레기를 매일 뱉어내고, 주사파 아가씨가 일주일에 수십 병씩 딸랑거리는 술병들을 들고 나오고, 하물며 모든 것을 밖에서 해결하고 가지고 들어가는 것이라곤 여자밖에 없는 301호 녀석조차 벌써 여러 번 종량제 봉투를 내놓는 동안에, 여자의 방은 변비에 걸린 환자처럼, 들여놓기만 하고 내놓지는 않고 있었다.

여자는 건물 주인이었다. 그런데도 나는 그녀의 얼굴을 본 적이 없었다. 부동산 중개업자조차 그녀에 대해 잘 몰랐다. 가끔 현관문 밑으로 들어오는 세금고지서나 공지사항만이 그녀의 존재를 증명하는 거의 유일한 것이었다. 사실 카메라를 설치하기 전까지만 해도 나는 302호 주인 나리가 남자인지 여자인지조차 모르고 있었다.

메모리가 낭비되는 것을 방지하려면 적외선센서나 초음파센서가 필요했다. 마땅한 장소를 궁리하다가 이왕 있는 복도 조명을 이용하기로 했다. 복도 천장의 정중앙에 있는 센서와 방 입구에 붙어 있는 두꺼비집의 거리는 일 미터 남짓밖에 안 돼 보였다.

나는 대부분의 세입자들이 집을 비우는 한낮에 조명등을 개조했다. 등 가장자리에 부착된 점멸기를 뜯어 기판에 전선을 덧대는 작업이었다. 무선송신기를 연결해 기생충처럼 심어놓으면 설치 끝이었다. 처음부터 점멸기를 방 안에 갖고 들어와 작업했으면 편했을 것을 무식한 짓을 했다. 점멸기가 등에 붙어 있는 채로 사다리를 타고 올라가 작업하는 바람에 진을 뺐다.

반도체 기판에 전선을 대려면 정밀한 은납땜을 해야 한다. 은납은 납보다 물러서 흐르거나 떨어져내리기 일쑤다. 하필 인두를 막 기판 위에 갖다대고 있을 때였다. 갑자기 뒤쪽에서 착착착 철컹! 문 열리는 소리가 났다. 깜짝 놀라 사다리 위에서 균형을 잃었다. 그 바람에 은납이 떨어진 것일까. 오른쪽 눈에 불이 붙었다. 팔자에 없는 반(半)장님이 되어 기적적으로 균형을 되찾고 나자 이번에는 따가운 눈물이 앞을 가렸다. 302호의 건물 주인이었다. 비틀거리며 간신히 사다리에서 내리자마자 여자가 물었다. 음성이라기보다는 입김이 파이프 따위의 좁은 틈을 통과하는 듯한 소리였다.

뭐 하시는 거예요?

한쪽 눈이라도 떠보려 했으나 잘 되지 않았다. 눈꺼풀이 자꾸만 같이 감겼다. 상대방 얼굴을 제대로 보지도 못한 채 나는 입부터 벌려 말했다. 등이 고장났다. 공휴일이라 고칠 사람이 없을 것 같았다. 큰 고장은 아니고 전선이 끊어진 정도여서 내가 직접 해보기로 했다. 속사포로, 미리 준비한 거짓말을 줄줄 외웠다. 그 동안 내가 가까스로 본 것은 짧은 스커트 밑으로 길게 노출된 다리와 종아리를 반 넘어 덮은 하얀색 양말이었다.

그게 다였다. 곧바로 철컹 착착착! 문 닫히는 소리가 들렸다. 가까스로 눈을 떴다. 보이는 것은 굳건히 닫혀 있는 302호의 철문뿐이었다. 나는 복도에 혼자 남아 있었다. 눈에서 굵은 눈물이 뚝, 떨어졌다.

*

벌써 새벽이었다. 여덟 시간이나 모니터와 눈싸움을 한 뒤였다. 화면은 텅 비어 있었다.

침대에 누웠다. 잠이 오지 않았다. 양을 아흔아홉 마리까지 세었다. 소용없었다. 느긋하게 몸을 풀고 심호흡을 한 다음 '외눈박이' 놀이를 시작했다. 표적은 천장이었다. 흰 벽지가 발린데다 군데군데 비 샌 흔적이 기하학적인 무늬를 그리고 있어 안성맞춤이었다.

'외눈박이'를 하려면 집요함과 끈기가 필요하다. 우선 한쪽 눈을 가린다. 그런 다음 반대쪽 눈으로 천장의 무늬를 응시한다. 안쪽으로 삐딱하게 보는 게 중요하다. 만약 오른쪽 눈을 가렸으면 왼쪽 눈으로 오른쪽을 비스듬하게 바라보아야 한다. 관건은 눈을 감지 않고 죽도록 바라보는 것이다. 각도만 정확하면 일 분 내로 흑점이 천장의 무늬들을 지워버리는 것을 목격할 수 있다. 한 번으로는 효과가 없다. 눈물이 고일 때까지 열 번, 스무 번씩 해야 충분히 피로해진다. 재수가 좋으면 몇 분 내로 잠들 수도 있다. 개기일식처럼, 의식조차 사라지는 것이다. 하지만 오늘은 재수가 나빴다.

버릇처럼 복도에 나갔다. 나는 자주 그곳에서 빛과 소리와 냄새를 감상했다. 한 평 남짓의 그 작은 복도를 나는 사랑했다. 정확히 말하면 복도를 향해 닫혀 있는 현관문 바닥의 작은 틈을 사랑했다. 영 점 오 밀리미터 정도의 작은 틈이었지만 그곳을 향해 온 신경을 기울이면 식구가 몇명인지, 언제 TV를 보고 섹스를 하고 잠자리에 드는지 알 수 있었다. 나를 혼란스럽게 하는 것은 냄새였다. 다양한 여자 향수와 남성용 스킨, 김빠진 맥주 향, 여학생들의 젖비린내와 고만고만한 남자애들의 땀내, 비릿한 밤나무 냄새로 직감되는 불온한 정욕의 내, 그 사이를 빈틈없이 메우곤 하는 구운 오징어, 과자, 된장찌개, 삼겹살, 북엇국, 육개장, 미역국 따위의 온갖 음식 냄새. 하지만 무엇보다 삼층의 특징적인 냄새는 닭고기 냄새였다. 찜닭, 프라이드, 양념통

닭, 패스트푸드…… 종류도 다양했다. 누구 작품인지 불현듯 몹시 궁금할 때도 있었으나 그렇다고 바닥에 엎드려 문틈마다 코를 처박고 냄새를 맡아볼 수도 없지 않은가. 그러다 안에서 문이라도 열면 닭 쫓던 개 주둥이 박살나지. 확인해보나 마나 가장 유력한 용의자는 꼬꼬댁이었다.

계단 중간의 창문을 열어놓고 내려와 계단에 걸터앉는다. 꼼짝 않고 있으면 센서 등이 꺼진다. 주위가 깜깜해지면 문틈의 불빛으로 동지를 찾을 수 있다. 305호의 문틈은 열두시면 입을 다문다. 오늘은 301호 총각도 304호 처녀도 일찌감치 취미활동을 접었다. 불이 꺼지지 않은 곳은 302호뿐이었다. 어김없이 무언가를 망치로 두들겨 부수는 소리가 들렸다. 그러나 302호의 불빛도 오래 계속되지는 않았다. 탁, 하는 소리와 함께 복도는 한 점의 광원도 없이 먹지처럼 가라앉았다. 새벽 세시. 나는 홀로 뒤처진 마라톤 주자처럼 막막해졌다.

프로그램을 열어 죽은 복도를 되살린다. 마우스를 빨리 놀려 다른 층 사람들은 영원히 죽여버리고 삼층 사람들만 부활시킨다. 새벽 네시. 꼬꼬댁네 아저씨가 점퍼 차림으로 집을 나선다. 아저씨는 보통 그 시간에 일 톤 트럭을 몰고 출근한다. 하지만 들어오는 날보다 들어오지 않는 날이 더 많다. 아침 아홉시. 꼬꼬댁이 시장에 다녀온다. 봉지 크기가 엄청나다. 주색파는 열두시쯤에야 여자와 함께 노닥거리며 복도를 빠져나간다. 나는 녀석이 거들먹거리며 타고 다니는 외제 승용차를 떠올렸다. 보나 마나 놀고먹는 졸부 자식임에 틀림없다. 주사파는 강의에 늦었는지 두시쯤 부랴부랴 뛰쳐나갔다. 공부는 어떤지 몰라도 화장과 옷차림은 완벽하다.

파일은 저녁 무렵으로 훌쩍 건너뛰었다. 305호 아저씨는 들어오지 않았다. 301호와 304호가 열두시 이전에 귀가했다. 이상한 날이었다. 이상하지 않은 것은 302호뿐이었다. 벌써 두 달째 여자는 쓰레기를 버리지 않았다. 여자는 일주일에 한 번씩만 외출한다. 식료품을 사들이기 위해서다.

여자는 아침 아홉시쯤 일어난다. 302호의 하루는 무언가를 도마 위에서 썰어대는 소리로 시작한다. 잠시 후 복도에는 된장찌개나 청국장 따위의 냄새가 퍼진다. 하지만 점심때쯤 되면 닭고기 냄새가 여자의 흔적을 지워버린다. 나는 거대한 공장처럼 닭고기의 생생한 육질과 뼈 들을 부수어대고 있을 꼬꼬댁의 위장과 오랜 세월 퇴적된 식물성의 음식물들이 폐지처럼 쌓여 있을 여자의 위장을 동시에 상상해본다. 좋은 상상은 아니다. 슬슬 배가 아파오기 때문이다.

낮 동안 여자가 무엇을 하는지는 알 도리가 없었다. 최근에는 소리를 엿듣는 것도 힘들어졌다. 센서 등을 손보다가 마주친 이후로는 복도에만 나서면 지직, 302호 초인종에서 작은 소리가 났다. 사람이 나온 걸 귀신같이 알아채고 안에서 인터폰 수화기를 드는 게 틀림없었다. 그럴 때마다 초인종 패널의 바늘구멍만한 붉은 LED등이 들어왔다. 나는 매번 한기를 느껴 서둘러 방 안으로 돌아왔다.

밤이 되면 여자는 TV를 보았다. 영 점 오 밀리미터의 문틈이 그것을 알려주었다. 밝아졌다가 어두워졌다가, 때로는 정신없이 일렁거리는 그 빛. 여자는 301호 남자가 그 짓을 시작하면 어김 없이 볼륨을 높였다. 그럴 때 여자가 보는 것은 아무래도 포르 노였다.

처음에는 301호에서 나는 소리가 어딘가에 부딪쳐 메아리치는 것이겠지, 했었다. 하지만 아니었다. 언뜻 듣기엔 엇비슷해도 분명 서로 다른 낱낱의 소리였다.

스피커 소리는 실제 소리보다 짧은 파장을 갖고 있다. 거리를 두고 들으면 높은 음과 낮은 음은 영락없이 잘려나가게 마련이다. 아예 음의 높낮이는 사라지고 어설픈 진동만 전달되기도 한다. 오르가슴을 느낀 여성의 진짜 외침은 총알처럼 벽을 뚫는다. 몸싸움이건 말싸움이건 여자의 목소리는 남자 것보다 훨씬 멀리 간다. 방음이 엉망인 원룸이나 여관에서 오래 지내본 사람은 누구나 소프라노의 위력을 안다. 반면 복제 음은 가까이에선 몰라도, 멀리선 교성이 아닌 싱거운 한숨소리 정도로 들리기 십상이었다.

301호와 302호 사이의 좁은 벽에 찰싹 붙어서서 양쪽 귀를 쫑긋거리고 있으면 훌륭한 돌비 스테레오 음향을 공짜로 감상할 수 있었다. 왼쪽에서는 어설프지만 철저하게 리얼리즘에 입각한 생음악이 절절한 깊이와 넓이를 가지고 흘러나왔다. 그러면 오른쪽에서는 세련되고 정련되다 못해 규칙적이고 정밀하기까지 한 기계음이 삐져나와 불협화음을 이루었다. 한쪽이 온갖 잡담과 비명을 섞어 제멋대로 내뿜으면, 다른 쪽은 아아…… 아…… 아…… 하는 절도 있는 박자로 화답하는 식이었다. 미화된 포르노의 무용 같은, 혹은 체조 같은 섹스. 립싱크처럼 무미건조한 음향. 그에 비하면 301호의 것은 막춤 내지는 음치의 유행가였다. 더 재미있는 것은 304호와 305호가 합세해 서라운드로 울어댈 때도 있다는 것이었다. 오죽하면 304호 아가씨는 남자가 바뀌면 그 소리도 바뀌는 이퀄라이저 기능까지 갖고 있었다. 하나는 록 모드에 가까웠고 또하나는 재즈 풍이었다. 하지만 아무것도 나를 흥분시키지 못했다. 그 자리에 서 있으면 모든 것이 농담 같았다. 인생도, 섹스도, 외로움도, 영화도, 그저 보잘것없는 빛과 소리의 단자로 환원되어 잠시 차가운 허공을 떠돌다 사라지는 것이었다.

하지만 그녀의 비디오 시청은 쓰레기와는 하등의 상관이 없어 보였다. 비디오라면 내가 더 많이 보았다. 테이프의 무덤 속에서 일어난 것도 한두 번이 아니었다. A급이건 C급이건, 할리우드건 제삼세계건, 예술영화에서 싸구려 포르노까지, 나는 무엇이든 보았다.

비디오를 많이 보면 쓰레기가 더 생겼다. 각종 인스턴트의 현란한 포장지, 구겨진 맥주 캔과 생수병, 사방에 떨어져 있는 머리카락과 음모 들, 빗자루 끝에 묻어나는 무수한 살비듬. 며칠만 비디오를 보아도 쓰레기양은 공포물 수준이었다.

모니터에서 고개를 돌렸다. 의자에서 일어나 방 안을 꼼꼼히 둘러보았다. 화장실, 싱크대, 작은 창고의 구석, 보일러 뒤쪽까지 뒤져보았으나 외부와 연결될 만한 곳은 없어 보였다. 건물 외벽에서도 정체불명의 구멍 따위는 보지 못했다. 같은 건물이니 원룸의 구조도 같을 것이다. 내가 할 수 없다면 그녀도 할 수 없다.

나는 일주일에 한 번, 여자가 방 안에 들여놓는 작지 않은 크기의 식료품 봉지를 떠올리다가 아찔해졌다. 하루 종일 방에 있는 여자. 최소 한 끼는 먹고, 한 번은 쌀 거다. 표피세포는 삼사 주면 완전히 새것으로 바뀐다. 정상인의 탈모도 하루에 오십에서 백 개는 된다. 그 동안 벌써 두 번은 벗었을 허물에, 최소 삼천 개는 떨어뜨렸을 머리카락은 다 어디로 갔을까.

동영상으로 본 그녀의 머리는 길었다. 고개를 숙이고 있어 얼굴이 잘 보이지 않았다. 그녀는 몸도 길었다. 격자무늬의 두꺼운 반코트도 기름기 한 점 없을 그녀의 저렴한 몸매를 가리지 못했다. 짧은 치마는 아예 그녀의 가는 다리를 적나라하게 드러내놓고 있었다. 어린 시절 가위로 오려내던 종이인형의 다리. 아무것도 그려지지 않은 켄트지처럼, 하얗고 공허한 그 다리.

나는 침대에 벌렁 드러누웠다. 그녀는 거식증 환자일까? 아니야. 식료품도 꼬박꼬박 사고 매일 아침 칼질도 하잖아. 먹는 것을 싫어하는 장래희망 요리사? 그럼 왜 쓰레기가 안 나와? 혹시

136

그녀는 지구의 환경을 위해 쓰레기 처리법을 연구하는 발명가일까?

냄새나는 비닐봉지가 방을 빼곡히 채우고 있다. 한쪽에는 실험 재료인 쓰레기들이 썩고 분해되고 퇴적되어 석탄층처럼 쌓여 있다. 머릿속에 쓰레기들이 가득 찬 기분. 누군가 라이터라도 갖다 대면 수천 도의 열기를 뿜으며 활활 타오르지 않을까?

어쩌면 그녀의 방은 다른 방과 연결되어 있을 수도 있다. 그녀는 건물 주인이니, 맘대로 건물을 지을 수도 있었을 게다. 그렇다면 301호? 그녀의 방으로 들어가서, 그의 방으로 나온다면? 두 사람은 부부거나 애인일지 모른다. 방은 서로 통해 있되 분리된 식이겠지. 처음에는 잘 살았는데 어느 날부터인가 남자가 바람을 피우기 시작한 거다. 몰래 피우다가 점점 간이 부어서 집에까지 여자들을 끌어들이기 시작한 거다. 그녀의 사랑은 그녀의 몸과 함께 야위어갔지만 그럼에도 그녀는 습관처럼 남자와 함께 산다. 버릇처럼 포르노를 보고, 버릇처럼 짧은 스커트를 입는다. 그런 그녀를 위해 남자가 하는 일이라곤, 썩은 내만 맡으면 구토를 하는 그녀 대신 쓰레기를 버려주는 일뿐이다.

나는 컴퓨터 앞으로 돌아왔다. 그녀가 찍힌 영상을 모두 열어보았다. 나는 정지화면에 포착된 그녀의 뒷모습을 훑어보았다. 두꺼운 양말에 꽂힌 앙상한 종아리에 시선이 꽂혔다. 성기가 피노키오의 코처럼 부풀어올랐다. 허겁지겁 바지를 내리고 잡은 성기가 손안에 뿌듯했다. 몇 번 손을 움직이기도 전에 나는 그만 오싹해졌다.

어느새 동이 트고 있었다. 다시 한번 몸을 움칫, 했다. 젖은 휴지가 꼭 그녀의 하얀 양말 같았다.

*

카메라를 단 지 구 주째. 평화를 지키던 복도에 일이 터졌다. 매일같이 철컹, 착! 만을 반복하던 복도에 쾅쾅쾅쾅……, 육중한 주먹질 소리가 울려퍼진 것이다. 사람들이 막 잠든 한밤중. 입주자들은 사방에서 시끄럽다고 난리였다. 나는 통쾌했다. 나도 한 번쯤은 그놈의 빌어먹을 철문들을 힘껏 두드리고 싶었는지도 모르겠다.

의뢰인에게서 이메일이 온 날이었다. 장황하고 두서없는 편지였다. 그냥 니가 해준 거 고장났다, 와서 고쳐주라, 하고 쓸 것이지. 혹시라도 메일을 못 볼까 걱정이 된다는 둥, 전화는 사용하지 않는다는 둥, 만약 바쁘면 자신이 직접 고칠 테니 방법을 알려달라는 둥, 주절주절 수십 줄이나 써 보냈다. 단 하루라도 놓칠까봐 안절부절못하는 기색이 역력했다. 사정인즉슨 뻔했다. 이미, 뭔가가 걸린 거다.

나는 일부러 느릿느릿 행동했다. 두시쯤에나 도보로 삼십 분 거리에 있는 공중전화 부스에 도착했다. 덕분에 말버릇 하나는 확실하게 고쳤다. 고장났어요, 빨리 와주세요, 오늘, 내일, 하루 종일 집에 있을게요. 의뢰인은 단 두 마디로, 핵심만 간단하게 말했다.

네시쯤 그의 집에 도착했다. 그는 말투뿐만 아니라 성격까지 개조된 듯싶었다. 심드렁한 표정은 말끔하게 사라졌다. 미간의 주름도 활짝 펴졌고, 눈빛에는 광채마저 돌았다. 그는 작업 내내 주변을 맴돌았다. 밥은 먹었냐, 춥지 않냐, 커피가 좋냐 주스가 좋냐, 끊임없이 얼쩡거리며 물어왔다. 나의 그의 친절이 귀찮았으나, 한편으로는 뱃속이 근질근질할 정도로 재밌었다. 짐짓 심각한 표정을 하고 시간을 끌었다.

사실 수리에는 오 분도 걸리지 않았다. 명령어 하나만 해제하면 되었기 때문이다. 긴요한 작업은 그간에 저장된 동영상들을 내 노트북에 옮기는 일이었다. 전부 다 전송할 필요는 없었다. 두 번 이상 조회한 것만 옮겨도 되었다. 하지만 나는 모든 영상을 백업하며 그의 불안과 초조를 즐겼다.

작업은 여섯시쯤 끝났다. 그는 엘리베이터까지 따라 나오며 몇 번이나 고맙다고 인사했다. 급기야 엘리베이터 문이 닫힐 때는 활짝 웃기까지 했다. 나는 문이 닫히고 나서야 한쪽 입만으로 웃었다. 실력 좋은 의사가 된 것 같아 아주 잠깐 기분이 좋았다. 몰카의 기능은 다양해서, 어떤 경우에는 치료 효과를 발휘하기도 하는 것이다. 나는 의뢰인의 마음을 잘 알 것 같았다. 그러자 그가 곧 불쌍해졌다.

붉은 해는 금세 저물었다. 오랜만에 집에 들어가기 싫어졌다.

버스에서 내려 걷다보니 원룸에서 가까운 대학가였다. 단골로 다니는 커다란 비디오 대여점에 들어갔다. 겨우 몇 개를 골라 카운터에 내놓았다. 아르바이트생은 바코드를 찍어보더니 고개를 갸웃했다. 이미 보신 건데…… 또 빌리시겠어요?

모자를 눌러썼다. 점퍼를 목 아래까지 여몄다. 길거리에서 한 시간쯤을 헤맸다. 오랜만에 캠퍼스를 산책하거나 공원에서 사람 구경이나 해? 너무 추웠다. 발을 동동 구르며 수많은 간판들을 쳐다보기만 했다. 지난번 나왔을 때보다 방들이 늘어 있었다. 노래방, PC방, 보드게임방, 비디오방, 찜질방, 수면방…… 갈 곳이 없었다.

포장마차에 들어갔다. 어디까지나 술이 당겨 들어갔다. 아는 사람을 만나려고 들어간 게 아니었다. 그런데 멀지 않은 자리에 낯익은 소녀의 얼굴이 보였다. 뭐, 그럴 수도 있다. 학교 앞이고, 술을 좋아하는 여자애니까, 포장마차에서 마주친 게 이상할 건 없었다. 문제는 양옆에 앉은 두 명의 남자애들 얼굴도 낯설지 않다는 거였다. 오른쪽 가죽 재킷을 입은 아이는 재즈 뮤지션, 왼쪽 야구 점퍼 입은 녀석은 로커. 둘은 서로에게 반말을 썼다. 공동의 기억을 되새기며 깔깔거리기도 했다. 얼씨구, 이것들 좀 보게.

나는 그들의 대화에 온 신경을 집중했다. 처음에는 연예인 얘기, 다음에는 혈액형 얘기, 마침내는 연예인의 혈액형 얘기를 하며 시간을 죽이고 있었다. 연놈들의 깊이를 평가하는 데는 소주 한 병의 시간도 채 걸리지 않았다.

내가 소주 반병쯤을 비웠을 때, 여자애가 울기 시작했다. 군대 간 남자친구가 보고 싶다는 것이었다. 두 남자 녀석은 경쟁적으로 여자애를 위로했다. 물론 위로는 오래가지 않았다. 두 녀석은 취한 여자애를 내버려두고 저들끼리 얘기하기 시작했다. 잠시 후 여자애가 집에 가겠다며 일어섰다. 남자애들은 다시 경쟁자가 되어 여자애를 서로 데려다주겠다고 했다. 여자애는 두 팔에 힘을 주어 두 남자애들을 자리에 앉혔다. 그리고 총총총, 핸드백을 들고 사라졌다. 록이 물었다. 내일 일 있냐? 재즈가 대답했다. 아니, 근데 오늘 완전 피곤해. 록은 여자애가 사라진 쪽을 기웃거렸다. 재즈는 한쪽 다리를 덜덜 떨었다. 나는 소주 한 잔쯤을 남겨놓고 집으로 돌아왔다. 남자애 셋을 갖고 노는 여자애라. 심드렁했다. 하나도 재미없었다.

사건은 세 시간쯤 뒤에 벌어졌다. 바로 문 두드리는 소리였다. 술 취한 남자 녀석의 격분한 음성도 함께였다. 나는 잽싸게 침대에서 일어나 컴퓨터를 부팅시켰다. 로커였다.

"씨발년아 문 열어, 같이 있는 거 다 알어 이 씨발놈아, 친구는 군대 가서 좃뺑이치는데 너네는 떡이나 치고 있냐 이 씨발년놈들아, 빨리 문 안 열어."

씨발년놈들은 문을 열지 않았다. 당연한 일이었다. 친구냐, 여자냐. 씨발놈은 엄청나게 하드가 돌아갔을 것이다. 그럼 넌 안 했냐 씨발놈아? 라고 차마 씨발년은 반박할 수 없었을 것이다. 어쨌든 시간을 잘못 맞췄다는 이유로 세컨드가 된 씨발놈2는 계속해서 고래고래 소리를 질렀고, 일이층은 물론이고 사오층에 이르는 수많은 문들이 '조용히 해 씨발놈아'라는 욕설과 함께 여러 번 열렸다 닫혔다. 이때 뻔뻔한데다 야비하기까지 한 씨발놈2를 응징하기 위해 러닝 바람으로 뛰쳐나온 사람이 있었으니 바로 305호 아저씨. 씨발놈2는 예상외로 예의가 발랐다. 죄송합니다, 잘못했습니다, 를 연발하며 아저씨의 자존심을 세워주었다. 그러나 익히 증명된 바대로 씨발놈2의 기억력은 엉망이었다. 하기야 고작 며칠 전 떡친 것도 까맣게 잊은 놈이 뭔들 제대로 기억할까. 용케 화를 누르고 초인종을 사용한다 싶더니 오분도 되지 않아 '씨발년놈들아' 헤비메탈을 부르기 시작했다. 다시 등장한 아저씨는 장기전을 결심한 듯 에어메리 차림이었다. 답가는 '야 이 개새끼들아……' 트로트 버전. 코러스로 꼬꼬댁 아줌마가 동원된 건 물론이었다.

그들의 팽팽한 접전은 결국 유혈사태로까지 번졌다. 아저씨는 쌍코피가 터지는 중상을 입었다. 화가 난 꼬꼬댁이 경찰서에 신고를 했다. 덕분에 삼층 복도의 액션은 순식간에 코미디로 급전환되었다.

로커는 경찰이 오자마자 예의를 되찾았다. 삼십 분 동안이나 침묵을 지키던 304호 아가씨는 경찰입니다, 라는 말 한마디에 방금 잠에서 깨었다는 듯 순순히 문을 열었다. 이런 놈은 콩밥을 먹여야 한다고 길길이 날뛰던 아저씨는 웬걸, 경찰서에 가서 조서를 작성해달라는 경찰관의 말에 벙어리가 되었다. 쌈닭처럼 홰를 치던 꼬꼬댁은, 피해자가 남편분 되시죠? 라는 말에 슬그머니 자리를 피했다. 304호 여자애가 남자친구를 새로 사귄 것도 죄냐며 울음을 터뜨렸다. 그 말에 용기를 얻은 재즈 뮤지션이 여자애의 어깨를 감싸며 앞으로 나섰다. 이번에는 거꾸로 로커가 할 말이 없어졌다. 사실은 나도 남자친구예요! 라고 말할 수는 없지 않은가. 여자애의 울먹이는 진술이 끝났을 때 305호의 문은 이미 굳건히 닫혀 있었다.

마침 그때 301호 남자가 등장했다. 오늘따라 나이가 한참 많아 보이는 여자와 비틀거리며 귀가하던 남자는 매우 당황한 표정을 짓더니 삼층을 그대로 지나쳐 사층 계단을 올랐다. 나는 나도 모르게 무릎을 탁, 쳤다.

그러니까 너네는 부부가 아니고, 또 너는 부잣집 도령이 아니었단 말이지? 하하하하. 나는 오랜만에 배꼽이 빠지도록 웃었다. 겨우 한 평 남짓한 복도 위에서 모든 것을 다 들키는 바보들, 정말이지 한심한 인생들이었다.

*

다음날도 나는 열두시쯤 일어났다. 일어나자마자 '생생 우동'을 끓여 먹고 컴퓨터 앞에 앉았다. 웹서핑을 할 생각은 없었다. 남의 홈피 기웃거리는 짓도 일없었다. 할 일은 그 외에도 얼마든지 있었다. 백업해온 파일을 열어 의뢰인의 집에서 찍힌 영상들을 열람했다. 그래야 새로 설치한 카메라의 성능도 가늠해볼 수 있었다. 간밤의 소동 탓에 미처 보지 못한 낮 동안의 파일들 역시 검색해야 했다. 의뢰인 쪽도 궁금하고, 옆집 여자도 궁금했다. 어떤 것을 먼저 볼까 고민하다가 두 가지 화면을 한꺼번에 보기로 결정했다. 나는 모든 파일들을 선택하여 영상들이 순서에 따라 자동으로 열리도록 설정했다. 화면은 세 개. 의뢰인의 서재, 의뢰인의 침실, 그리고 삼층 복도였다.

먼저 일이 터진 것은 의뢰인 쪽이었다. 서재 쪽 카메라에 한 여자가 컴퓨터 앞에서 상반신을 드러내 보이는 장면이 그대로 잡혀 있었다. 잠시 후 침실 쪽 카메라에 잡힌 광경은 그야말로 압권이었다. 여자가 다른 남자와 대낮부터 그 짓 하는 장면이 선명하게 찍힌 것이다. 남자는 흔들의자처럼 여자의 몸을 떠받치고 있었다. 앞뒤로 천천히 움직이는 여자의 가슴이 렌즈를 향해 정면으로 노출되어 있었다. 잠시 후 남자가 몸을 눕혔다. 여자의 상반신이 활처럼 뒤로 젖혀졌다. 화면 하단에 여자의 회음부가 드러났다. 나는 마른침을 꿀꺽 삼켰다. 몇 년이나 이 일을 해왔지만 이렇게까지 노골적인 장면은 처음이었다. 의뢰인이 이 영상을 직접 보았다고 생각하니 얼굴이 달아올랐다.

그에 비하면 복도 쪽은 지나치게 고요했다. 출근 시간. 수많은 사람들이 지나가고 있었으나 특별한 일은 한 가지도 일어나지 않았다. 나는 침실 쪽으로 눈을 돌렸다. 아니, 돌리려는 찰나였다. 유령 같은 것이 복도 쪽 영상에 번쩍, 나타났다 사라졌다.

영상을 되돌려보았다. 301호 남자였다. 남자는 갑자기 나타나 복도를 내려가고 있었다. 타임머신을 타고 온 외계인처럼. 나는 잠시 무중력상태에 있었다. 이게 뭐지?

머리가 뜨거워졌다. 정수리에 매달린 추가 빠르게 움직였다. 나는 눈을 감았다. 뭘 하고 계시는 거죠? 그녀가 뒤도 돌아보지 않고 물었다. 그녀의 영 점 오 밀리미터짜리 문틈에서 소리없는 빛이 흘러나오고 있었다. 해부도처럼 핏줄이 드러나 보이는 창백한 다리가 눈앞을 가로막았다. 그녀는 아무것도 들고 있지 않았다. 그녀는 왜 갑자기 밖으로 나왔지? 추가 천천히 멈추었다. 눈이 번쩍 떠졌다.

나는 방 안의 쓰레기들을 챙겼다. 덤덤한 표정으로 종량제 봉투를 들고 일층으로 내려갔다. 쓰레기를 버리는 척하면서 다른 쓰레기들을 미친 듯 뒤지기 시작했다. 채 몇 분 걸리지 않아 나는 잘게 두드려 부순 비디오테이프의 파편과, 하얀 양말 한 켤레가 든 봉투를 발견할 수 있었다. 그것들은 그녀의 종아리를 닮은 수많은 닭뼈의 무덤 속에 안치돼 있었다.

계단을 올라오며 302호 여자의 동선을 머릿속에 그려보았다. 인터폰을 들어 303호 남자가 외출한 걸 확인하면 밖에 나가 쓰레기를 버린다. 그런 다음 삼층에 돌아와 예비 키로 303호의 문을 연다. 방 안으로 들어가 컴퓨터를 부팅시킨다. 방금 찍힌 파일을 지운다. 몇 분간 카메라가 정지하게끔 예약해둔다. 그사이 안전하게 302호로 돌아간다. 머릿속에서 쾅쾅쾅, 무언가를 부수는 소리가 들렸다. 닭고기 냄새가 짙게 콧속으로 밀려들었다.

나는 조금 웃었다. 어쩌면 조금 울었다. 그뿐이었다. 여전히 모든 것은 농담 같았다. 여전히 풀리지 않는 의문이 있었다. 자신의 행적을 들키지 않는 게 목적이었다면, 여자는 왜 자신의 영상을 전부 지우지 않은 것일까. 왜 식료품을 사오는 장면들은 고스란히 남겨둔 것일까.

아무 일 없다는 듯 나는 책상 앞에 앉았다. 모니터를 물끄러미 들여다보았다. 서재에서 의뢰인이 아내의 정사 장면을 보며 자위하고 있었다.

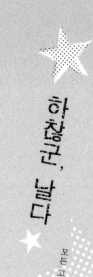

하창군, 날다

어쨌든, 한 달 동안 나를 괴롭혔던 모든 고민들은 깨끗이 정리되었다. 모든 것이. 한없이 귀찮고, 쪽팔리고, 하찮다는 생각뿐이었다.

한참 자고 있는데 친구 녀석이 전화를 걸어왔다. 진동 소리에 대한 반사작용으로 얼결에 전화를 받았다. 우리의 대화는 다음과 같이 진행되었다.

뭐 하냐? (잠시 침묵) 막 자려는 중이었다. (잠시 침묵) 미안하다. (잠시 침묵) 괘안타. (잠시 침묵) 그냥 했다. (잠시 침묵) 잘했다. (잠시 침묵) 근데…… 뭔 일 있냐?

녀석의 본명은 지형. 친구들 사이에서는 그냥 기찬, 이었다. 녀석은 '우와 그것 참 기차다' 할 때의 '기찬'이라고 대학 때부터 우겼지만 사실은 '귀찮군'의 편한 발음이었다. 녀석은 만사를 귀찮아했다. 귀찮다는 말을 달고 살면서도 귀찮다, 는 말조차 기차아~라고 발음하는 놈이었다. 놈이 혼자 사는 원룸의 책상 옆 벽지는 코딱지로 새까맸다. 회사에서 잘린 후 일주일 동안 침대

위에서만 지내다가 탈진과 영양실조로 병원에 실려가 겨우 살아
난 최장시간 시체놀이 기록보유자이자, 은행에 세금 내러 가는
게 싫어서 단수, 단전은 물론 몰고 다니는 차까지 압류당한 적
이 있는, 한마디로 타의 추종을 불허하는 귀차니즘의 고수였다.

술 한잔하신 모양인지 녀석은 띄엄띄엄, 남은 졸려 죽겠는데
한동안 횡설수설이더니, 아무래도 자야겠다니까 그제야 본론을
꺼내놓았다.

사실은…… 나…… 옛날부터 은주 좋아했다. (잠시 침묵) 니
가 은주랑 헤어졌다니까 하는 말인데…… (한참 침묵) 내가 좀
사귀어도 되겠냐? (한참 침묵) 그래, 뭐, 난 이미 헤어졌는데 뭐,
너 좋은 대로 해라.

간단한 사무를 마친 것처럼 폴더를 접고 나서 나는 곧바로 눈
을 감았다. 귀찮아서 연애는커녕 여자한테 대시조차 안 한다는
놈이었다. 어울리잖게 성격이 급한데다 끈기까지 없어서 말을
길게 하는 법이 없었다. 그런 놈이 거의 십여 분을 샛길로 돌았
다면 어지간히 애쓴 셈이었다. 그것도 굳이 나한테 허락까지 구
한 걸 보면 역시 불알친구의 우정은 눈물나게 고마운 것이었다.

하지만.

사귀면 사귀는 거지 "좀"은 뭘까. "헤어졌다니까 하는 말"이
라니? 이제는 나에게 아무런 권한이 없다는 걸 너도 알고 나도
안다는, 그런 뜻이냐?

더구나.

내가 은주와 헤어진 건 이 주 전이었다. 녀석에게 헤어졌다고 털어놓은 건 지난주였고, 그리고, 어제 나는, 일 년 동안 지속되어온 연애의 관성으로 그녀와 저녁을 먹고 영화를 보았다. 물론 헤어졌지만, 어제 토요일 밤을, 나는 그녀와 함께 보냈다 이 말이다.

오만 가지 사소한 사건들이 현실과 꿈의 경계에서 명멸했다. 생일 따위 챙길 필요 없다고 했더니 주위 사람들이 정말 아무것도 안 해주었을 때 같은, 끔찍하게 아끼지만 안 맞는 청바지를 친구에게 넘겼는데 너무나 잘 어울릴 때 같은, 엄마가 식탁을 치우면서 남은 음식 찌꺼기들을 하필 내가 비운 밥그릇에 쏟아부었을 때 같은, 옆 차로에서 급하게 끼어들어오는 차를 마지못해 받아줬더니 내 차 바로 앞에서 신호가 끊겼을 때 같은, 애인에게 비장하게 이별선언을 하고 돌아오는 길에 빌려주고 못 받은 물건들이 한꺼번에 떠오를 때 같은, 그런 기분이었다, 밤새도록 뒤척이면서 나는.

*

나, 하찮군은 아침부터 귀찮은 고민거리들에 포위당해 있었다. 놈들은 꼭 떼로 덤볐다. 큰 놈이건 작은 놈이건, 심각한 놈이건 사소한 놈이건, 놈들은 팀플레이에 강하다. 놈들의 단결력 앞에서 나는 항상 왕따가 된다. 내 일인데도 불구하고, 그저 속

수무책인 것이다. 내가 십대일 때 선생님들은 항상 말씀하셨다. 주인의식을 좀 가져봐라, 이 새끼들아. 나는 이제 삼십대였다. 하지만 주인의식이 뭔지는 여전히 알 수 없었다.

　—이럴 때일수록 단호하게 액션을 취해야지. 한 달 후면 사무실 오픈이다. 니 새 책상, 아직까진 비워둘 수 있다.

　일찌감치 사표를 던지고, 그간의 인맥을 끌어당겨 개인적으로 건축자재 사무실을 차린 선배는 요즘 매일같이 전화질이었다. 말이 대기업이지, 회사가 평생 나 먹여 살릴 것도 아니고, 이왕 사십대에 잘릴 거면 아예 삼십대에 독립하는 게 현명하다는 말은, 술자리에서 내가 했다. 좃같은 대기업, 내일이라도 당장 때려치우고 싶다는 말 역시, 내가 했다.

　하지만.

　어디까지나 '싫다'는 거였다.

　더구나, 이 분야에서는 '관계'가 중요했다. 왜냐하면, 이놈한테 사나 저놈한테 사나 물건은 똑같기 때문이었다. 이런 바닥에서, 나보고, 건축자재 시장점유율 삼십 퍼센트를 차지하고 있는 외국계 기업의 영업팀 간부들과, 의형제는 못 맺을망정 웬수를 지라고?

　그럼에도, 정말이지 나는 퇴사를 고려하고 있었다. 회사의 사정과 나의 사정을 함께 고려하여, 시기적절하게 사표를 내어 공적인 관계도 유지하면서 이직에 따르는 개인적인 금전적 피해는 최소화시키는 프로젝트를 차근차근 진행……시키기는커녕 오늘도 어김없이 칼출근하여 눈치를 살피고 있었다. 물론, 퇴사도 고려중이었다. 다만, 시기가 좋지 않을 뿐이었다.

─소신껏 행동해, 소신껏. 훗날 어떻게 될지는 아무도 몰라. 결국 본인 행동은 본인이 책임지는 거 아냐?

새 팀장이 온 날로부터 사무실 분위기는 태풍주의보와 태풍경보 사이를 오가고 있었다. 태풍의 눈에 해당하는 창가 쪽 자리─팀장과 과장의 자리─는 겉보기로는 온화해 보였다. 태풍은 차장의 자리쯤에서부터 서서히 본색을 드러내어 대리쯤에서 최고조에 달했다가 말단 쪽으로 가면서 급속도로 엷어졌다. 나는 구석자리에 앉은 신입사원들이 부러웠다. 그들은 태풍의 영향권 바깥에 있었으므로.

팀장의 자리는 파티션으로 가로막힌 모서리 끝쪽에 있었다. 내 자리는 그 모서리로부터 뻗어나온 변의 중앙쯤에 있어서 내가 팀장 쪽을 보려면 고개를 왼쪽으로 한껏, 돌려야 했다. 팀장 옆자리에는 과장이 먹이를 지키는 불도그처럼 날카로운 눈매를 휘두르며 앉아 있었다.

지금은 아홉시 삼십분. 팀장 회의는 열시. 하지만 과장에게 가로막힌 팀장의 자리는 고요하다 못해 퀭했다. 아무도 팀장에게 다가가지 않았다. 회의가 삼십 분 남았는데, 자료를 챙겨주는 부하직원이 한 명도 없는 것이었다. 정말이지, 이건 아니라는 생각이 들었다.

하지만.

아무리 내가 마이크로한 가슴을 가진, 온갖 사소한 일들에 목숨을 거는 하찮군이라 할지라도, 지금은 팀장의 처지를 봐줄 때가 아니지 않은가. 지금 내 머릿속은 이 주일 전에 헤어진 애인과, 그 애인과 사귀겠다는 나의 불알친구와, 퇴사하고 자신과 같이 일할 것을 종용하는 선배와, 덕분에 무한대로 증식하기 시작한 온갖 심란했던 기억들, 나를 왕따시키고 있는 그 모든 크고 작은 일들만으로도 충분히 번잡했다. 그런데 거기까지 생각하고 나자, 혼자서 묵묵히 회의 준비를 하고 있는, 사무실에서 왕따당하고 있는 자신에게 상처받고 있을 팀장에게 걷잡을 수 없는 동정심이 느껴지는 것이었다.

나는 총알처럼 빠른 속도로 회의자료를 뽑았다. 태풍을 거슬러올라가, 기가 막히다는 표정을 짓고 있는 과장을 거쳐, 일은 물론 표정관리에도 열심인 팀장에게 자료를 갖다바쳤다. 그리고 외근이 있다는 핑계를 대고 빛의 속도로 사무실을 빠져나왔다. 자를 테면 잘라라. 그럼 적어도 퇴사 건은 해결되니까. 나는 회사에서 사준 차에 올라타며 중얼거렸다. 아, 그러고 보니 회사를 관두면 차도 뺏기는 거였다. 한 마리를 처치하자마자 곧바로 부화하는 고민거리의 복제 능력에 감탄하며, 나는 내가 지난 삼십분 동안 한 일들을 후회했다.

*

　그래. 우리는 어려운 시기를 함께 보냈다. 고작 여자 때문에 틈이 벌어질 사이가 아니다. 사실 우리는 여자들 때문에 친해졌다. 귀찮군 너도 기억할 것이다. 그해의 원룸촌, 그곳에 살고 있던 수많은 여자들.

　IMF가 터지지 않았다면, 덕분에 대학 전공과는 전혀 상관없는 일에 뛰어들게 되지 않았다면, 너와 나는 서로에게 고등학교 동창 이상은 결코 아니었을 것이다. 서울 시내의 모든 나가요걸들에게 검은색의 깔끔한 정장이 유행하던 시절, 우리는 키미네의 영업사원이었다. 루이뷔통이나 샤넬 같은 명품 옷들과 쉽게 구별되지 않는, 하지만 떳떳하게―어찌 보면 가증스럽게―, 'KIMINAE'라는 상표를 달고 있는 그 옷들을 방판(방문판매)하는 것이 우리의 임무였다. 오후 한시부터 다섯시까지 네 시간만 일하면 되었다. 하지만 최소 열 벌은 팔아줘야 일당이 떨어졌다. 빡세다고는 할 수 없었지만, 쉬운 일도 아니었다.

　키미네 옷을 무한정 사는 미친년은 없었다. 특별한 이유가 없는 한, 세 벌 이상은 힘들었다. 우리는 끊임없이 새로운 원룸을 방문해야 했다. 우리는 그걸 '초인종을 탄다'라고 했다.

　묘한 말이었다. '초인종을 탄다'는 말은. 초인종을 잘 타면 초인종의 주인을 탈 수도 있었다. 그러면 그 주인은 초인종을 탈 때마다 옷을 사주었다. 귀찮군은 그런 '특별한 이유'를 만드는

데 특별한 소질이 있었다. 그 일만은 절대 귀찮아하지 않았다. 녀석이 초인종을 타면 "옷 판다는 오빠구나? 잠깐만" 하는 음성이 심심찮았지만 내가 타면 대개가 "아저씨 안 사요" 심지어는 "아 씨발 진짜"였다. 나는 초인종을 탈 때마다 초인종의 그 작은 버튼이 내 존재를 조금씩 조금씩 흡수하여 콘크리트 벽 속 사방에서 암세포처럼 번창하는 음지식물의 촉수일 거라는 엉뚱한 공포심에 시달렸다. 결국 파리가 준마의 꼬리에 붙어 천릿길을 가듯, 나는 녀석의 능력에 빌붙는 수밖에 없었다. 녀석이 누군가를 타고 있는 동안 나는 녀석 대신 옷을 끊어오거나 바꿔주거나 배달하거나 옷값을 수금하는 등의 일들을 해결했다. 왜 그 여자들은 귀찮군을 그렇게 좋아했을까. 녀석의 말마따나 예술적인 안마 솜씨 때문이었을까. 어쨌거나 녀석이 하루 평균 열 명쯤의 여자들을 무임승차하는 동안에, 녀석은 키미네의 판매왕이 되었다.

우리는 그렇게 그 시기를 함께 건넜다. 네가 없었다면 키미네에서조차 살아남을 수 없었겠지. 다시, 죽기보다 더 싫은 백수로 전락했겠고. 그리고 그 누구도 자신의 조수에게 수입의 삼십 퍼센트를 떼어주지는 않았을 게다. 너는 믿을 수 없는 놈과는 일할 수 없다고, 영수증이나 수금 같은 것을 친구가 맡아줘서 다행이라고 말했지만 나는, 그래, 사실 나는 네 덕분에 그 긴 강을 안전하게 건널 수 있었다.

그러니까, 나는 괜찮다, 고 말할 수 있다. 설사 내 마누라와 바람을 피웠다 해도, 나는 지형이에게만큼은 괜찮다, 라고 말할

수밖에 없었을 것이다. 너는 내 친구니까,

더구나,

내가 가장 힘들 때 나를 지켜준 친구니까.

*

어느 날 내 고민을 듣고 나서 은주가 말했다.

"넌 왜 만날 그렇게 사소한 일에 집착해? 그러니까 네가 하찮
군 소리를 듣지!"

어느 날 이팀장 얘기를 듣고 나서 은주가 말했다.

"줄 좀 잘 타봐. 매사에 정에 휘둘리니까 네가 손해를 보는 거
잖아."

언제나, 나는 아무 말도 하지 못했다.

어느 날 섹스를 끝내고 나서 은주가 말했다.

"뱃살 좀 어떻게 해봐!"

나는 처음으로 불같이 화를 냈다.

그게 끝이었다. 일주일 후, 나는 은주에게 조용히 헤어지자고
말했다.

*

"정용수야 고맙다."

팀장이 말했다. '대리'가 아니라 '용수'인 걸 보니 또 취했다. 요즘 팀장은, 자주 취하고 있었다. 그가 그럴 때마다, 나는 속이 타서 미칠 지경이었다.

일 인분에 이만오천원씩 하는, 그것도 손톱만큼씩 줘서 제대로 먹으려면 한 사람당 오만원어치는 시켜줘야 하는, 강남의 열라 비싼 양곱창집이었다. 이곳에서 정확히 열 명의 팀원들을 데리고, 이 팀장은 회식을, 그것도 공금이라고는 삼십만원밖에 지원이 되지 않는 회식을 했다. 양곱창도 양곱창이지만 비싼 백세주며 산사춘을 마구 시켜 마셨으니, 아, 팀장은 미쳤다. 미친 게 틀림없었다.

이팀장은, 저보다 훨씬 이 분야에 대해 잘 알고, 오랫동안 일하신 분들 아닙니까, 무능력한 팀장 만나서 고생하십니다, 어쨌거나 잘들 부탁드립니다, 했다가, 일을 열심히 하는 것도 중요합니다만 일을 잘해야 합니다, 자리만 지키면 뭐합니까, 회사에 한 시간을 있어도 남보다 일 많이 해놨으면 그 사람이 더 성실한 겁니다, 세상에서 제일 좆같은 놈이 어떤 놈인지 아십니까, 좆나 성실한데 좆나 일 못하는 놈입니다, 거기에다 성격까지 착하면 아주 지랄맞죠…… 이건 착하니까 욕도 못 하겠고 씨발…… 등등의 발언을 해서 분위기를 휘어잡았다. 휘어잡다 못해 부러지게 만들고, 팀장 이외 모든 팀원들의 얼굴을 푸르게 푸르게 해놓았다. 부하직원들이 무슨 신호등도 아니고 과장이 술을 먹이면 불콰해졌다가, 팀장이 입을 벌리면 파리해졌다가…… 다른

158

건 몰라도 '성실하고 일 못하고 성격 착한' 사람 이야기는 하는 게 아니었다. 이팀장은 정말 '불성실하고 성격 좆같지만 능력있는 상관'이 '근면하고 마음까지 여린데다 무능력한 상관'보다 훨씬 낫다는 것을 모르는 것일까. 당신은, 아무리 생각해도 전략 전술이 너무 허술해. 한마디로 카리스마가 너무 없다고. 이팀장, 아니 이팀장님, 내가 해도 당신보단 잘하겠습니다.

그래도 그렇지, 말단사원 두 명은 약속이 있다는─오 맙소사 나는 지금껏 단 한 번도 상상해보지 못한─솔직한 멘트를 날리고 과장의 적극적인 승인까지 얻어서 일찌감치 자리를 뜨고, 과장은 집에 일이 있다는 핑계로 자신의 측근 다섯 명을 한꺼번에 데리고 나가고, 겨우 세 명 남은 인원 중 한 명은 취해서 좀 전에 말도 없이 나가버렸고, 엄청나게 럭셔리한 회식에 달랑 팀장과 나만 남은 지금 시각은 밤 열시였다. 밤 열시. 모든 팀원들이 집에 가버렸대도 할 말 없는, 엄청나게 늦은 시각. 팀장과 나는 이차 술자리에 와 있었다. 팀장은 나와 단둘이서, 모두에게 버림받은 회식자리를 계속 추진하자고, 그 흐리멍텅한 눈동자로 외치고 있었다. 양곱창집과는 비교도 안 되게 싼 실내 포장마차였다.

"용수야, 너는 여자친구가 있냐? 연애를 하냐 이 말이다."

팀장이 말했다. 그의 머리는 위험수위를 알리기 위한 해수욕장의 부표처럼 흔들리고 있었다. 필름이 끊기느냐 마느냐, 그것이 문제로다. 부표의 느릿느릿한 피스톤 운동에 맞추어 은주의 얼굴이 머릿속에서 푸른 신호등으로 깜박였다.

"있었는데, 얼마 전에 헤어졌어요."

팀장은 고개를 끄덕였다. 이번에는 부표가 아니라 절구였다. 아마도, 팀장의 마음 저편에는 술을 받아 움직이는 물레방아 하나 돌고 있으리라.

"너는, 아직도, 진정한 사랑을, 믿는구나?"

"네?"

"못 들었냐? 진정한 사랑. 아님, 누군가를 죽도록 사랑했는데, 끝, 못 잊었냐?"

머릿속에 붉은 신호등이 들어왔다. 이번에는 절구의 경쾌한 박자에 맞추어 누군가의 나신이 꿈틀거렸다. 그녀의 얼굴을 확인한 나는 잠시 어지러웠다. 십수 년 동안 일곱 번이나 연애를 했는데 왜 하필 걔일까.

"난, 내 마누라를 사랑하는데, 끝, 일한다는 핑계로, 십오 년 동안, 도대체 뭘 해준 게 없다 근데 씨발 너도 알겠지만, 내가 지금, 으윽……"

팀장의 입에서 붉고 푸른 물감이 와르르 쏟아졌다. 내가 손에 휴지를 잔뜩 감았을 때 그것들은 본래의 색깔을 잃고 누런 죽이 되어 있었다. 나는 잠들어버린 팀장 앞에서 한 시간을 혼자 앉아 있었다. 조금 의식이 돌아온 팀장을 들쳐메고 잡히지 않는 택시를 잡으며 길거리에서 다시 한 시간을 보냈다. 팀장이 택시에 타자 시각은 열두시 삼십분이 되었다. 택시의 뒤꽁무니를 하염없이 바라보며, 가끔 사람을 놀래키는 재주가 있는 사람이라고, 나는 이팀장에 대해 생각했다. 도대체, 내 얼굴에서 무엇을 읽은 것일까 그는.

회사에서는 강력한 구조조정을 계획하고 있었다. 조만간 실적을 내지 못한 팀장을 해고하고, 팀을 재구성한다는 방침이었다. 은주의 걱정대로, 내가 줄을 잘못 탄 거라면. 이팀장이 잘리고, 과장이 팀장이 되면 나는…… 하지만, 할 거면 빨리 해라. 그래야 언제 망할지 모르는 선배 회사에 투신하지.

하필 전화는 파란불이 켜져 내가 막 길을 건너기 시작할 때 왔다. 나는 걸어가면서 가방을 뒤져 핸드폰을 찾는 귀찮음을 감수해야 했다. 아니나 다를까, 귀찮군이었다. 하지만 전화 내용은 아니나 다를까, 가 아니었다. 까마귀 날자 배 떨어지듯, 우리의 대화는 다음과 같이 진행되었다.

주나 결혼한단 소식 들었냐? (잠시 침묵) 어, 아니. (잠시 침묵) 누구랑 하는지 안 궁금하냐? (한참 침묵) 여자장사로 돈 번, 자칭 재벌이랑 한단다. (잠시 침묵) 그놈은 어떤 여자랑 결혼하는지 아냐? (잠시 침묵) 주나라고, 십 년 동안 프랑스 유학 갔다온 여자랑 한단다 씨발. 내가 하도 기가 막혀서 술을 졸라 많이 처먹었다…… 어디냐, 나랑 술 한잔하자.

나는 피곤하다고 말하고 전화를 끊었다. 파란불이 깜박이다가, 빨간불이 들어왔는데, 나는 왕복 팔차선 도로의 중앙에 서 있었다. 그새 또하나 늘어난 고민거리의 놀라운 생식력에 경탄하며 나는, 그저 웃었다.

그 시절에, 우리는 너를 다시 만났다. 졸업하고 처음이었다. 너도 기억할 거다. 하찮은 인연이었지만 기억 못 할 리 없지. 너무나 우연적인 일들은 운명처럼 여겨지지. 때로는 나를 가르치기 위한 신의 장난처럼 여겨지기도 해.

너, 주나는 우리와 다른 애였다. 같은 거라곤 반(班)밖에 없었다. 너는 집이 재벌급의 부자고, 귀찮군과 내가 강남 팔학군에서는 빈자라 할 수 있는, 스무 평대의 전세 아파트에 살고 있어서가 아니라 뭐랄까, 너는 우리와는 아예 종족이 달라 보였다. 우리가 어류나 양서류라면, 너는 포유류나 영장류를 넘어, 머나먼 우주 밖에서 비행접시를 타고 온 외계인쯤 되는 것 같았다. 사람이라기보다는 차라리 사이보그, 혹은 최고의 DNA만을 골라 만든 맞춤형 인간?

너는 첼로를 켜는 애였다. 예술을 하려면 공부도 잘해야 한다고 인문계에 들어왔다던가? 축제 때 딱 한 번, 너의 첼로 연주를 들은 적이 있었다. 그 연주는 한마디로 충격적이었다. 네가 연주를 잘해서도, 너의 첼로가 억대라고 해서가 아니라 뭐랄까, 너의 자태 때문이었다. 첼로의 양옆으로 노출된 완벽한 다리, 그리고 견고한 악기 속에 숨겨진 너의 처녀지, 너는 눈을 감고 묘한 자세로 오르락내리락하고 있었고, 그 모습은 오래도록 머릿속에 남아 있었으나, 너를 다시 만날 수 있을 거라곤 한 번도 생각지 않았다.

판매 방법을 다양화하자고 한 건 나였다. 귀찮군이 성병에 걸리고, 덕분에 판매량이 급감하고 있었기 때문이었다. 초인종을 탈 수 있는 시간은 한정되어 있다, 시간과 장소를 확장하자. 하지만 그건 귀찮지 않으냐. 귀찮긴 하지만 돈이 된다, 공격적 마케팅만이 살길이다. 어쩌면 나는 녀석의 성병을 녀석과 동등한 위치에 설, 다시 말해 보조에서 벗어나 '주인의식'을 가져볼 절호의 기회로 여겼는지도 모르겠다.

나는 단란주점에 쳐들어가는 방법을 모색해보자고 했다. 그것만 된다면 새벽까지도 팔아먹을 수 있다, 판로가 충분히 개척되면 나눠서 일하자, 했었다. 다행히 호텔 나이트에서 기도를 본 경험이 있는 귀찮군은 모든 단란주점에는 뒷문이 있다는 사실을 기억해냈다. 그래서 우리는 그 밤에 나가요 걸들이 열 명쯤 모여 있는 그 대기실에 쳐들어갈 수 있었던 거다.

안녕하세요 키미넵니다, 품질 좋고 디자인 좋기로 소문난, 여러분들이 한 번쯤은 들어보신 적이 있는 바로 그 키미넵니다. 저희 제품은 짝퉁이 아닙니다. 당당하게 키미네 상표를 붙인 정품입니다. 하지만 보십시오. 샤넬이면 샤넬, 루이뷔통이면 루이뷔통, 겉으로 봐서는 전혀 차이가 나질 않습니다.

우리는 낙관했다. 모두들 우리의 얘기를 열심히 들어준데다가, 약 열 명 정도가 모여 있는 그 대기실에는 귀찮군의 단골도 두 명이나 있었던 것이다. 그중 한 명은 귀찮군의 열렬한 팬이기까지 했다. 요즘 귀찮군을 보지 못해 반가워하는 기색이 역력했다, 하지만.

　귀찮군이 알은척을 하자마자 그 아가씨는 자리를 훌쩍 떴다. 곧바로 또 한 명의 단골이 "아저씨, 우리는 명품 아니면 안 사" 하는 멘트를 던지고 대기실 밖으로 나갔다. 방 중앙에 흩뿌려진 그 멘트는 자음과 모음으로 낱낱이 분해되어 색종이처럼 팔랑팔랑, 여러 번 몸을 뒤집으며 대기실의 허공을 수놓았다. 아가씨들은 저마다 그 색종이가 떨어지는 모습을 말끄러미 올려다보며, 서로가 서로의 시선을 피하고 있었다. 자세히 보니 그들은, 짝퉁임에 분명한 명품 옷과 명품 백을 저마다 경쟁하듯 꿰차고 있었다. 귀찮군이 피식, 웃었다. 색종이들이 모두 바닥에 떨어졌을 때쯤에야 나는, 내가 얼마나 멍청했던가를 깨달았다. 목과 귀를 간지럽게 하는 어떤 수치심에, 귓불마저 달아올랐다.

　그즈음이었다, 네가 나타난 것은. 너는 첼로를 들고 있지도 않았고, 비행접시를 타고 오지도 않았다. 너는 대기실의 구석에서 약간 비틀거리며 일어섰다. 색종이가 집중적으로 떨어져 있는 대기실 한복판까지 걸어와서, "하나 주세요" 하면서 내가 들고 있던 원피스 중 하나를 가리켰다. 그리고 뭐라고 대답할 새도 없이 입고 있던 샤넬 라인의 원피스를 훌쩍 벗어버렸다. 나는 당황하여 고개를 한쪽으로 꺾고 있었는데 그 동안, 허공에 분산되어 있던 빠순이들의 시선은 일제히 바닥에 떨어진 원피스의 상표에 몰려 있었다. 네가 키미네 옷을 다 입고 나자 빠순이들은 싱크로나이즈드 스위밍이라도 하는 것처럼 일제히 고개를 돌리고는 너의 뒷모습을 힐끔힐끔 훔쳐보았지.

그게 우리가 대기실에서 판, 처음이자 마지막 키미네였다.

너희 집에 부도가 나고, 아버지가 돌아가시고, 어머니마저 병원에 입원하셨단 얘기는 나중에 들었다. 너는 매일 보던 삼류 드라마가 현실이 되었다며 웃었지. 그때, 왜 우리 옷을 팔아줬냐고 물었더니 너는 말했다. 그냥……, 쪽팔려서.

그때부터 너는 '쪽팔린 걸'이 되었다. 그 무렵에, 그러니까 모두가 가장 힘들었던 시절에, 우리 셋은 서로가 유일한 친구인 것처럼 자주 어울렸다. 그러나 너는, 항상 주눅이 들어 있던 하찮군과 귀찮군과는 달리 늘 당당했었지.

그래서 나는, 너의 결정을 이해한다, 고 말할 수 없다. 설사 네가 그 남자를 사랑한대도 나는 결코, 너를 이해한다, 고 말할 수 없을 것이다.

*

팀장이 두번째로 미쳤다. 서울 근교의, 토종닭인가 뭐시긴가를 파는 토속음식점이었다.

팀장 권한으로 금요일 업무를 쉬고, 팀 단합대회를 한답시고 모인 자리였다. 안 오면 결근이 되므로, 과장을 제외한 아홉 명 전원이 모이기는 했지만, 원래는 바나나보트를 탄다고 했는데 날씨가 안 좋아 취소, 등산으로 바꿀까 했더니 비 내리기 시작, 급기야는 예보에도 없던 호우경보가 내리더니, 한 시간이나 기다려도 닭은커녕 나물 하나 나오질 않고, 번개는 하늘을 치고 비는 땅을 때리고, 세상천지가 우당탕쿵탕 박살나는 소리를 내고 있었다.

과장이 없을 때 팀의 헤게모니를 다잡아볼 절호의 기회였는데, 이팀장은 참말이지, 운도 없었다.

다행히 갑작스런 호우는, 매 맞고 우는 애 달래주듯 점차 누그러지고 있었다. 주인은 번개에 놀란 닭을 잡는 게 만만치 않아 음식이 늦었다고 사과하면서, 사내 둘을 시켜 강변의 단체석을 깨끗이 치워주었다. 정자처럼 만들어놓은 너른 평상이었는데, 비는 추적추적 내리지, 비릿한 강내음이 흙냄새와 함께 밀려오지, 그럼에도 지붕 밑에 의지할 수밖에 없는 처지들이어서 누군가 소주를 시키자고 제안한 것이 제법 시끌벅적한 술자리로 번졌다. 띄엄띄엄 웃음이 터지고, 삼삼오오 지방방송도 잘 유지되는 편이어서 그럭저럭 분위기 좋은 술자리라 할 만했다. 그틈을 타 김차장이 그간 회사 내의 을씨년스러운 분위기 속에서 팀장님을 잘 보필할 수 없었던 저간의 사정을 허심탄회하게 밝히고, 김차장의 솔직 멘트에 대한 답가로 이팀장이 살아오면서 겪었던 크고 작은 에피소드들을 얘기하기 시작한 것이 팀원들, 특히 말단들의 주의를 끌기 시작하였으니, 이제는 이팀장에게도 기사회생의 기회가 주어지려나보다 마구 속단하고 싶었던 바로 그 무렵에, 겨우 흐르기 시작한 대화의 맥을 간단하게 뚝, 끊으며 누군가 멀리서 외쳤다.

"사~람~살~려~~~ 사~람~살~려~~~"

강 저쪽에서부터, 중년쯤으로 보이는 사내 한 명이 급류에 떠밀려오고 있었다. 급류라고는 하지만, 강은 꽤나 폭과 깊이가 있어서, 먼발치에서 바라보는 그 속도는 별반 다급해 보이지 않았다. 살포시 안개 낀, 날은 흐리지만 청량한 대기 속에 펼쳐진 산과 강의 풍경은 너무나 아름다워서, 둥둥 떠 있는 중년 사내의 모습은 오히려 열 폭 병풍 속에서 풍류를 즐기고 있는 신선이나 자연인처럼 여겨질 지경이었다. 그래서 우리 모두는, 미술관에 단체 관람을 하러 간 사람들처럼, 살려달라고 거듭 외치는 중년 사내를 한동안 멍하니 쳐다보고만 있었다. 엉뚱하게도 나는 강 저쪽에 대고 소리쳐 물었다.

"진~짜~예~요~~~?"

사람들은 내 탓을 하기는커녕 정말 궁금하다는 듯이 물에 빠진 중년 사내를 숨죽여 쳐다보았다. 그때 다른 누군가가 강 저편에서 뛰어오며 외쳤다. 이번에는 중년 여자의 목소리였다.

"진~짜~예~요~! 저 사람~ 진짜~ 물에 빠졌어요~!"

팀장이 벌떡 일어섰다. 나는 또 왜 그랬는지 모르지만 덩달아 일어섰다. 우리의 대화는 대략 다음과 같이 진행되었다.

제가 가겠습니다. (짧게 침묵) 아니네, 정대리. 자네는 앉게. (짧게 침묵) 아직 젊은 제가 유리합니다. (짧게 침묵) 경험 많은 내가 하겠네. (잠시 침묵) 그래도 팀장님을 혼자 보낼 수는 없습니다. (한동안 침묵) 그렇다면 함께 가세.

팀장과 나는 팀원들의 눈길을 따갑게 받으며 팬티 바람으로 강변을 향해 뛰어갔다. 가까이 가보니 웬걸, 물살이 예상보다 훨씬 거세서 선뜻 강을 향해 뛰어들 수 없었는데, 주인이 부서진 통나무 의자를 가져와 사내 둘과 함께 긴 물호스로 꽁꽁 묶었다. 놀랍게도 팀장은 그 통나무를 안고 들어가 조난자를 붙잡는 데 성공했다. 중년 사내 역시 민방위 훈련을 열심히 받은 탓인지 구조자를 억척스럽게 붙잡아 물에 빠뜨리는 등의 행동은 하지 않았다. 문제는 통나무였다. 들어갈 때는 전함처럼 든든했던 이놈의 나무토막이 나올 때는 감당할 수 없는 짐이 된 것이다. 엎친 데 덮친 격으로 돌이나 나무뿌리 같은 것에 걸렸는지 열댓 명이 고무호스를 잡고 함성까지 외쳐가며 줄다리기를 해보아도 꿈쩍하지 않았다. 때맞춰 호스는, 자신도 힘이 소진되었다는 듯 서서히, 풀려가고 있었던 것이다. 강 저편의 아줌마는 아이고 아이고, 아직 아무도 안 죽었는데 혼자 장례식에 온 사람처럼 벌써부터 곡을 하고 있었다.

내가 뛰어들었다. 자유형과 배영을 번갈아 구사하며, 팔 젓기 네다섯 번에 한 번꼴로 호스를 끌어당기며 별반 힘들다는 의식도 없이 강 복판까지 나아갔다. 통나무는 버리고 두 사람이 힘을 합해 한 손으로는 조난자를, 다른 손으로는 호스를 잡아당기니, 십여 분 후에는 안전하게 강 밖으로 나올 수 있었다. 우리가 힘이 빠져 강변에 주저앉고 말았을 때, 통나무는 유유히 완만하게 굽은 강 하류 쪽으로 사라졌다.

누군가가 커다란 타월을 갖다주었다. 언제 나타났는지 여고생들이 떼를 지어 서서 짝짝짝 박수를 치며 핸드폰으로 열심히 사진을 찍고 있었다. 맘 같아선 멋있게 머리를 말리며 손이라도 한번 흔들어주고 싶었으나 나는, 타월을 펴서 얌전히, 튀어나온 배를 감쌌다.

경찰이 나타났다. 경찰은 팀장과 내가 용감한 시민상을 받을 지도 모른다고 말했다. 중년 사내는 혼자서 낚시하러 왔다가 물에 빠졌다고 말했다. 하, 와이셔츠를 입고 낚시를 하셨단다. 팀장과 나는 서로를 바라보며 피식 웃었다. 곡을 하던 아주머니는 감쪽같이 사라지고 없었다.

*

은주는, 편한 여자였다. 만만하게 여겨졌단 뜻은 아니다. 다만 무슨 얘기건 편하게 할 수 있었고, 무슨 얘기건 편하게 들을 수 있었다. 그래서였을 것이다. 나는 은주와 결혼할 거라고 믿고 있었다. 결혼하고 싶다, 결혼해야겠다, 라기보다는 이러다가 결혼하는 건가보다, 라고 막연하게 생각하고 있었다. 마치 적금을 들면 나도 모르는 사이에 매월 얼마씩 자동이체로 통장에서 빠져나가게 되고, 몇 년 후면 만기가 되어 원금에 이자까지 한꺼번에 돌려받겠지, 라고 확신하는 것처럼, 혹은 그간의 이자를 통째로 날리고 해약금까지 물게 되는 게 무서워 적금을 끊지 못하는 것처럼, 나는 그녀를 일주일에 한 번씩, 꾸준히 만나고 있었다. 그래서 한 번도, 그녀와 헤어질 거라고는 생각해보지 못했다.

은주와는 섹스조차 편했다. 은주는 정상위만을 고집하는 여자였다. 언제나 남자가 움직일 것을 요구했다. 나는 그녀와의 체위를 연구한 적도, 그녀가 오르가슴에 도달하지 못할까봐 걱정한 적도 없었다. 나는 예민해서 조루할 때가 많은 편인데, 그녀한테만은 지루에 가까웠다. 그녀는 나의 섹스 실력을 자주 칭찬했다. 섹스 이외의 모든 것은 그녀가 주도했다. 나는 데이트 장소나 휴가 계획 따위를 고민해본 적이 없었다.

은주를 만나면서 주나를 생각한 적은 없었다. 주나와의 섹스는 서로를 품기 위한 것이 아니라 할퀴기 위한 행위 같았다. 그녀가 공격적으로 움직이기 시작하면 왠지 모르게 몸이 굳어, 나는 그녀의 허리를 붙잡고 "그만. 움직이지 마"라고 말하기 일쑤였다. 그녀는 그녀대로 내가 절정에 도달할 때쯤이 되어 맹렬하게 움직이면 슬그머니 몸을 빼고 배시시 웃었다. 그녀와 나는 밀어내고 끌어당기고 공격하고 저항하느라 자주 서로의 몸에 상처를 냈다.

주나와 지형의 섹스는 어땠을까. 두 사람은 같이 잤을까? 아마도 그럴 것이다. 그렇다면 나는 왜, 그 사실에 대해서, 단 한 번도 화내지 않았을까. 지형군과 은주양이 사귄다니까 이토록 더러운 기분이면서, 왜 지형과 주나의 동침에 대해서는 그토록 무관심할 수 있었던 것일까? 귀찮아서였을까? 아님 쪽팔려서?

하지만, 도저히 하찮다고는, 말할 수 없는 일이었다.

*

팀장이 세번째로 미쳤다. 이번 일은 앞의 것들과는 비교도 되지 않는, 한마디로 제대로 미친 짓이었다.

아침부터 이상하게 출근을 하기 싫더라니, 회사에 가보니 엄청난 일이 벌어져 있었다. 우선은, 과장의 자리가 사라지고 없었다. 과장과 팀장 중에 한 명이 잘렸단 뜻이었다. 팀원들은 자리에 앉지도 못하고 안절부절못하고 있었는데 잠시 후, 다른 팀으로부터 부사장의 모가지가 달아났다는 속보가 날아들어왔다. 더더욱 놀라운 것은 부사장 모가지를 이팀장이 날렸다는 전언이었다. 이 아무개 부장도 아니고, 이 뭐시기 이사도 아니라, 그 무능력하고, 카리스마 없는, 우리의 이팀장이 부사장을 경영 부실 및 경쟁력 약화의 주범으로 내쫓았다는 얘기였다. 세상에, 이럴수가.

자초지종은 이랬다. 이팀장은 그 동안 은밀히 회사 경영진의 효율성 문제를 '연구'하고 있었다. 그러던 중에 몇몇 과장들의 비리를 알게 되었고, 더 나아가서 배후에 부사장이 있음을 '자연스럽게' 알게 되었다는 후문이었다.

그러니까 이팀장은, 그 동안 중요하고 고상한 일을 하시느라, 하찮은 영업팀 따위는 돌볼 여력이 없으셨던 것이다. 이걸 뭐라고 표현해야 하나? 고양이 무리 속의 호랑이 새끼? 폐포파립(敝袍破笠)을 한 암행어사?

머릿속이 고장난 형광등처럼 깜박거렸다. 혼자 회의 준비를 하던 이팀장과, 회식자리를 혼자 지키고 있던 이팀장과, 사람을 구하기 위해 혼자 강 속에 뛰어들던 이팀장이, 빨갛게, 노랗게, 파랗게 점멸했다.

과장은 나타나지 않았다. 말단을 제외한 팀원들의 얼굴은 시종일관 신호등이었다. 이팀장이 영업부장으로 발령받았다는 소식이 전해지자 차장은 결국 눈물을 보이고 말았다.

그러게, 평소에 주인의식 좀 가져보지 그랬니 이 새끼들아. 나는 거래처 방문을 핑계로 사무실을 나서며 힘없이 중얼거렸다.

*

우리는 청담동에 있는 바에서 술을 마셨다. 한 병에 삼십만원이나 하는 양주를 시켰다. 특별한 이유는 없었다. 드디어 쪽팔린걸이 결혼을 한 날이었고, 하지만 귀찮군과 하찮군은 초대받지 못했고, 더구나 주말인데 두 사람 다 집에 있었을 뿐이었다.

아파트와 모든 신혼살림은 주나가 대고, 남자는 주나가 프랑스 유학파라고 동네방네 떠들고 다닌다, 며 너는 호들갑을 떨었다. 난 이해가 잘 가지 않는다고 했다. 너는 다시 언 년이 포주로 시작해서 재벌 된 놈한테 압구정동에 있는 서른 평대 아파트를 사주겠냐, 언 놈이 십 년 동안 몸 판 년을 재벌2세라고 뺑쳐주겠냐, 며 테이블을 내리쳤다. 성공한 동창들은 다 불렀다고, 그 동안 힘 있는 놈들이랑은 꾸준히 관계를 유지한 게 틀림없다며 비분강개했다. 나는 여전히 이해가 가지 않았다. 주나가 재벌2세인 건 사실 아니냐고 물었다. 그랬더니 너는, 그래, 부도나서 빚재벌이 되기 전까진 사실이지, 그러니까 이 씨발년놈들이 가문의 부활을 위해 양심이고 뭐고 다 팔아먹은 것 아냐, 고래고래 소리질렀다. 좋아하는 연놈들끼리 만나 잘 먹고 잘 살아보시겠다는데 거기서 양심이 왜 튀어나오냐고 말하고 싶었지만, 나는 입을 다물었다. 자그마치 한 병에 삼십만원이나 하는 양주가 떨어져가고 있었던 것이다.

한참 동안 침묵을 지키다가 너는 빈 병을 물끄러미 바라보며 "은주와 헤어졌어"라고 말했다. 내가 "왜?" 하고 물었더니 너는, "그냥. 귀찮아서"라고 대답했다. 나는 다시 한번 이해가 가지 않았지만 그냥 참았다. 자그마치 삼십만원이나 되는 술값을 네가 계산했기 때문이었다.

더이상 할 얘기가 없었으므로 우리는 밖으로 나왔다. 한 십미터쯤 걷다가 너는 오줌이 마렵다며 지퍼를 내렸다. 내가 바로 돌아가서 싸자고 했더니 너는 귀찮다고 했다. 나도 지퍼를 내렸다. 중학교인지 고등학교인지 붉은 벽돌로 쌓아올린 담벼락 밑에서였다. 그렇게, 한동안 오줌을 실컷 갈기고, 배뇨가 주는 쾌감과, 공범자라는 의식이 주는 이상야릇한 만족감으로 뒤돌아섰을 때, 우리는 강남의 금싸라기 땅에 솟아 있는 오층짜리 대리석 건물 하나를 발견했다. 그리고, 까마귀 날자 배 떨어지듯이, 아니, 배 떨어지자 까마귀 날듯이, 우리는 그 건물의 벽 전체를 금빛의 돋을새김으로 차지한 자랑스러운 글자를 보고 피식피식 웃었다.

KIMINAE

*

　나는 회사에 사직서를 제출했다. 이팀장, 아니 이부장은 황당하다는 눈빛이었다. 해고돼도 할 말 없는 놈이 차장 자리를 마다해? 나는 말없이 조금 웃었다. 까마귀 날자 배 떨어진 것뿐이라고, 무언가가 날면 다른 무언가는 떨어지게 마련이라고, 말하고 싶었지만 입을 다물었다. 다만 내가 벗어놓은 허물을 온갖 것들이 쳐다보며, 너의 상표는 진퉁이냐 짝퉁이냐, 영업팀의 모든 사람들이 의심스럽게 쳐다보는 일 따위를 견디기 힘들었을 뿐이라는 말도 하지 않았다.

　다시는 이 바닥에 발붙일 생각 말라는 악담을 듣고 퇴직금 신청서를 받아 회사를 나오며 친구 지형에게 문자메시지를 보냈다. 한참을 생각하다, 네가 한 달 만에 은주와 헤어졌다니, 나는 십수 년 만에 너와 헤어져야겠다고 썼다. 사무실을 차린 선배에게 전화해야겠다고 생각했으나 나는, 그조차도 할 수 없었다. 지형에게서 자꾸만 전화가 오고 있었기 때문이었다. 나는 핸드폰의 배터리를 빼버렸다. 어쨌든, 한 달 동안 나를 괴롭혔던 모든 고민들은 깨끗이 정리되었다. 모든 것이, 한없이 귀찮고, 쪽팔리고, 하찮다는 생각뿐이었다.

나는 원룸으로 돌아와 문을 닫았다. 애써 잠글 필요는 없었다, 언제나 원룸의 출입문은 자동으로 잠기곤 했으므로. 나는 방 안을 충분히 어둡게 한 다음 아주 오랜만에 편한 마음으로 수음을 했다.

어둠 속에서, 주나가 자꾸만 옷을 벗고 있었다. 나는 더이상 조루가 아니었다.

X형 남자친구

아무리 인스턴트의 시대라지만,

여자에게 비닐봉지처럼 가벼운 안녕이란 존재하지 않는다.

하지만 여자에게도 비즈니스는 있다.

세상에는 네 종류의 남자가 있다. 일단은 동물(Animal)과 짐승(Beast)과 괴물(Ogre)로 나뉜다. 짐승도 동물 아니냐고? 날카로운 질문이지만 미묘한 어감의 차이에 주목하라. A형은 원래 온순하거나 길들여진 부류다. 농가의 가축이나 동물원 식구들이 그들. B형은 야생의 동물이다. 언제든지 사람들을 들이받거나 할퀼 수 있다. B형의 야만성은 훈련을 통해 제거할 수 있지만 O형이라면 포기하라. 그들은 사랑하는 여자도 물어뜯는 드라큘라와 같다. 섞이지 않는 순수혈통, 나쁜 피.

변종으로 동물과 짐승을 오가는 혼합형(ABnormal)이 있다. 차로 말하면 컨버터블인데 평소에는 안락하지만 일단 뚜껑이 열리면 모질게 바람 맞거나 폭우를 만날 수 있으니 유의할 것.

그렇다면 안전한 A형이 제일 좋지 않겠냐고? 쉽게 설명해주겠다. 똥 먹는 똥돼지와 고기 뜯는 호랑이 중 어떤 게 간지나?
에일리언이 좋다면 변태지만 우리의 귀여운 슈렉은 어때? 보면
볼수록 정드는 킹콩은 절대 아니라고 말할 수 있어? 자유자재로
변신하는 타잔, 배트맨, 스파이더맨, 뭐 이런 애들은 또 어쩌지?
    아직 덜 당한 여자라면 이렇게 물을 수도 있겠다. 남자들은
모두 저런 것들뿐이냐고. 물론이다. 어쨌거나 남자는 다, 모두
다 그렇게 다, 인간이 아닌 것이다.

당신의 SWOT[*]

    이십팔 세, AB형. 동안은 기본이고, 적당한 볼륨의 가슴과 일
자로 쫙 뻗은 다리까지, 착한 얼굴 착한 보디의 소유자. 그렇다
고 요즘 길거리에 대량으로 퍼져 있는 걸(girl)들처럼 깡통인 건
아니다. 보디도 헤드도 적당히 관리하며 사는 여자. 슬슬 걸려오
는 결혼정보회사의 전화를 거만하게 끊어버리곤 하지만 마냥 배
짱 튕길 만큼 여유 있지는 않다.
    지금은 여덟시. 결혼에 골인한 년은 저녁을 차리고 있을 테고,
삼 년 동안의 열공 끝에 공무원 된 년은 일찌감치 퇴근해서 요

---

* SWOT analysis. 마케팅 전략의 하나. 기업이나 사업의 환경을 장점(**S**trength),
약점(**W**eakness), 기회(**O**pportunity), 위협(**T**hreat)의 네 가지로 나누어 분석하는
방법.

가나 배우고 있을 시간에, 나는 오늘도 사무실에 남아 언제 끝날지도 모르는 제안서를 작성하느라 골머리를 썩이고 있었다. 더군다나 한심한 건 의뢰사의 의도를 이해도 못 한 내가 야근까지 해가면서 SWOT을 분석하고 있다는 거였다. 오 마이 갓뜨.

이건 아니었다. 시절은 바야흐로 찬바람 부는 연말, 성탄절이 일주일 앞으로 다가온 월요일. 수많은 솔로들이 크리스마스를 케이블 TV나 식은 피자 따위와 보내지 않으려고 발버둥치고 있을 때, 괜찮은 남자들이야 언 년이 채가건 말건, 나는 그저 돈도 안 되고 전망도 없는 일에만 죽도록 매달리면 그만이다, 해서는 곤란했다. 내 꿈은 이십대 솔로 탈출. 이번 크리스마스에 확실하게 엮이고, 내년 상반기쯤에는 청혼을 받아야, 가까스로 경쟁력 없는 삼십대를 면할 수 있었다. 이를 위해 채택한 것은 장점-기회 전략(SO strategy). 풀이: 가진 건 미모뿐이니 기회를 잡으려면 젊을수록 유리하다.

꼭 값비싼 레스토랑이나 무드 있는 카페일 필요는 없다. 좋은 사람과 자꾸 눈빛이 마주칠 정도의 분위기면 족하다. 다만 결정적인 순간에는 하얗게 눈이 내렸으면 좋겠다. 화이트 크리스마스의 키스라면 오랜 추억으로 남아줄 테니 말이다.

다행히 최근 품질 괜찮은 물고기 두 마리가 입질을 보내고 있었다. 한 명은 O형의 예술가 지망생 오군. 또 한 명은 B형의 젊은 사업가 배군. 배는 몸매만은 착했으나 어딘가 모르게 둔해 보였고, 오는 섬세함의 극치였으나 간혹 부실해 보였다. 오는 매력적이고 흥미진진하지만 장차 커서 뭐가 될지 알 수 없었고, 배는 부자인데다 자상했지만 살짝 하품이 났다.

선택이 쉽지 않아 한참 고민중인 마당에 잡어 한 마리 출현. 같은 사무실에서 일하는 이호구 대리는 아까부터 실없는 문자메시지를 줄줄이비엔나로 보내고 있었다. 밥 먹었냐, 수경씨는 날씬해서 많이 먹어도 된다, 어제 첫눈이 내리는데 갑자기 수경씨 생각이 났다…… 등등 토 나오는 내용만 골라서. 총무를 맡고 있는 이대리는 앞뒤 꽉꽉 막힌 A형 남자의 전형이었다. 한마디로 창의성이 없었다.

"부탁하신 자료 여기 있습니당."

핸드폰을 접자마자 눈이 아프게 요란한 손톱 다섯 개가 두꺼운 A4뭉치와 함께 탁, 책상 위에 떨어졌다. 밝은 갈색 호피무늬에 황금색 반짝이까지 두른 빅 바스트의 손톱이었다.

"어머 죄송해요 언니. 놀래키려고 그런 거 아닌 거 아시죠?"

이십오 세, O형. 건방지고 가증스러운 게 특징이다. 예의바른 척해도 속아서는 안 된다.

"어머 네일아트 했구나? 예쁘다. 어디서 했어?"

덩달아 가증스러워주는 건 기본. 치켜세우면 좋아하는 O형은 겉으로는 아닌 척해도 칭찬받은 기쁨을 감추지 못한다. 어쩌고 저쩌고, 이러쿵저러쿵, 나는 신체의 특정 부위만을 지나치게 강조하고 있는 브이넥 쫄티의 압박을 간신히 견디며 싼 티 팍팍 나는 네일아트의 이력을 끈기 있게 들어준 다음 말했다.

"근데 난 골자만 정리해달라는 거였는데."

싫은 표정이 역력했다. 하지만 역시 O형답게 위기대처 능력과 임기응변이 뛰어났다.

"그러고 싶기는 하였으나…… 제가 워낙 변변찮고 부족한 관계로…… 일 잘못해서 중요한 대목을 빼먹을까봐…… 정말이지 선배님만큼 능력이 뛰어나면 얼마나 좋겠어요. 제가 선배님 팬인 거 아시죠! 지난번에 십억짜리 제안서 만드신 거 보고 완전 반한 거 있죠."

마음 같아선 야 이년아, 가슴골 훤히 들여다보인다, 쏘아주고 싶었건만.

"처음부터 잘하면 다 베테랑이게. 실수 없이 크는 사람 없으니까 다음부턴 꼭 요약해오도록 해."

"알겠습니다, 수고하세용."

빅 바스트는 잽싸게 자기 자리로 돌아갔다. 남자들의 시선이 빅 바스트의 빅 바스트에 일순 몰렸다. 이럴 때만큼은 혈액형 구분 없이 모두가 한 피요, 한마음이다. 얄미운 건 귀찮은 일을 피해가는 것만이 아니었다. 빅 바스트는 그 특유의 가증스러운 애교로 남자 상사들의 환심을 사고 있었다. 물론 사무실이 아니라 주로 술집과 노래방에서. 정녕 싸가지와 가슴 사이즈는 반비례하는 것이란 말인가.

저년을 어떻게 죽이나, 궁리하고 있는데 호구로부터 다시 문자메시지가 날아왔다. 급기야는 '크리스마스를 같이 보내고 싶

은 여자가 생겼어요. 누군지 안 궁금해요?'였다. 나는 핸드폰을
확 던질까 하다가 참았다. 그래 호구야, 내가 한 가지는 인정한
다. 네 심성이 무척 곱고 여리다는 거. 하지만 네가 알아둘 게
있어. 바로 너의 SWOT. 장점. 착하다는 거. 약점. 착하다는 거.
기회. 착하다는 거. 위협. 착하다는 거. 그래서 너는 절대 안 된
다는 거!

예술은 멀고

　세상에는 마흔 가지 종류의 남자가 있다. 왜 이랬다저랬다 하
느냐고? 그럼 동일한 혈액형이면 성격도 무조건 같을 거라고 생
각했어? 내가 존경하는 혈액형학자 노미 마사히코는 모든 분류
에는 조건이 있게 마련이라고 말씀하셨다. 성격을 형성하는 가장
강력한 조건이 뭐겠어. 보나 마나 부모지. 그러니까 아빠, 엄마가
어떤 형이냐에 따라서 A형과 B형은 열둘, O형은 아홉, AB형은
일곱 가지로 세분되는 것이다.
　영화감독 지망생 오예술. 삼십일 세. A형 아버지에 대한 O형
아들의 전형적인 반항심으로 졸라 까칠한 성격 획득. 여기에 B형
어머니의 제멋대로주의가 가세해 예술가적 자아 형성. 그가 창
의력 높은 물고기자리임은 향후 대박 감독이 될 가능성을 알려
주고 있었다. 문제는 그의 까다로운 미적 취향을 만족시키기가

쉽지 않다는 것인데……

나는 그와 세 번 술을 마셨다. 첫날은 두 시간 동안이나 별말이 없었다. 보통내기 같으면 나한테 관심이 없구나, 포기했겠지만 나를 속일 수는 없지. O형의 침묵은 어디까지나 탐색전이다.

오군 같은 남자는 원래 모순 덩어리다. 얼굴로 어떻게 해보려는 년 딱 질색이다. 그러면서 못생긴 년은 친구로도 안 삼는다지. 예쁘고 똑똑해도 따지는 년은 피곤하다. 따라서 방법은 다 이해하는 척 졸라 지루한 얘기도 열심히 들어주고, 머리 빈 년으로 비치지 않게 가끔씩 촌철살인의 한마디쯤 날려주어야 하며, 그럼에도 절대로 나의 주장을 앞세우거나 그의 의견을 거슬러서는 안 된다. 정리하자면 '눈빛 반짝 고개 끄덕' → '중간중간 "그건 아니죠" "내 생각은 좀 다른데" 등의 멘트' → 이 정도 되면 남자가 조금씩 말을 바꿔서 호소하는 분위기가 되는데 적당히 뜸 들였다가 '다시 눈빛 반짝 고개 끄덕' 순으로 반복하면 오케이. 그러면 남자는, 이게 포장만 착한 줄 알았더니 든 것도 있네, 하게 되는 것이다.

아니나 다를까, 세번째 만난 날, 이미 열한시쯤에 불과하게 취해버린 오군은 자신의 원룸으로 사차를 가자고 조르기에 이르렀다. 그런다고 넘어갈 내가 아니지. O형의 마음은 자동문. 언제든지 열리지만 그만큼 빨리 닫힌다. 쉽게 끌려갔다간 첫 섹스가 마지막이 되기 십상.

매몰차게 택시를 타고 온 후, 전화와 문자메시지를 잘근잘근

씹으며 와신상담의 열흘을 기다렸다. 오군이 자신의 굴욕을 잊고 그것에 반비례하여 나, 수경을 그리워하게 될 때까지. 위험한 베팅이었으나 내 판단은 옳았다. 월차를 낸 수요일, 나는 그를 네시의 광화문으로 불러내는 데 성공했다.

술집은 그만, 답답한 실내와 어두운 조명도 이제 그만. 까다로운 너를 위해 준비했다. O형 남자가 좋아하는, 내추럴 앤드 다이내믹 데이트!

그간 절제하던 초미니스커트를 입고 교보문고 앞에서 그를 기다렸다. 그는 밀리터리 룩의 바지에 빈티지한 가죽 재킷을 입고 나타났다. 어쩜 삼십대 초반의 나이에도 캐주얼이 전혀 어색하지 않을 수가. 언뜻 싸 보이기 쉬운 복장인데도 나름 센스 있게 소화시켰다. 나는 반갑게 웃으며 팔짱을 꼈다. 내 가슴이 닿자 오군도 약간 움찔했다. "뭘 할까요?" 내가 질문하자, "뭐, 시간도 이른데 영화나 볼까?" 오군이 어색하게 제안했다. 나는 팔에 조금 더 힘을 실으며 말했다, "그냥 걸어요".

덕수궁을 관통하여 시립미술관 쪽으로 그를 유도했다. 우연의 일치라는 듯, "와, 저거 오늘이 첫날이네? 신기하다" 하며 길거리에 가득 찬 '르네 마그리트 전'의 현수막을 가리켰다. 미술관으로 올라가는 길의 가로수들에 트리 장식이 되어 있었다. 밤이 되어 불이 들어오면 얼마나 예쁠까, 생각하고 있는데,

"이상한 문화사대주의라고 생각해. 미술이라곤 좆도 모르는 것들이 피카소다 마그리트다 하면 갑자기 탄성을 지르지. 한국

화가는 몇명이나 알까?"

"아…… 네……"

저기 가봐요, 라고 미처 말할 틈이 없었던 게 얼마나 다행인지. 요는 지난번에 사차를 거절당한 상처가 덜 풀렸다는 얘기였다. 그렇다고 기죽을 내가 아니었다. 나는 빛의 속도로 경로를 재탐색했다.

"남대문시장 갈래요? 나 시장 구경 좋아하는데."

그의 동공이 잠시 커졌다. 몸매도 옷차림도 명품인 여자가 시장을 좋아한다고 하니 O형 특유의 호기심이 발동한 모양이었다. 그러나 A형의 피가 섞인 그, 절제력이 만만치 않았다.

"뭐 살 거 있어?"

"아뇨 그런 건 아니지만."

"시장은 물건을 사는 곳이라고 생각해. 사진 찍는답시고 시장 상인들 모욕하는 놈들 많이 봐왔어. 기백짜리 장비 들고 못사는 동네, 가난한 사람들 찾아다니는 놈들 혐오해. 특히 노숙자나 거지한테 렌즈 들이대는 놈들은 망원경으로 레이싱걸 팬티 훑는 놈들보다도 못하다고 할 수 있지."

그러니까, 귀족적인 건 재수 없고, 서민적인 건 진부하다? 좋아. 그렇다면 예술과 시장이 공존하는 곳으로 가야지.

"청계천 갈까요?"

"그건 좋은 생각이네."

어쩐지, 너무 쉽게 동의한다 싶었다. 청계천에 도착하자마자 그는 물 만난 고기처럼 사진만 찍었다. 시력도 좋은데 일부러 눈물렌즈까지 꼈더니만 나의 신비스러운 눈동자는 단 한 번 쳐다보지도 않고 두 시간여 동안 저 혼자 놀다가 하는 말.

"이게 어딜 봐서 도심 속 자연이야? 거대한 시멘트 구조물이지. 저 유치한 조형물들 하며, 외국에서 직수입해서 들여온 루미나리에 좀 보라지. 하여간 이 나라는 창의성이 없어 창의성이!"

그럼 지금 네가 하는 짓은 레이디 앞에서 창의성 있는 행동이냐? 참다못한 나는 퉁명스럽게 쏘아붙였다.

"이제 어디로 갈까요?"

"잘 모르겠는데."

"무슨 남자가 하루 종일 의견이 없어요?"

"아까 분명 영화 보러 가자고 했을 텐데."

"알았어요, 그럼 영화 보러 가요."

"지금은 밥 먹을 시간인데?"

우리는 마땅한 밥집을 찾아 삼십 분여를 더 걸었다. 새로 산 가보시 부츠. 발바닥의 감각이 거의 사라져갈 때쯤 그가 말했다.

"진짜 홍어회 먹어봤어? 서울식 말고 남도식."

뭐든. 난 들어가고 싶었다. 남도의 오줌 맛을 제대로 봤을 땐, 물론 후회했지만.

그는 또 술을 마셨다. 일차에서는 서구적이고 귀족적인 음식 문화를 개탄했으며, 이차로 간 맥줏집에서는 토속적인 음식의 우수성을 역설하고 민중적인 문화의 부재를 비판하셨다. 말하는 중간중간 나의 가슴을 눈으로 쓸어주는 매너도 빠뜨리지 않았다. 그는 말끝마다 조선의 이데올로기가 문제라며 목에 힘을 주었다.

이데올로기? 나는 그딴 건 모른다. 네가 O형이라는 걸 알고 있을 뿐.

비판의식과 취기는 과연 비례하는 것인지. 그는 열시도 되지 않아 "아 난 너무 취했어. 이제는 집에 가야 해" 엎어지고 드러눕고 야단이었다. 계산은 이번에도 내 몫이었다. 더구나 그가 세 시간 동안 소비한 토속의 가격은 전혀 민중적이지 않았다.

계산을 끝내고 나오는 내 다리를, 취했다는 그는 참으로 민첩하게 눈으로 쫙 훑었다. 나는 지갑 속에 카드명세서를 집어넣으며 또 한번 모른 척했다. 그가 물었다.

"어디 갈까?"

"글쎄요, 커피나 한잔할까요?"

그가 느닷없이 몸을 앞뒤로 흔들었다.

"아 씨발 서울의 문화는 왜 이렇게 답답할까. 저 간판들을 보면 알 수 있어. 사실은 다들 원하면서 겉으로는 졸라 보수적인 척하니까 저렇게 성산업이 발달하는 거라구."

예술은 그렇게, 끝까지 폼을 잡다가 집에 가버렸다. 이번에는 원룸에 가자고 졸라보지도 않고 택시를 타고 사라졌다. 역시 O형은 안 돼, 하고 생각했으나 그럼에도. 그의 건전한 외모는 물론이고 세상을 향한 그의 당당함과 뚜렷한 주관에 끌리고 있단 것만은 어쩔 수 없는 사실이었다.

이대리로부터의 문자메시지는 그때 왔다.

'수경씨 없어서 사무실이 허전. 월차 즐거우삼?'

찬바람이 쌩쌩 불었다. 술기운도 차츰 떨어져갔다. 어느새 나는 보내서는 안 될 메시지를 작성하고 있었다.

'그냥 혼자 걷고 있어요. 춥네요.'

사랑은 타이밍

'이브에 머 해요?'

'암것도 안 해.'

'어머! 나랑 똑같네요?'

'난 반기독교주의잔데.'

'저도 교회 안 다녀요!'

'동지 생겨 반갑네.'

동지는 동짓날에나 찾으시지. 대체, 이게 대화야? 커피 자판기 앞에서 문자질을 하다가 나는 급기야 한숨을 쉬었다.

암시하되, 확신을 주지 말 것. 대부분의 O형은 껌벅 넘어온다. 하지만 주지하듯이, 오군은 그냥 O형이 아니었다.

아침부터 짜증날 일은 얼마든지 많았다.

사장님께서는 내 SWOT 분석이 엉망이라며 출근 직후부터 갈

귀댔고, 의뢰인께서는 원래 예산에는 잡혀 있지도 않았던 시장 분석을 보강해달라고 요청해왔으며, 그리고 나의 훌륭하신 이 대리님은 오전 내내, 아니 어제부터 나를 쌩까고 있었다.

그넘 진짜, 신경 쓰이네.

술을 너무 많이 마셨다. 사람을 몰라볼 정도는 아니었다. 하지만 한순간 호구를 예술로 착각한 것도 같고, 갑작스레 들끓어오르는 복수심에 괜히 취한 것도 같고…… 아차 싶어 눈을 떴을 땐 이대리의 오피스텔이었다. 찬바람 맞고 술 먹다 미쳤는지. 안경을 벗은 호구의 얼굴이 왠지 핸섬해 보이고, 하반신을 압박하는 그의 몸이 육감적으로 느껴지기까지 했다!

그러나.

중요한 건 안 했다는 거. 했으면 말도 안 한다. 애써 잠든 척 해줬으면 에라 모르겠다 입술이라도 한번 훔쳐볼 일이지. 벌벌 떨리는 손으로 애꿎은 블라우스 단추만 서너 개 풀더니 무겁게 한숨만 쉬고 말았다. 무슨 짓을 해야 소리를 지르든 뺨을 때리든 하지. 꼴에 완전범죄 한답시고 단추 죄다 잠가, 이불까지 풍성하게 무덤처럼 덮어놓고 소파에서 새우잠을 자고 계셨다. 아, 이 한없이 작은 마음아.

어쨌든.

어제부터 이대리는 나를 은근슬쩍 피하고 있었다. 어이없지만 그가 A형임을 감안하면 놀랄 일도 아니었다. A형은 책임감을 과도하게 느낀다. 정의감과 페어플레이 정신은 높이 살 만하나

남들은 고래처럼 대양을 누빌 때 혼자서 현미경으로나 보일 단세포생물로 남아 있으니 문제다. 대성하긴 틀린 타입.

상관없다. 무엇보다 중요한 건 오늘이 22일이라는 사실이었다.

배군은 일찌감치 자신의 계획을 통보했다. 원래는 사업차 외국에 있어야 하지만 수경을 만나기 위해 모든 일정을 취소하고 한국에 돌아오겠다는 것. B형답게 충동적이고 일방적인 면이 없지 않으나 일단은 접수. 문제는 오군이었다. 이놈의 OA형, 당최 말이 안 통했다.

처음엔 지가 만나쟀다. 뜬금없이 일요일에 시간이 있냐고 물었다. 일요일이면 크리스마스이브. 재빨리 받아주고 싶었지만 쉽게 생각할까봐 딱 한 번 튕겼다.

'그닥 내키진 않지만 만나자고 조르는 사람이 있어서……'

'아 참 이브지? 깜빡했네.'

상식적으로 이브에 만나자면 사귀자는 거 아냐? 그리고 그 정도 암시면, 그냥 나랑 보자, 이렇게 나와야지. 그런데 오늘은 언제 그랬냐는 듯 딴청을 피우고 있으니 환장할 지경이었다. 요는, 짱구 굴리지 말고 직접적으로 말해라, 이거였다. 마사히코 왈. O형은 정작 본인은 갖은 잔머리를 굴리면서도 상대방이 전략을 쓴다고 생각하면 극도로 싫어한다. 조금 더 수위를 높이는 수밖에 없었다.

'저를 만나려고 스위스에서 돌아온다네요. 전 별로인데 어쩜 좋죠???'

'벌써 티켓 끊었겠네. 그런 건 일찍 거절해야 예의지. 원래 우유부단?'

젠장. 이젠 아예 인생의 교훈까지 주려고 그러시네. 그냥 원하는 대로 '그냥 오빠랑 술 한잔할래요' 해버려? 아니면 '내가 만나고 싶은 건 오빠예요'? 하지만 내가 왜 그렇게까지? 갈등하고 있는데 어디선가 빅 바스트의 음성이 들려왔다.

"피대리님이요? 저기 자판기 옆에서 문자질 하시네요."

고개를 돌렸다. 복도에는 사장님이 인상을 잔뜩 찌푸린 채 서 있었다. 빅 바스트는 말을 끝내자마자 바람처럼 사라져버렸다. 복도에는 사장님과 나만이 어색한 거리를 유지한 채 서 있었다. 나는 핸드폰의 슬라이드를 잽싸게 내리고 사장님을 향해 생글생글 웃으며 생각했다. 어떻게 하면 저년을 죽일 수 있을까?

세상에서 제일 겸손한 혀

배재벌을 세상에서 제일 허접한 초밥집에 데리고 갔다.

"이야 이런 걸 오백원씩에 팔다니. 세상에는 정말 양심적인 분들이 많군요."

배재벌을 세상에서 제일 싼 와인전문점에 데리고 갔다.

"이 좋은 걸 이렇게 싸게 공급하다니. 낮은 가격으로도 높은 브랜드 가치를 가질 수 있음을 보여주는 전범이군요."

그는 스시 마니아에 와인 마니아다. 순간 든 생각. 너 B형 맞니?

그는 벤츠 CLK 카브리올레를 타고 다닌다. 처음 만난 날 물었다. "와, 이 차 뭐예요? 이런 거 비싸지 않아요?" 그는 머쓱하게 웃더니 말했다. "그냥 차죠 뭐. 저한텐 과분하지만."

졸부 자식들은 이렇게 말한다.

"어제 음주운전을 했는데 여자친구가 대신 불어서 안 걸렸다."

"어떻게? 자리를 바꿨어?"

"몰랐어? 내 차 핸들 오른쪽에 있잖아."

기껏해야 이클립스나 스카이라인 같은 일제차 주인도 날치는 마당에 차가 벤츠면, "일억밖에 안 해요" 내지는 "이백 마력에 칠단 자동변속깁니다. 제로백도 육 초밖에 안 돼요" 해야지. 초밥도 마찬가지다. 공기가 통하는 백 개 내외의 밥알과 두껍게 썬 최고급 사시미와의 행복한 결합이 진정한 스시라면, 그건 밥알 이백오십 개 정도가 단단히 뭉쳐진 숫제 주먹밥에, 꽝꽝 얼어 있는 톱밥과의 불륜에 해당한다. 그렇다면 당연히 "이런 스시의 시옷 자도 모르는 것들" 이래야지. "진정으로 와인을 아는 자는 이런 걸 오줌이라고 부릅니다." 이 정도는 돼야 야수의 말투지.

덕분에 나는 알았다. 남자의 혈액형은 여든 가지로 나뉜다는 것을. 앞에 분류한 마흔에 둘만 곱하면 된다. 세상에는 가진 자와, 못 가진 자가 있기 때문이다.

가진 놈은 부드럽다. 이미 세상으로부터 인정받았으니까. 없는 놈은 거칠다. 곧 죽어도 본인은 잘났는데 세상이 인정을 안 해주거든. 오군이 비판적인 건 그가 아직 덜 컸기 때문이다. 한마디로, 없는 놈은 피곤하다.

배재벌은 증권회사에 다니는 언니의 소개로 만났다. 중요한 고객이어서 싸이월드 일촌을 허락했는데 공개 사진에서 나를 보고 딱 찍었다는 것. 언니는 최근 그의 돈을 왕창 날렸다며 통사정을 했다. "재벌이 왜 나를 만나?" "재벌 맘이지." "무슨 재벌인데?" "그건 고객 정보 유출이고, 대머리 아냐. 결혼한 적 없어. 키도 크고 배도 안 나왔어."

그런 남자가 나를 왜? 꽃나비와 꿀벌에서부터 불나방에 날파리까지, 돈에 환장한 년들 무지하게 꼬일 텐데 왜 하필? 그런데 나란다. 꼭 나여야 한단다. 네가 그렇게까지 나온다면 할 수 없지.

나는 대망의 이브 파트너로 배군을 택했다. 일부러 그를 대학가로 이끌었다. 오랜만에 모교 앞에서 술을 마시고 싶다는 핑계를 댔지만, 사실은 재벌이 '민중적'이고 '토속적'인 문화 속에서 어떻게 행동하는지 보고 싶었다. 일종의 인성검사였다. 그런데 이 남자, 너무 쉽게 두 개의 관문을 통과해버린 것이었다.

아버지에 대해 물었다.

"맨손으로 자수성가하신 존경스러운 분이죠. 어렸을 때부터 근검절약을 강조하셨습니다."

혈액형은?

"A형이에요. A형이 소심하다고는 하지만 저희 아버지는 큰 분이에요."

고개가 끄덕여졌다. 일벌레 타입의 A형 밑에서 성장한 B형 아들. 덕분에 부잣집 외동아들의 가장 큰 단점인 안하무인과 자기중심주의가 상당히 바람직한 방향으로 길들여졌다고 풀이된다. 하지만 남자에게도 내숭이라는 게 있다. 확인사살이 필요했다.

"저녁도 먹었고, 와인으로 입가심도 했으니, 슬슬 자리를 옮길까요?"

배재벌을 세상에서 제일 맛없는 치킨집에 데려갔다. 왜 그런 집 있잖아. 아무래도 맛없는데 싸고 목 좋다는 이유로 사람들이 몰리는 곳. 남자로 치자면 친구는 많은데 애인은 없는, 그러나 내 집 안방처럼 편하고 만만한 그런 경우 되시겠다. 아무리 예의바른 너의 혀도 이번에는 자존심을 좀 세우겠지, 생각했는데.

이 남자는 치킨도 잘 먹었다. 그냥 먹는 것도 아니고, 매우 진지하게. 과장을 좀 보태자면 세상 최고의 음식을 대하는 자의 경건함이 느껴질 정도였다. 뿐이 아니었다. 술이 좀 불콰해지자 주인 할머니와 농담을 주고받는가 하면, 옆에 앉은 학생들과 말을 섞기까지 했다. 나는 자욱한 담배연기와, 좁은 실내를 마구잡이로 날아다니는 욕설과, 술 취해 비틀거리며 아무렇게나 의자에 부딪쳐오는 학생들 때문에 머리가 다 아플 지경인데, 그는 그 모든 것들을 세상 구경 나온 어린아이처럼 좋아 죽겠다는 표정으로 지켜보았다. 급기야는 화장실에 다녀오던 길에 할머니가 따라놓은 오백 시시 잔을 직접 서빙까지 하시는데, 이런 괴물을 봤나.

나는 정말로, 진실로 궁금해서 물었다.

"혹시 수혈해본 적 있으세요?"

"아 네. 제가 받은 적은 없고, 어머니한테 드린 적은 있어요. 어머니가 B형이시거든요."

"……"

"갑자기 교통사고가 나서…… 그때는 정말이지 돌아가시는 줄 알고……"

그의 눈에 핑, 잠시지만 눈물이 돌았다. 뭐야 이거. 역대로 B형 중에는 호노자식이 많다. "아빠가 죽어야 재산을 물려받지." "엄마가 봐줘야 애를 낳지." B형들은 보통 이렇게 말한다. 그런데 네가 효자이기까지 하다고? 네 피 받고 혹시 어머니 돌아가시지 않으셨니?

끝이 아니었다. 그의 다음 대사는 특히 압권이었다.

"수경씨는 어떤 인생이 행복한 거라고 생각해요?"

"네? 예?"

"저는 개인적으로 이런 게 좋은 인생이라고 생각합니다. 싸구려 술집에서, 싸구려 안주와 싸구려 술을 마시면서도 모두들 행복해하잖아요. 이런 훌륭한 뒷골목 문화를 살려야 합니다. 이런 사람들이 많아지면 많아질수록 대한민국은 살기 좋은 나라가 될 거예요."

졌다, 졌어. 하마터면 나는 소리내서 말할 뻔했다. '싸구려'라니. O형이나 AB형이라면 '검소'하다거나 '소박'하다고 말했을 것이다. 아니면 오군처럼 '토속'과 '민중' 같은 거창한 단어를 동원하든지. 특이하기는 해도 그는 B형이었다. 따라서 오늘 그의 모든 행동은, 모두 진심이라는 결론이 나왔다.

그의 진심은 계속되었다.

"수경씨와 정식으로 사귀고 싶은데 안 될까요?"

나는 잠시 뜸을 들여 물었다.

"요리나 살림 같은 거 못하는 여자도 괜찮아요?"

"수경씨라면 괜찮습니다."

"못생긴 여자도?"

"수경씨는 예쁩니다."

"집안에서 반대하면?"

"수경씨라면 반대 안 합니다."

내가 그에게 혹한 데는 몇 가지 이유가 더 있었다. 그는 얼굴에 열이 오른다며 와이셔츠 단추를 두 개쯤 풀었는데, 듬직한 쇄골 밑에 남성 중 일 퍼센트만이 갖고 있다는 M라인이 선명했다. 이런 짐승.

옷 새로 은근히 내보이는 가슴근육을 감상하다 자연히 그와 눈이 마주쳤다. 과연 너와 나는 운명인가. 도저히 거부할 수 없는 신의 장난은 술집에서 나와 차를 세워둔 곳으로 이동하는 중에 발생했다. 약간 비틀거리는 나를 부축해준다는 명목으로 내

팔짱을 낀 그는 어느새 슬그머니 내 손을 잡았는데, 타이밍도 나이스하시지, 그 순간, 하늘에서, 눈이 내리기 시작했다.

"쌓일까요?"

그가 물었다.

"쌓일 것 같아요."

내가 대답했다.

그는 차의 덮개를 열어 내가 앉은 자리에서 눈을 맞을 수 있게 해주었다. 트렁크에서 꽃다발과 선물상자를 꺼내온 것은 당연한 수순. 기껏해야 명품 스카프 정도겠지 생각했는데 상자 속에서 모습을 드러낸 것은, 눈송이보다 더 빛나는 큐빅의 숲에 대범하게 사파이어가 박힌 불가리 목걸이. 이러니 난들 어쩌겠어, 세상에서 제일 행복하다는 표정으로 그의 어깨에 살짝 얼굴을 기대고, 바야흐로 운명처럼 다가오는 그의 키스를 마지못한 듯 받아주었는데, 나의 입속으로 미끄덩, 유연한 동작으로 침입한 그의 혀는 정말이지……

겸손해도 너무 겸손했다.

이상한 맛이 나는 혀, 시궁창스러운 혀도 받아보았다. 도저히 몰입할 수 없는, 초당 서른여섯 컷의 속도로 촐랑대는 혀도 겪어보았다. 도무지 움직이지를 않아서 플라스틱 젖꼭지를 빠는 것 같은 놈도 있었고, 표면이 너무 거칠어서 아무래도 내가 지금 내장탕이나 천엽을 먹고 있지, 싶은 놈까지 있었다. 그러나 이 남자의 혀처럼 가느다란 물건은 생전 처음이었다.

무슨 비유가 그러냐는 둥, 혹시 그것과 그것의 두께에 상관관계가 있냐는 둥, 이따위 질문은 삼가주길 바란다. 그의 혀는, 말 그대로 그냥 가늘었다. 그뿐이었다. 아니 그뿐이 아니었다. 길이도 길었다. 조금만 노력하면 능히 목젖에도 닿을 수 있을 법했다. 혀라기보다는 고무호스의 일종이나 내시경 따위를 받아들이는 느낌이었다. 아, 누구의 피도 갖고 있지 않은 그는, 아니 모든 남자의 피를 갖고 있는 그는, 정녕 외계인이었을까.

그와의 키스가 오래가지 못한 것은 당연지사. 나는 구천만원짜리 벤츠에 올라타 고급품이라면 기백은 족히 나갈 목걸이를 내려다보며 깊은 고민에 빠졌다. 뱀의 혀를 받아들이고 불가리를 얻을 것인가, 뱀의 혀를 거부하고 불가리를 포기할 것인가. 내 속을 아는지 모르는지 야속한 눈송이들은 축복처럼 끝도 없이 쏟아져내리고 있었다.

지구 멸망의 날

빅 바스트한테서 문자메시지가 왔다. 그 동안 선배님한테 너무 까불었다며 신년을 맞아 한턱내겠다는 내용이었다. 얘가 다이어트 한다더니 가슴이 좀 작아졌나. 아니면 저도 한 살 더 먹고 철들었다, 이건가. 어쨌든 나쁘지 않았다. 나도 모르게 얼굴에 웃음이 맺혔다.

2월 22일. 구정 연휴도 끝나고 삼 일이 더 지난 시점.

나는 여전히 이해할 수 없는 사업의 SWOT을 분석하고 있었고, 사장님께서는 내가 작성한 제안서가 엉망이라며 신년 초부터 갈궈댔으며, 의뢰인께서는 원래 계약에는 있지도 않았던 여론조사를 새롭게 요구해왔다. 그리고 소심한 이대리님께서는 아직도, 나를 소 파리 보듯 하고 있었다.

그러든지 말든지.

역시 하늘이 무너져도 죽으라는 법은 없었다. 아침부터 일진이 안 좋더니만 저녁이 되니까 급변. 빅 바스트의 항복이라는 예기치 못한 행운이 찾아와주었다. 행운은 계속되었다. 사무실에 무슨 성격 좋아지는 바이러스가 유포되었는지 사장님 왈, 일 빨리 정리하고 모두 일찍 퇴근하란다. 오늘따라 다 큰 처녀 앞길 막는 회식 요청도 없었다. 기특하게도 빅 바스트가 웬일로 뒷일까지 도맡겠다고 나섰으므로 나는 삼십 분 정도의 여유 시간까지 누릴 수 있었다.

서점에 갔다. 오랜만에 소설책을 사보려고 하였으나, '연애는 전쟁이다' '러브스쿨' 등등의 제목이 눈에 들어오는 것은 어쩔 수 없었다. 혈액형에 관한 책들은, 이미 다 읽었다. 설사 새로 나온 것이 있다 해도, 이제는 책보다 내가 더 많이 알고 있다.

세상일이 다 그렇지만, 처음에는 심장을 들쑤시는 것 같던 고통도, 끝나지 않을 것 같던 불면의 밤들도, 이제는 사라지고 없었다. 아무리 인스턴트의 시대라지만, 여자에게 비닐봉지처럼 가벼운 안녕이란 존재하지 않는다. 하지만 여자에게도 비즈니스는 있다. 일생을 건 베팅도 필요하다. 그렇다면 잘한 일이다. 돈은 없다가도 있는 거고, M라인 따위는 죽도록 운동시키면 되고, 밤일은 보약이나 비아그라로도 해결할 수 있지만, 아무리 생각해도, 평생 파충류의 혀를 빨면서 살 자신은 없었다. 그렇다고 결혼 조건으로 혀 성형을 요구할 수는 없지 않은가. 그러니, 눈물을 머금고 불가리를 반환할 수밖에.

잃는 게 있으면 얻는 것도 있다고, 배재벌을 통해 나는 또 한 가지 사실을 알았다. 세상에는 일백예순 종류의 혈액형이 있다는 것을. 나의 존경해 마지않는 스승 마사히코도 혀의 두께까지 고려하지는 못했을 것이다.

알고 보니 그는 치킨 재벌이었다. 설사 닭발을 판다 해도 재벌은 재벌이니까 상관없다. 하지만 이별선언 뒤에도 끊임없이 이어지는 이메일은 이제 그만. 내용은 언제나 똑같았다. 새로운 사업 아이템을 얻게 해주셔서 감사하다는 것. 그는 아버지로부터 독립하여 저렴한 가격에 스시와 와인을 즐길 수 있는 레스토랑을 계획하고 있다고 했다. 뭘 해도 좋다. 시도 때도 없는 치킨 배달만 하지 마라. 새로운 사업의 SWOT을 분석해달라는 전화도, 이제는 제발 그만.

빅 바스트는 꽤 수준 있는 하우스비어집에서 얌전히 나를 기다리고 있었다. 치킨만 빼고 맛있는 거 왕창 시켜서, 오랜만에 포식하고 있는데 빅 바스트가 느닷없이 말했다.

"사실은 저 연애 시작했어요."

"어머, 축하해, 잘됐다……, 뭐 하는 사람이야?"

"이대리님이에요."

포크를 테이블 위에 내려놓았다. 그래서 이대리가 나한테 시큰둥했구나. 하지만 여전히 이해 가지 않았다. 스물여섯 꽃다운 나이. 나만큼은 아니지만 꽤나 착한 외모. 가슴 한번 흔들어주면 사방에서 피 끓이며 달려들 텐데, 대체 뭐가 아쉬워서?

"이대리가……, 왜 좋아?"

빛의 속도보다도 빠르게 대답이 나왔다.

"키스를 잘해요."

"그뿐이야?"

빅 바스트는 주변을 의식했는지 한 손으로 입을 가리고 말했지만 목소리는 낮춰지지 않았다.

"완전 잘해요. 난 정말 죽을 뻔했어요. 몇번이나 느꼈는지 몰라."

기분이 상당히 나빠졌다.

"그럼 자고 나서 좋아졌단 말야?"

"아뇨. 처음부터 제가 찍었는데 그땐 오빠가 좋아하는 여자가 있다고 싫댔어요."

기분이 좀 좋아졌다.

"이대리가 아직 그 여자를 못 잊었나봐? 혹시 그래서 고민인 거야?"

"그건 아니에요. 이제는 싫댔어요."

기분이 다시 나빠졌다. 아니, 대체 왜?

"벗겨보니까 열라 두꺼운 뽕브라를 하고 있더래요. 오빠 몸매 갖고 구라치는 걸 세상에서 제일 싫어하거든요."

빅 바스트는 자신의 빅 바스트를 테이블 위로 한껏 들이대며 말했다.

둘실로폰

갑자기 목이 몹시 아팠습니다.
가슴이 뜨거워지며 몸속이 텅 비었습니다.
나에게도, 나만의 작은 비밀이 생겨나는 순간이었습니다.

"수진이가 짱이지."

"그럼 고은이는 킹왕짱이다."

하굣길에 말싸움이 붙었습니다. 메조를 맡고 있는 병호와 범수입니다.

"수진이 소녀시대 들었어? 쩔어."

"성악이랑 가요랑 같냐?"

"성악은 노래 아니냐?"

"노래도 못하는 새끼가."

"씨발놈아 내기할래?"

범수가 까불댑니다. 나, 진경은 참다못해 고개를 들었습니다.

"어떻게 내기할 건데?"

"한 음씩 올리기 해보면 되지."

"많이 올라가면 잘하는 거야? 베이스랑 알토는 바보야?"

병호가 나섭니다.

"그럼…… 오래 끌기?"

"폐활량 큰 마라톤 선수가 이기겠네? 그리고 쌤이 실력보다 조화가 중요하다고 하신 거 들었어, 못 들었어?"

"헐."

"호곡."

하더니 애들이 걸음을 빨리합니다. 니 짱먹으셈! 비겁하게 갈림길에서 외치고는 오른쪽으로 뛰어갑니다. 골목 어귀에서 킬킬대는 웃음소리가 봄바람에 뭉뚝하게 잘려나갑니다. 이 동네 애들이 그렇죠 뭐. 좀만 아니다 싶으면 바로 쌩 돌아섭니다. 이전 살던 동네 애들은 안 그랬어요. 내가 울음을 터뜨릴 때까지 집요하게 괴롭히곤 했습니다. 목에 칼을 갖다대고 이렇게 말한 아이도 있었어요. 씨발, 슴가 한 번만 빨자.

가방에서 아껴두었던 체리맛 츄파춥스를 꺼내 입에 뭅니다. 갈림길에서 왼쪽으로 돌았다가 다시 오른쪽으로 꺾어 주택가를 관통할 생각입니다. 집에 도착할 즘이면 다 녹아 없어질 톡톡 쏘는 이 맛이 벌써부터 아쉽습니다.

골목에는 아이들이 한 명도 없습니다. 지금쯤이면 원어민이 가르치는 영어학원에 가 있거나, 방문교사한테 피아노나 수학 따위를 배우고 있겠지요. 그애들에 비하면 나는 복 받은 겁니다. 집에 가서 인터넷을 하건 케이블 TV를 보건 랜덤이니까요. 19금을 봐도 뭐랄 사람은 없지만 단, 노래 연습을 해서는 안 됩니다. 옆집 아줌마가 또 지랄할 거예요. 성량이 대단하시지요. 생긴 것도 꼭 〈쿵푸 허슬〉의 사자후 아줌마를 닮았어요. 하지만 엄마가 더 무섭습니다. 욕을 복식호흡으로 내뱉는 재주가 있어요. 싸움은 볼 만한데, 낡은 건물이 통째로 무너질까봐 무섭습니다.

이 동네에는 예쁜 집들이 참 많습니다. CF 제작사나 웨딩숍이 특히 짱이에요. 인테리어도 끝내주고, 이층에는 대따 넓은 테라스도 있고, 정원에는 아이리시울프하운드 같은 큰 개도 기릅니다. 개새끼 팔자 한번 끝장이지요.

돌 던지는 시늉을 하며 개새끼를 놀려주다가 아아아아아~ 노래 연습을 하며 길을 또 걷습니다. 고등학교 체육관에서 들려오는 탕, 탕, 탕, 농구공 드리블 소리에 맞춰 불러요. 그러다가 이 동네에서 제일 멋진 테라스를 갖고 있는 삼층집 앞에서 멈춥니다. 전봇대 뒤에 숨어 가만히 지켜봅니다. 이번에는 완전 사랑하는 노란색 뉴비틀을 보는 것도, 이층 테라스에 앉아 대낮부터 와인을 마시고 있는 얼짱 남녀들을 훔쳐보는 것도 아닙니다. 내가 바라보고 있는 것은 그들이 기울이고 있는 커다란 와인잔입니다. 고은이의 섹시한 엉덩이처럼 둥글고, 수진이의 커다란 눈동자처럼 투명하고, 그애들의 비브라토처럼 섬세한 와인잔. 나는 바로 저런 와인잔을 갖고 싶습니다. 더도 말고 덜도 말고 딱 하나만이라도 있었으면 좋겠습니다.

*

엄마는 대리운전 기사입니다. 새벽 네다섯시쯤 비릿한 맥주 냄새를 풍기며 들어옵니다. 고딩이 오빠는 공부벌레입니다. 아침 일곱시에 나가서 새벽 두시는 되어야 귀가합니다. 교복에서는 희미하게 담뱃내가 나지만 엄마는 말이 없어요. 오빠도 엄마의 술냄새에 대해 뺑긋도 안 합니다. 그러고 보니 두 사람이 콧병신이 된 것도 꽤 됐네요. 전학 오기 전부텁니다. 아빠의 옷에 자주 묻어 있는, 엄마는 쓰지 않는 향수 냄새를 맡은 건 나뿐이었나봐요.

오해 마세요. 아빠 엄마는 이혼하지 않았어요. 어디까지나 하나밖에 없는 아들의 교육을 위해 기러기질하고 계시죠. 돈을 많이 벌어야 해서 아빠는 바쁘답니다. 집에 오는 게 한 달에 한 번도 안 되지요. 일요일에도 학원에 다니는 오빠 뒤치다꺼리 때문에 엄마도 못 갑니다. 어른들은 쎅을 못 하면 우울해진다던데 그래서 엄마 얼굴이 점점 더 어두워지나봐요.

나는 아빠 옆에 남고 싶었지만 엄마가 안 된다고 했습니다. 주소를 두 군데 해놓으면 걸린다나요 어쩐다나요. 친구들과 헤어지는 건 괜찮았어요. 그따위 존니스트들 다시 안 보면 땡큐죠. 나는요, 단지 합창단을 관두고 싶지 않았어요.

전 학교 음악은 '자아 찾기'니 '자아실현'이니 하는 말들을 좋아했어요. 초딩들한테 그렇게 말하면 당최 안 먹히죠. 덕분에 그

합창단에서 짱먹은 건 제일 똑똑하고 조숙한 나, 진경이었습니다. 나, 이래봬도 솔로 하던 여자예요. 솔로는 옷부터가 달라요. 명주저고리에 족두리 써보셨어요? 엄마가 출세했다고 하더군요. 예전에는 양반 아니면 못 입었다면서요? 그래서 참았어요. 음악이 〈밀양아리랑〉같이 민망한 곡을 부르라 해도, 〈꼭두각시〉처럼 공연인지 서커스인지 모를 몹쓸 짓을 시켜도 닥치고 있었고요.

그래도 '자아'는 모르겠더라고요. 인터넷 국어사전에는 '자기 자신에 대한 의식이나 관념'이라고 나오던데, 대체 그게 뭐래요? 제가 볼 땐 말이죠, 노래는요, 죄다 싫어서 부르는 거예요. 정말예요. 졸라 능력 없는 아빠가 싫어서, 오빠만 좋아하는 엄마가 싫어서, 고마워할 줄 모르는 오빠가 싫어서, 무엇보다 잘났으면 억울하기나 하지, 얼짱에 몸짱에 성적까지 못돼먹은 진경이가 싫어서 불러요. 노래를 부르고 있으면 진경이는 더이상 '병맛'도 '안여돼'도 아닙니다. 진경이는 그냥 악깁니다. 성대는 현이고, 입은 구멍이고, 정수리부터 뱃속 깊은 곳까지 죄다 울림통이에요. 아이들의 목소리와 피아노 반주가 내 몸속으로 파고들기 시작하면 세상에 더이상 진경이는 없습니다. 나는 한 줌의 빛이 되어 진경이의 몸을 떠납니다. 소리가 미치는 곳이면 어디든 갈 수 있는 한 마리의 투명한 새가 됩니다. 그 순간은 결코 길지 않지요. 한없이 계속될 것 같지만 다음 숨을 들이마시는 순간 나는 다시 무대 위로 돌아와 있어요. 짧아서 더 짜릿한 거랍니다.

나도 다 알아요. 19금 영화에 나오는 여자들이 왜 인상을 쓰는지요. R&B 싱어가 클라이맥스를 부를 때 꼭 그런 얼굴이잖아요. 어느 날 음악이 연습 장면을 동영상으로 찍어 보여줬을 때 알았습니다. 나한테서도 문득문득 그런 표정이 나온다는 걸요. 뿌듯했습니다. 이제 나도 여자가 되어가고 있구나 싶어서요. 하지만 음악은 화를 냈습니다. 성대를 쥐어짜서 그렇다면서, 아무리 힘들어도 노래할 땐 항상 웃어야 한다고 하셨습니다. 된장, 내가 무슨 캔디예요?

어른이나 애나 남자들은 다 웃는 여자를 좋아라 하지요. 심지어는 할머니까지도 그래요. 엄마한테, 여자 표정이 어두우니까 집안 꼴이 이 모양이 되는 거라고요. 하지만 아빠가 엉뚱한 데다 돈을 많이 써도, 오빠의 성적이 오르기는커녕 떨어져도, 술에 전 아저씨들이 행패를 부려도 항상 방실방실 웃는 엄마는 어째 무서울 것 같습니다.

할머니 말씀이 옳습니다. 항상 웃는 년들이 팔자도 좋죠. 소녀시대나 원더걸스까지 갈 것도 없어요. 차기 솔로 후보인 수진이와 고은이만 봐도 알아요. 얼짱, 몸짱에 노래도 착한 년들이 심지어 성격까지 착해요. 어찌나 착한지 뭘 물어봐도 계속 웃기만 해서 딱 욕 한마디 했더니 바로 웁니다. 애들이 고은이를 둘러싸고 저년 또 저러고 있다고 다 나를 야리고 쌤이 나타나 나한테만 졸라 싸댈 때까지 계속 울었습니다.

굳이 따지자면 수진이가 낫죠. 얼굴이 좀 싸 보여서 그렇지 몸매도 더 잘 빠졌잖아요? 다리는 뭐, 어른들까지 힐끗거릴 정도니까요. 고음이면 고음, 저음이면 저음, 판소리도 조금 하고, 로커들의 샤우팅 창법까지 그대로 따라 해요. 쌤의 말마따나 수진이는 천의 목소립니다. 그런 수진이도 고은이한테 안 되는 게 있어요.

처음 이 학교 합창단에 왔을 때를 잊지 못합니다. 쌤이 고은이한테 스타카토 시범을 시켰을 때입니다. 또 캐유치한 동요나 듣게 생겼군 했었는데 이런, 고은이가 부른 것은 모차르트의 〈밤의 여왕 아리아〉였습니다. 왜 완소 수미님이 잘 부르는, 아~~ 아아아아아아아아아~, 아~~, 아아아아아아아아아~, 하는 그 노래 말입니다.

강당에는 오후의 햇빛이 낮게 깔려 있었습니다. 그 하얀 햇빛은 우리가 서 있는 무대를 대각선으로 예리하게 쪼개놓곤 했습니다. 나는 그림자 진 왼쪽 구석에서 빛의 중심에 선 고은이를 보았습니다. 눈이 부셨습니다. 어디까지나 눈이 부셔서 눈물이 돌았습니다. 고은이는 그런 나를 비웃듯 웃고 있었습니다. 그 높은 F음을 세 번이나 짚으면서도 단 한 번 찡그리지 않고 웃었습니다.

그 순간 알았습니다. 전 학교 음악 말이 맞았다는 걸요. 그럼요. 노래를 하려면 웃어야지요. 웃어야 노래를 할 수 있지요. 고은이가 유명한 쌤한테 개인지도를 받고 있다는 건 나중에 알았습니다. 겨우 초딩이가 잘나가는 성악가한테 '콜로라투라'를 배우고 있다는 얘기였습니다. 그런데 왜 인상을 찌푸리겠어요? 하루 종일 안 웃는 년이 변태죠. 안 그래요?

*

놀라운 건 솔로 후보의 초강력 스펙만이 아니었어요. 이 학교, 손나 레벨이 다르다니까요. 엄마가 왜 강남 팔학군, 팔학군 노래를 불렀는지 알겠더라고요.

남자가 나타난 건 학기 초였어요. 강당 저쪽에서 들어오는데 문이 열릴 때부터 강한 포스가 느껴졌습니다. 라면머리에, 움푹 들어간 눈에, 퉁퉁한 볼에…… 얼핏 양복 입은 삽살갠 줄 알았다니까요. 하지만 제일로 내 눈길을 끈 건 커다란 지구본을 품고 있는 듯한 그의 빵빵한 배였습니다. 뒤따라 들어온 날씬하고 예쁜 언니는 처음부터 존재감이 없었어요. 나만 그런 거 아니냐고요? 아녜요. 합창단은 무대만 쓰고 평소에 객석은 체조부 애들이 쓰는데 걔들도 다 그 남자만 쳐다봤어요. 한 아이는 안마를 하다가 그만 동작을 놓쳐버렸다니까요.

아름다운 풍경이었지요. 건장한 중년 남자는 맨몸에 뒷짐인데, 가냘픈 처녀는 커다란 박스를 들고 끙끙대고 있었으니까요. 강당은 오층인데 그 언니, 잘하면 화장 얼룩지겠더군요. 예쁜 여자한테 그렇게 개매너인 남자 첨 봤어요.

214

쌤은 그를 학교 선배이자 대학교에서 성악을 가르치는 교수님 이라고 소개했습니다. 그제야 이해가 가더군요. 역시 예사 배가 아니구나. 짐 잘못 들다 터지기라도 하면 큰일나는 배로구나, 싶 었습니다. 근데 왜 그 높으신 대학교수님이 초딩을 상대하러 오 셨을까요? 쌤은 그것도 설명해주셨습니다. 간절히 부탁해서 딱 하루만 특강을 하러 오셨다고요. 애들은 어땠는지 몰라도 저는 가 슴이 부풀었습니다. 콜로라투라를 배울 기회가 드디어 나에게도 찾아온 것이었어요. 난 몇 시간만 배워도 〈밤의 여왕 아리아〉를 마스터할 자신이 있었습니다. 지구본은 깜짝 놀라겠지. 내 천재 성을 일찌감치 알아보고 나를 데려가게 될 거야. 고딩만 되면 나 한테 홀딱 빠져서 나를 위해 무슨 짓이든 하게 될걸? 반드시 저 남자가 박스를 들고 삽살개처럼 헐떡거리며 나를 쫓아다니게 만 들겠어.

그런데, 그 박스를 너무 얕잡아봤나봐요. 어쩌면 너무 대박을 기대했는지도 모르겠어요. 대학에서 왔다니까 성량을 측정하는 기계라든가 아니면 천재를 숨아내는 탐지기라도 들었나 했지 생 뚱맞게 와인잔이 나올 줄 누가 알았나요? 그걸 들고 낑낑거린 저 여자는 또 뭐예요? 네, 와인잔이었습니다. 그것도 신문지에 싸인 딱 열네 개의 와인잔. 뭘까요? 우리들의 성대를 업글해 줄 특수음료라도 갖고 온 걸까요? 그렇다면 큰일이었습니다. 우리 는 스물한 명인데, 일곱 개나 모자라잖아요? 아빠가 제일 무서 워하는 정리……해고가 이런 걸까요?

그러거나 말거나 나는 너무 졸렸어요. 지구본은 노래는커녕 끊임없이 말만 했습니다. '자아실현'을 넘어 '경쟁력'을 강조하시더군요. 기초가 튼튼해야 낙오자가 되는 일이 없다면서 지금이 아주 중요한 시기라고 하셨습니다. 그 얘기를 사십 분이나 했습니다. 그 동안 가냘픈 언니는 열네 개 와인잔에 물을 조냈 넣었다 뺐지요. 하나씩 쇠젓가락으로 두들겨서 피아노와 정확히 음을 맞추고요. 고작 만든 게 평범한 물실로폰이었습니다. 다르다면 와인잔 하나마다 유리막대 하나씩이 올라갔다는 정도였지요.

잠깐 쉬었다가 노래 부르는 시간이 왔습니다. 콜로라투라는 개뿔, 한 명씩 오래 끌기를 시키더군요. 피아노로 한 음을 땡, 치고는 불러봐라, 하는 식이었습니다. 피아노를 칠 거면 실로폰은 왜 만들었는지 이해가 안 갔지만 뭐, 그래도 열심히 했습니다. 몇 명을 빼놓고는 다 세 음 정도만 불렀네요. 지구본은 끝까지 실로폰을 연주하지 않았고, 천재소녀를 알아보지도 못했습니다. 정녕코 그게 다였다면 나는, 당장 합창단을 나왔을지도 모르지요.

무서운 일은 그다음에 일어났습니다. 드디어 지구본님이 노래를 시작하셨거든요. 하지만 우리는 그의 성량이 풍부한지 떨어지는지, 목소리가 감미로운지 웅장한지, 비브라토는 또 어떤지 귀 기울여 들어볼 여유가 없었습니다. 내내 조용하던 실로폰이 연주를 시작했거든요. 와인잔 앞에 입을 대고 부르긴 했지만 지구본님이 '도'를 발성하면 '도' 와인잔이, '미'를 발성하면 '미'

216

와인잔이 울렸습니다. 그럴 때마다 발밑에 있는 삼단 스탠드가 흔들렸어요. 모두들 떨고 있었습니다. 뭐랄까요, 내 몸 안의 것들이 조금씩 깨어져서는, 마침내 수천 개의 파편으로 낱낱이 흩어질 것 같은 기분이었습니다.

모두가 돌아가고 나서도 나는 한동안 스탠드에 앉아 덜덜거렸습니다. 그때 아마도 오줌을 지렸나봐요. 겨우 진정되고 나자 팬티가 조금 축축했습니다.

*

합창단에는 가끔 오줌을 싸는 애가 한 명 있습니다. 용범이란 아인데요, 고개는 항상 비뚤어져 있고 오른손은 경례 자세보다 낮게 연방 앞뒤로 흔드는데, 우울한 날 보면 꼭 제 목을 잘라달라고 애원하는 것처럼 보여요. 진짜 병신인데 아무도 병신이라 안 하죠. 용범이는 '지체'라고 불립니다. '지체부자유'의 준말이죠.

"너 어떻게 특수학교에 안 가고 울 학교에 들어왔어?"

"모올라아."

"합창단은 시험 봐야 들어오는데 너도 시험 봤어?"

"모오라아."

모른다는 건 비밀이란 뜻입니다. 몸이 불편할 뿐이지 지능은 똑바른 애예요. 고은이도 똑같이 반응하는 걸 보면 알 수 있습니다.

"넌 수진이랑 너 둘 중에 누가 솔로가 될 것 같아?"

"몰라."

"넌 합창단 밥 먹듯 빠지는데 왜 안 혼나?"

아예 대답도 안 합니다. 이유는 간단합니다. 고은이네 차는 에쿠스고, 용범이네 차는 BMW거든요. 지체건 퀸카건 부잣집 애들은 비밀이 많지요. 내 질문을 씹을 때마다 '너 따위는 알 필요 없어'라는 투가 고은이 얼굴에는 뚜렷합니다.

나도 비밀을 갖고 싶어요. 아주 근사한 걸로. 하지만 내 비밀은 구린 것들뿐이네요. 것도 애들은 이미 알아요. 내가 강북에서 왔고, 세 식구가 원룸에서 살고, 엄마가 밤일을 하는 것까지, 나는 말한 적도 없는데 죄다 알고 있어요.

하지만 나는 도무지 모르겠습니다. 도무지 모르겠어서 물었습니다.

"선생님, 저는 왜 솔로를 할 수 없어요?"

쌤의 얼굴에 난감한 표정이 떠올랐습니다.

"솔로는 합창단에 오래 있었던 애가 하는 게 좋지 않겠니? 솔로는 제일 높게, 제일 길게 부를 수 있어야 해. 넌 들어온 지 아직 삼 개월도 안 됐잖니."

한마디로 실력이 부족하다는 얘기를 몹시, 부드럽게 하셨습니다. 나는 쌤의 친절함에 감동하여 잘 알겠다는 표시로 활짝 웃으며 속으로만 생각했습니다. 즐쳐드셈.

그럼 고은이는 뭔가요? 저보다 일주일 먼저 들어온 거 다 알아요. 매일 바쁘다는 핑계 대고 합창단에 자주 오지도 않죠. 오래 한 걸로 따지자면 늦게까지 남아서 더 연습한 애들이 해야지 왜 고은이예요? 정확히 근무시간으로 따지자고요, 쌤.

착각 마세요. 솔로 욕심나지 않아요. 다만 알리고 싶었어요. 저도 자격이 충분하단 걸요. 저, 삼십 초 동안 고르게 끌 수 있습니다. 보통 애들 음역이 세 옥타브 반 정도죠? 저, 다섯 옥타브 넘습니다. 그 기다란 피아노에서 양쪽 끝에 있는 흰 거 딱 다섯 개씩 빼고요, 다 부를 수 있어요. 일흔두 개 음밖에 안 되는데 그쯤이야. 목소리가 좀 쩌져도 참아주신다면 죽음의 일곱번째 음계에서 '솔'까지도 해드리죠. 그렇다고 제가 음정이 안 맞아요, 박자가 틀려요? 성량이 딸린다면 개구라죠. 쌤이 하도 조화 좋아하셔서 참았지, 이십 대 일로 맞짱 떠서 이기는 거 한번 보실래요?

죄송해요. 제가 건방졌어요. 아녜요. 솔로 같은 거 하지 않아도 괜찮아요. 얼마 전만 해도 쌤이 법이었지만 이제는 새로운 기준이 생겼잖아요?

애들은 벌써부터 학교에 와인잔을 가져왔습니다. 쉬는 시간이 되면 삼삼오오 모여서 한 명씩 오래 끌기를 해요. 처음에는 비웃었는데, 가만 보니 고은이와 수진이가 끼지 않는군요. 공교롭게도 고은이는 지구본이 왔던 날 연습을 빠졌고, 수진이는 컨디션이 안 좋았다고 변명을 해둔 상태입니다. 덕분에 병호와 범수의 하굣길 싸움은 계속되고 있었습니다.

"당연 수진이가 일빠지."

"씨발 그럼 고은이는 와인잔 깨게?"

"내기할래 씨발놈아?"

한심한 초딩들. 고은이와 수진이는 무서워서 안 하는 겁니다. 괜히 했다 개망신당하느니, 충분히 할 수 있다는 듯 연막을 치는 거죠. 일종의 신비주의 전략이랄까요? 하지만 내가 제일 먼저 와인잔을 울려도 그 신비가 살아남을까요?

문제는 내가 애들 사이에 낄 수 없다는 거였습니다. 나는 합창단의 유일한 공따니깐요. 낀다 해도 그 장면을 쌤이 못 보면 그만이죠. 설사 애들이 알린다 해도 쌤은 씹겠죠. 어 그랬어? 진경이가 훌륭하네. 자, 그럼 연습할까? 씹을 때도 친절하실 쌤입니다.

거기까지 생각했을 때 용범이가 눈에 띄었어요. 쉬는 시간마다 텅 비어버리는 스탠드를 굳건히 지키는 건 항상 나와 용범이입니다. 하지만 용범이의 옆모습이 멋져 보인 건 그날이 처음이었습니다. 나는 제일 싫어하는 레몬맛 츄파춥스를 들고 왼쪽 끝에 앉아 있는 용범이에게 다가갔어요. 아직은 아무 계획 없었지만 나는 알고 있었습니다. 용범이와 나의 만남은 우연이 아니란 것을요.

*

울 엄마는 젊습니다. 스물한 살에 결혼했대요. 이제 서른여덟인데 화장하면 이십대 같아요. 세상에서 제일은 아니지만 아마

220

대리기사 중에는 울 엄마가 제일 예쁠 겁니다.

그런 엄마가 노래방에서 나오는 걸 보았습니다. 엄마는 아빠보다 더 나이들어 보이는 아저씨를 부축하고 있었습니다. 아저씨 손이 엄마 가슴을 만지는 것도 같았지만 설마요. 대리를 하면 술 취한 손님을 차까지 모시기도 하는가보죠. 사실 제대로 못 봤어요. 엄마 눈에 뜨일까 무서워서 집까지 막 뛰어왔거든요. 오빠는 동생이 밖에 나갔다 오든 말든 세상모르고 자고 있었고요.

초딩이 그 시간에 거기서 뭘 했냐고요? 자꾸만 와인잔이 눈앞에 어른거려서 잠이 안 왔어요. 그러다 우리집 반대편에 있는, 시장 너머의 유흥가가 생각났어요. 학교에서 집까지 올 때 항상 거치는 곳이죠. 하나같이 구린 술집만 모여 있는데 딱 한 군데 와인 파는 집이 있습니다. 일층에 테라스가 있죠. 난간이 있지만 팔을 뻗으면 충분히 손이 닿을 것 같았습니다. 왜 손님들이 나가면 한동안 테이블 혼자 벌서잖아요. 그때 와인잔 딱 하나만 덜어줄 생각이었지요.

하지만 그 시간에 사람이 그렇게 많을 줄은 몰랐습니다. 불쌍한 테이블을 발견하긴 했는데 도와줄 틈이 없었네요, 아까비.

그러고 보니 우리 동네에는 '24시간'이라는 글자가 유독 많습니다. 학교 주변에는 편의점에만 있는데 말이죠. 여기는 미용실도, 옷가게도, 심지어 네일숍도 이십사 시간이에요. 낮에는 웃었는데 야밤에 보니 손님이 진짜 있었습니다. 하나같이 바비인형처럼 완벽한 언니들이었어요. 그 골목에서 본 엄마는 샴페인잔

사이에 잘못 섞인 머그잔 같았습니다.

집 앞에서도 그런 언니들은 본 적이 있습니다. 서너시쯤 되면 하나둘씩 원룸촌을 나서지요. 오랜만에 집에 온 아빠는 그 여자들의 뒷모습을 물끄러미 바라보다 말했습니다.

"공부 열심히 해라. 저렇게 살지 않으려면."

나는 고개를 갸웃했습니다. 저 언니들이 뭐가 어때서?

"아니다. 그냥 공부 열심히 하란 얘기다. 알겠지?"

나는 묻지도 않았는데 아빠는 혼자 대답했습니다. 엄마는 어디 갔는지 집에 없었습니다. 아빠는 대낮부터 취해 있었지요. 어쩌면 어제 마신 술이 아직 안 깬 건지도 몰랐습니다. 나는 골목에서 훌라후프를 하고 있었고, 아빠는 담배를 피우며 횡설수설했습니다. 엄마한테 잘하라고 했다가, 너무 엄마만 좋아하지 말라고 했다가, 느닷없이 미안하다고 했습니다. 집안 형편이 나빠진 것은 아빠 잘못이 아니라고도 했습니다. 미국에 있는 월스트리튼가 뭔가 하는 데가 폭삭 망했기 때문이라나요. 그러다가 난데없이 미안하다, 또 사과를 하곤 했습니다.

이해가 가지 않았습니다. 미국에 있는 동네랑 한국에 있는 아빠가 대체 무슨 상관이에요? 미국 사람들이 주택을 사놓고 돈을 안 갚아서 그렇다는데, 그럼 아빠가 미국 집을 지었단 말인가요? 설사 그게 사실이라 해도 초딩한테 그런 말 하면 당최 안 먹히죠.

골목은 조용했습니다. 훌라후프만 조낸 하다 지친 나는 아빠

옆에서 뭘 해야 할지 몰랐습니다. 갑자기 생각나서 와인잔을 사 달라고 했지요. 아빠 눈초리가 날카로워지기에 물실로폰에 대해 한참 설명했어요. 아빠는 웃지도 않으면서 웃기는 소리 하지 말라고 했어요. 골목은 여전히 조용했습니다. 나는 다시 홀라후프를 돌리기 시작했고, 아빠는 다시 담배를 피우기 시작했습니다.

평소보다 일찍 들어온 엄마는 어둠 속에서 몸을 떨었습니다. 이불을 따라 전해지는 작은 진동으로 알 수 있었어요. 감기에 걸렸나 했는데 아주 작게 울고 있었습니다. 덕분에 잠을 설쳤지만 나는 끝까지 안 울었습니다. 이불까지 담뿍 물고 참았습니다. 다른 이유는 절대 없어요. 밖에 나갔다 온 걸 들킬까봐 숨죽였을 뿐입니다.

*

애들이 자꾸 뒷땅을 까요. 뭐, 내가 용범이한테 작업 건다나요? 병맛끼리 잘 논다는 등, 심지어는 2세가 걱정된다는 등. 그러라죠. 누가 뭐래도 용범이에 대한 나의 마음은 순수하니까요. 적어도 나는 수진이나 고은이처럼 쌤만 나타나면 갑자기 말 걸고 부축해주는 변신로봇질은 안 해요. 진심으로 도와줘야죠. 안그래요? 가끔씩 용범이가 지나치게 들이대긴 하죠. 지난번 아이스크림 흘린 걸 닦아줄 때 용범이 손이 가슴에 살짝 닿은 것도 같았지만 설마요. 몸이 말을 안 들어서 실수한 거겠죠. 그게 아니더라도 지체 주제에 뭘 알겠어요.

독창대회만 해도 그래요. 난 용범이한테 아무 말도 안 했어요. 정말예요. 그냥 나한테도 솔로 할 기회가 주어졌으면 좋겠다고만 했죠. 알겠어요. 잘못했어요. 사실은 독창대회를 열어서 일등한 애한테 솔로를 시켰으면 좋겠다는 얘기도 했어요. 그냥 푸념처럼 한 말이에요. 용범이가 그 말을 알아들을지도 몰랐고, 더구나 선생님한테까지 말할 거라고는 상상도 못 했어요. 엄창 엄창.

용범이는 그 말을 애들이 다 있는 데서 했습니다. 서생니임, 스읍, 용버미 도차앙 스읍, 하고 시……브어요. 뭐라고 용범아? 도옥차앙…… 스읍, 우리 다아 도옥차앙 해스므 스읍, 조게스……오.

쌤은 용범이의 앞뒤 없는 말을 끝까지 들으시더니 정리를 하셨어요. 그러니까 용범이 말은 합창단 애들끼리 독창대회를 했으면 좋겠다 이 말이지? 어어 스읍, 용버미 그거…… 쌤은 대충 대화를 끊어버리지 않으셨습니다. 애들이 연습을 기다리는데 용범이 한 명을 위해서, 왜 그걸 하고 싶어? 진지하게 되물으셨죠. 새삼 쌤의 인격에 감동 먹은 순간이었습니다.

사실 나는 용범이가 창피했어요. 그렇게 대놓고 말하면 어떡해, 원망도 했습니다. 하지만 용범이는 내 걱정과 달리 '솔로를 공정하게 뽑기 위해서'라고 말하지 않았습니다. "솔로 아닌 애들은 노래를 처음부터 끝까지 부를 기회가 없잖아요"라고 했죠. 정말이지 지능 하난 똑바른 애라니까요.

애들은 용범이의 말을 직빵으로 알아들었습니다. 병호와 범수가 빛의 속도로 댓글을 달았습니다.

"와, 재밌겠다."

"쌤, 우리 그거 해요."

당장 시끄러워졌습니다. 와인잔 스물한 개가 한꺼번에 울려대는 것 같았죠. 하필 쌤이 결정적인 실수를 했습니다. 독창대회하고 싶은 사람 손들어봐, 하신 거죠. 물론 애들은 모두 손을 들었습니다. 두 명만 빼고요. 그 두 명이 누군지는 굳이 말하지 않겠습니다.

그렇게 된 겁니다. 물론 쌤은 한결같이 '조화'를 강조하셨죠. 경쟁심을 부추기기 위한 공연이 아님을 분명히 하고 나서야 독창대회를 허락했습니다. 하지만 누구나 알고 있죠. 조화는 못난것들의 차지라는 것을. 로또도 그렇잖아요. 아빠는 재미로 한다고 하지만, 일등이 없으면 누가 그걸 사요?

애들은 잽싸게 뭉쳤습니다. 고은이파와 수진이파로 순식간에 나뉘었죠. 병호와 범수는 나한테도 왔습니다. 핸드폰을 열더니 낮은 목소리로 물었습니다.

"어느 쪽이야?"

"뭐가?"

"오천원 빵이야. 이긴 팀만 피자 먹기. 고은이야 수진이야?"

꼭 이럴 때만 껴준답시고 지랄이죠. 내가 그 돈 있음 와인잔 산다, 생각하고 있는데 용범이가 내 것까지 만원을 내밀었습니다.

한참을 고민하다가 고은이를 찍었습니다. 피자 먹고 싶어서 그런 거 아녜요. 솔삐 수진이가 더 잘하는 건 알지만 갑자기 생각이 바뀌는 걸 어째요. 그냥…… 그러는 편이 내 속이 더 편할 것 같았습니다.

연습이 끝나고 나서는 용범이네로 놀러갔어요. 용범이 엄마가 모는 BMW를 타고 갔습니다. 집은 차보다 더 으리으리했습니다. 넓은 정원에 커다란 개가 있었어요. 이층 테라스도 완전 분위기 있었구요. 난 개랑 놀거나 테라스에서 차라도 마시고 싶었는데 용범이는 게임을 하자고 했습니다. 커다란 TV로 할 수 있는 '던파'였습니다. 용범이는 생각보다 게임을 잘했습니다. 하지만 게임을 하다 말고 자꾸 나한테 얼굴을 들이대고는 침을 흘렸습니다. 그때마다 용범이의 엑소시스트가 내 시레누한테 졸라 맞았습니다.

"좋니?"

용범이가 고개를 끄덕였습니다.

"사귀고 싶니?"

용범이는 계속 웃기만 하다가 말했습니다.

"나으랑 바끄으자 스읍, 이거 다 주으께 스읍, 느 모옴 나 주으어 스읍."

나는 그냥 활짝 웃어주었습니다. 마침 얼쩡대던 용범 엄마가 끼어들었습니다.

"용범아, 선생님 오실 시간이네."

가란 말을 그렇게 하셨습니다. 고맙다면서, 꼭 또 놀러오라고 하셨지만 BMW를 다시 태워주지는 않았습니다. 현관문을 닫는 손이 어째 조급해 보였네요. 와인잔 하나 달란 말을 끝내 못 했습니다. 길을 몰라 집까지 한 시간이나 걸렸습니다.

*

집 밖에서 공사를 합니다. 드드드, 굴착기가 땅에 구멍을 뚫는 중간중간, 원룸의 알루미늄 창틀이 짜릉 짜르르릉 화음을 넣습니다. 사자후 아줌마는 공사하는 아저씨들이랑 싸우느라 내 노랫소리에 관심이 없네요. 주전자가 삐이익, 우는 소리는 '미'입니다. 주전자를 옷걸이에 실로 매달아놓습니다. 빨대를 집어넣고 한참 음을 고르다보면 빨대가 조금씩 흔들리는 걸 볼 수 있습니다. 트라이앵글을 연달아 매달아놓고 하나를 치면 두 개가 함께 울립니다. 하지만 밋밋한 유리잔은 절대 떨지 않습니다. 애초부터 공명할 수 없게 태어났으니까요.

압니다. 내가 아무리 잘해도 심사위원 쌤들은 나를 안 뽑겠지요. 이제 나는 그들의 화려한 비밀을 알고 있습니다. 수진이와 고은이는 ㅅ예중에 가야지요. 재작년 솔로는 됐지만 작년 솔로는 안 됐다죠. 이번 서울시 대회에 나가서도 상을 못 받으면 합창단은 해체될 거랍니다.

쌤도 아시겠죠. 내가 예중에 못 간다는 걸. 한 번도 얘기 안

했지만 이미 다 알고 계실 겁니다. 애들이 나에 대해 다 알고 있
듯이. 하지만 쌤이 결정적으로 모르는 게 하나 있습니다.

"어쩌지? 들고 불러?"

"와인잔이 마이크냐?"

"스피커 앞에 놓을까?"

"우와 굿. 근데 모니터 앞은 어때?"

"그 많은 걸 다 놔?"

"그때마다 바꾸면 되잖아 병신아."

그렇죠. 모니터가 있었죠. 모니터는 관중이 아니라 가수가 듣
는 스피컵니다. 공연장에 소리가 꽉 차면 이상하게도 내 목소리
는 안 들리죠. 그때 음정이 틀리는 걸 막기 위해 모니터를 설치
합니다. 그 앞에 와인잔을 놓겠다는 거죠. 쌤은 깔깔대고 웃으며
그걸 허락했어요. 어이없지만 퍽 귀여워서 봐준다는 투였죠. 제
정신이에요? 이제는 솔로가 아니라 와인잔 떨리게 하는 애가 일
인자예요. 우리만의 짱이 생기는 거라고요, 쌤.

와인잔도 생겼습니다. 눈치 빠른 용범이가 갖다줬습니다. 와
인잔을 앞에 놓고 부릅니다. 부르고 또 부릅니다. 하도 불러서
몸이 부르르 떨릴 때까지 부릅니다. 지웁니다. 노래방에서 나오
는 엄마를, 아빠를 괴롭히는 월스트리트를, 뭐든지 이십사 시간
으로 이용하는 원룸촌 언니들을 지웁니다. 그런데 이놈의 용범
이 얼굴은 지울 수가 없네요. 쌤한테 허락을 받아 강당에서 늦
게까지 연습하는데요, 노래 부르는 내내 내 앞에서 침을 흘리며

웃고 있어요. 무슨 치매 노인도 아니고, 멀쩡했다 정신줄 놨다 한단 말이죠.

그래도 바보가 구르는 재주는 있습니다. 이게 장난을 하다 와 인잔을 엎었는데요, 빈 잔에 대고 길게 끌기를 했더니 아, 젓가 락이 떨렸네요. 아주 조금이어서 동영상으로 촬영할 정도는 아 니었지만 어쨌든 성공했습니다. 하필 그 감격스런 순간에 용범 이랑 있었다는 게 안습이긴 했지만. 이제는 발성 연습이 아니라 노래로 정복하는 일만 남았네요.

진경이는 진주의 〈난 괜찮아〉를 부를 겁니다. 독창대회라고 했지 성악대회라고는 안 했잖아요? 창법도 그렇고 음역도 그렇 고 무엇보다 길게 끄는 대목이 많아 와인잔 떨리기에는 깔맞춤 입니다.

용범이한테는 〈앞으로〉를 시켰습니다. 기교 없이 그냥 명랑하 게 불러주면 되는 곡이에요. 돌림노래라 틀려도 잘 모르고요, 음 이 단순해서 관객들이 따라 부르기도 쉽고요. 연습이 끝나고 용 범이와 함께 〈앞으로〉를 부르며 갑니다. 손을 맞잡고 앞뒤로 흔 듭니다. 용범이는 꺅꺅대며 거의 발광 수준입니다. 갑자기 원숭 이 주인이 된 것 같아 우울해집니다. 사람은 왜 다 다른 걸까요? 용범이는 왜 저렇게 태어나고, 나는 왜 또 이렇게 태어났을까 요?

오빠의 몸은 흉터투성이입니다. 겨우 다섯 살 때 불장난을 하 다가 집을 홀랑 태워먹었다지요. 원래 둘째 계획은 없었지만 오빠를 간호하다가 시기를 놓쳤다고, 돈 없어 중절 못 한 년은 나밖에 없을 거라고 엄마는 할머니께 소리질렀습니다. 가끔씩 오빠의 소보로빵 같은 피부를 훔쳐보면서 생각했어요. 나는 오빠의 저 흉터들 때문에 태어난 거라고요.

온몸에 흉터를 달고 나서도 오빠는 여전히 장난꾸러기였습니다. 하루는 망고주스 통에 세제를 담아놓은 걸 두 모금이나 꿀꺽꿀꺽 마셨습니다. 목과 가슴이 타오르며 뱃속에 구멍이 뚫리는 것 같더군요. 나는 고통 없이 짧은 생을 마감하기 위해 이불을 깔았습니다. 한없이 깊은 잠속으로 빠져들며 상상했습니다. 내가 죽으면 오빠의 온몸에서 화상 자국이 사라지지 않을까 하고요. 꿈속에서 울퉁불퉁한 등껍질을 가진 불벌레들이 뱃속을 와그작와그작 씹어 먹고 있었습니다.

다음날 일어나보니 꼭 그때처럼 목이 아팠습니다. 일주일 동안 꾸준히 목 풀기 연습을 하고 날달걀도 하루에 세 개씩 까먹었지만 나아지지 않았어요. 대회를 일주일 앞두고 엄마를 겨우 설득해 병원에 갔습니다. 의사는 목 안을 한참 들여다보고 이것저것을 물어보더니 건조한 목소리로 말했습니다.

"변성기 같네. 염증도 심하고. 약 받아 가시고요."

*

강당은 만원이었습니다. 앞의 바닥은 육학년 애들이 메웠고

230

요, 뒤의 의자는 학부모들이 채웠습니다. 무대 바로 앞 오른쪽 사이드에는 심사위원석이 놓였고요, 합창단 애들은 무대 왼편의 커튼 뒤에 모여 와인잔을 주시하고 있었습니다.

수진이는 〈별〉을 불렀어요. 동요지만 서정적이고, 적당히 어른스럽기도 한 곡입니다. 보나 마나 마지막의 "잠자코 홀로 서서 별을 헤어보노라"의 "라"에 힘을 싣겠다는 거였죠. 안정적인 음역을 선택한 관계로 고음처리는 아주 부드러웠어요. 짧은 체크무늬 치마는 쓸데없는 짓이었죠. 애들은 전부 와인잔만 봤으니까요. 죄다 사슴처럼 목을 뽑고 침까지 꼴깍꼴깍 넘기는 게 야몽 저리가라였습니다. 하지만 와인잔은 마지막까지 잠자코 홀로 서 있었고요. 수진이는 마지막 음을 너무 길게 끄는 바람에 점수만 깎였어요. 노래가 끝나자마자 범수가 뿌웅, 방귀를 뀌고 말았네요. 잠시 인디안밥이 있었고요.

고은이는 등장부터 남달랐습니다. 코러스를 두 명이나 동원했어요. 친구들은 합창단복을 입히고 저는 흰 드레스를 걸쳤습니다. 무반주로 시작된 노래는 헨델의 〈울게 하소서〉였어요. 〈밤의 여왕 아리아〉처럼 완벽한 곡을 버리고 하필 소프트아이스크림 같은 〈울게 하소서〉라뇨. 애들이야 침을 삼키건 말건 조낸 곱고 맑게 웃고 있는 고은이의 얼굴을 바라보다 나는 아차, 싶었습니다. 일부러, 절대 와인잔을 울릴 수 없는 곡을 택한 거였습니다. 정말 울고 싶었습니다. 노래는 길었고, 긴데다가 다시 반복됐고, 관객은 점차 와인잔이 아닌 고은이를 보게 됐습니다. 모두가 천사의 강림을 목격하는 듯한 눈빛이더군요. 결국 고은이는 가문이 곧 실력임을 증명했습니다.

"어쩌지?"

"당연히 일등 한 쪽이 먹는 거지 병신아."

"씨발 그런 게 어딨어?"

"왜 자신 없냐?"

"누가 자신 없대 씨발아?"

나는 구석으로 가 얼굴을 무릎에 묻었습니다. 아빠 엄마를 객석에 앉혀놓고 당당하게 노래 부르는 모습을 보여줬다면 얼마나 좋았을까요. 혹시 알아요? 마음이 바뀌어서 나를 예중에 보내줄지도 모르잖아요? 하지만 나는 이미 쌤에게 공연 포기를 선언했습니다. 며칠 전만 해도 좀 나았다 싶었던 목이 연습 두 번에 도로 자물쇠를 채웠습니다. 하여튼 안 되는 년한테는 열정도 화근이라니까요?

이제는 다 끝났구나 싶었는데 조심스럽게 〈앞으로〉의 반주가 시작됐습니다. 아 참, 용범이가 남아 있었지요. 그런데 가사가 왜 저 모양이죠? 니이가 뜨나며 나겨지 내가 스읍, 누무로 섭시 마느 바므 지새거라 스읍…… 가만 귀 기울여보니 어디서 많이 듣던 가사입니다.

"손발이 오그라든다."

"무릎 꿇고 깍지 껴."

병호와 범수마저 돌아섰습니다. 대신 내가 커튼 뒤에 못 박혔죠. 피아노 반주가 끊겼지만 용범이의 〈난 괜찮아〉는 계속됐습니다. 쌤이 당황해서 손을 흔들었지만 소용없었어요. 노래도, 비명도, 외침도 아닌 소리가 고집스럽게 계속됐습니다. 용범이 얼굴은 보이지도 않았어요. 밀랍인형 같은 심사위원 쌤들의 낯빛과, 무대 밑 아이들의 지렁이 꼬물거리는 얼굴들만 보였습니다.

쌤이 다급하게 자리에서 일어났습니다. 용범 엄마의 얼굴을 한번 훑더니 무대를 향해 지휘봉을 휘두르며 큰 소리로 노래하기 시작했습니다. 피아노가 어물쩍 뒤따랐고요, 안 되겠다 싶었는지 각반 담임들이 객석을 향해 뒤돌아섰고요, 웃고 떠들던 애들 얼굴에 썰물이 일었고요, 그러자 물 빠져나간 갯벌에 구멍 뚫리듯 뽀글뽀글, 손뼉장단이 번졌습니다.

체육대회가 시작됐습니다. 목소리 큰 조련사와 고삐 풀린 침팬지의 추격전. 쌤은 잡으려고 쫓아가고, 용범이는 예측불허의 음정으로 도망가고요. 조련사는 첫번째 클라이맥스를 몰아붙여 노래를 일절에서 끝내버릴 눈치였지만, 침팬지가 어디 말을 듣나요. 애들이 막 마무리 박수를 치려는 순간 뚜덕뚜덕 고집스럽게 이절을 내뱉었습니다.

조화는 개뿔, 쌤은 끝내자, 용범이는 계속하자, 서로 이기려고 애쓰는 팽팽한 줄다리기였죠. 하지만 둘의 불협화음이 변화무쌍한 높이로 파도치는 동안에도 아주 먼 곳의 일이라는 듯, 학부모석은 오후의 나른한 햇살로 평화로웠습니다. 첫줄에 앉아 있는 용범이 엄마만 빼고요. 용범이 엄마는 울고 있었습니다. 아들

노래는 들리지도 않는데 열심히 손뼉장단을 치며 울면서 웃고 있었습니다. 하지만 아줌마도 설마 용범이가 삼절을 할 거란 예상은 못 했겠죠.

모든 게 지쳐가고 있었습니다. 아이들의 박수소리도, 쌤의 성대도, 어른들의 표정관리도, 나의 쪽팔림조차도 지쳤습니다. "쟤는 혼자 뭥미?" "진짜 사랑하는 듯." 뒤에서 신나게 비아냥대던 합창단 애들도 입을 다물었습니다. 어른들은 노골적으로 하품을 하거나 몸을 배배 꼬는가 하면, 심지어 어떤 아저씨는 강당 밖으로 나가버리기까지 했습니다. 그러거나 말거나 한없이 계속되는 "난 괜찮아". 거, 은근 중독성 있데요.

애들의 박수가 멈추고, 피아노 반주가 멈추고, 마침내 용범이 엄마의 눈물조차 멈췄을 때쯤, 쌤과 용범이의 듀엣은 클라이맥스에 도달했습니다.

아주 잠시지만 용범이의 손이 떨리지 않았습니다. 모두가 안도하는 사이 용범이의 오른손이 R&B 가수의 그것처럼 유연하게, 정확한 E음을 강당 천장에 쏘아올리는 것을 나는 보았습니다. 갑자기 목이 몹시 아팠습니다. 가슴이 뜨거워지며 몸속이 텅 비었습니다. 나에게도, 나만의 작은 비밀이 생겨나는 순간이었습니다.

양들은 침묵할 수 있을까?

양윤의(문학평론가)

하나님은 선하고 전능하시다면,
왜 피조물들이 고통을 당하도록 허락하시는가?
―C. S. 루이스, 『고통의 문제』

1. 너는 '또' 감염되었다

영화 〈양들의 침묵〉에서 무지한 '어린 양'들은 기적처럼 주어
진 해방의 순간을 자신의 것으로 실감하지 못한다. 병약한 양들
을 도살하는 마을 사람들로부터, 우리의 용감한 주인공은 간신
히 양들을 구출하는 데 성공한다. 그럼에도 불구하고 눈먼 양들
은 자신의 운명에 갇힌 채 한 발짝도 움직이지 못하고 그저 울
고 있을 뿐이다. 이 영화를 인간학적 관점에서 풀이할 수 있다
면, 죄책감과 무력감으로부터 벗어나지 못한 채 '양들의 울음소
리'를 들으면서 살아가는 인간의 숭고한 심성과 자유의지에서
그 해석적 근거를 찾을 수 있을 것이다. 물론 자신을 구원자의
위상에 올려놓는 인간적인 오만함을 버리고 본다면, 생의 부조

리를 운명적 질서로 받아들인 결정론자로서의 인간을 향한 자성의 목소리를 들을 수도 있을 것이다. 영예롭게도 인간이 살아남아 결국에는 인습과 미신에 사로잡힌 사탄을 색출해냈다면, 안타깝게도 그것은 인육을 뜯어 먹는 근대의 괴물을 풀어주는 거래를 통해서인 셈이다. 그렇다면 지금-여기, 자유와 평등의 시대에, 우리의 어린 양들은 이제 침묵하고 살 수 있게 된 것일까?

"감염되셨다고요?"(「살」, 22쪽) 어디선가 누군가의 울음소리가 들려온다면, 당신은 이미 감염되었다. 당신이 수혈받은 '나쁜 피'(「X형 남자친구」)는 당신의 아름다운 목소리를 잃게 만들고 보드라운 피부를 뭉개버릴 것이다. 형이상학적인 의미에서 '감염(感染)'이 낯선 타자의 침입에 대한 비유적인 표현이라면, 이 사태는 생물체가 경험하는 가장 수동적인 차원을 보여주는 사례가 될 수 있을 것이다. 중세적인 죄악을 볼모로 잡히고 유유히 풀려난 근대성의 괴물이 이 도시의 피부 밑에 숨어서 살점을 뜯어 먹듯이, 이제 당신은 당신의 피부가 서서히 사라지는 것을 보게 될 것이다.

노희준의 첫번째 창작집 『너는 감염되었다』(랜덤하우스중앙, 2005)에서는 운명적인 비극성과 치명적인 병리성이 소설 속 현실을 뿌리째 흔드는 장면을 자주 목격할 수 있었다. 『너는 감염되었다』뿐 아니라 『킬러리스트』(랜덤하우스, 2006)에서 역시, 작가는 마치 증상학자처럼 치밀하고 민감하게 현실의 무의식적 차원들을 감지하려고 노력해왔다. 두번째 창작집인 『X형 남자친구』에서는 모든 환부와 증상이 일상이라는 거대한 피부 속으로 스며들어 있는 듯하다.

『X형 남자친구』는 감염 '이후'의 사람들, 그들에 관한 여덟 가지 버전을 담고 있다. 여기에는 악몽 같은 환상 속에서 깨어나지 못하는 이들도 있고(「살」), 막장 인생을 견디고 있는 사람들도 있다(「다람쥐 죽이기」). 어떤 이는 매사가 시시해졌다고도 하고(「외눈박이」), 누군가는 그저 "살아 있음에 감사하며 울었다"고 고백하기도 한다(「살아 있음에 감사하라」). 데리다 식으로 말한다면, 주체는 정의상 '이미 벌써' 타자에 의해 오염된, '감염된' 주체를 의미한다.(『목소리와 현상』) 아직 태어나지도 않은 아기의 태명을 짓는 부모의 언어적 활동에서 드러나듯이, 아이는 어른의 상징체계(언어)를 (시간적으로가 아니라 논리적으로) 미리 선사받고 태어난다. 그러니 상징화의 단계에 전제되어 있는 의미의 오염(거세)은 언어를 지닌 인간의 자연적이고 생래적인 조건인 셈이다.

노희준이 보여준 소설세계는 '인간'에 대한 집요한 탐구에서 시작한다. 이른바 '감염의 인간학'이라 할 만한데, 그것은 먼저 인간의 병리성에 파고들면서 인간의 본래적 특성을 분석하고자 한 『너는 감염되었다』와 『킬러리스트』를 통해서 확인할 수 있다. 언어적 존재인 인간이 의미와 무의미 사이의 애매한 경계에서 얼마나 무력하게 신경증적 주체가 되는지 보여준 사례들이다. 그간 작가가 유감없이 선보인 언어유희나 정신분석적 언어이론, 그 외의 다양한 인문학적 소양은 때로 인물로 하여금 세계 전체를 꿰뚫어 볼 수 있는 투시력을 갖게 한 듯 보이기도 했다. 적어도 인물이, 자신이 분석하고 추리한 '충만한 언어'로 된 세계의 '끝'에 이르기 전까지는 말이다. 그러나 무의식적 언어의 충만한 의미(진실)를 완성한 이들은 안타깝게도 정신분열적 인간형으로 귀납된다. 아이로니컬하게도 과학의 시대는 광기의 언어를 발견한 시기이기도 하다.

그렇다면 『X형 남자친구』에 수록된 작품들은 특정한 개인의 (무의식적) 진실이 아닌, 보다 보편적인 '인간'의 진실에 대해 탐문한다는 점에서 주제적인 확장을 꾀한다. 이를테면 관음증적 인간들의 병리적 쾌락이 어떤 방식으로 일상화되는가, 혹은 구조적 권력과 어떤 방식으로 연결되는가에 대한 다양한 문제의식을 보여준다. 여기서 보다 강조할 만한 문제는, 소설의 파국적 결말(노희준의 인물들은 대체로 죽거나 미친다)과는 달리 인간을 향한 작가의 믿음이 비관적이지만은 않다는 점이다. 이러한 맥락에서 그의 소설 속 인간은 현실을 떠받드는 판타지를 스스로 떠안는 '운명'을 타고났지만, 동시에 자신이 그러한 숙명을 '성취'하는 장본인이기도 하다는 점에서 이중적인 위상을 갖는다. 이것은 노희준의 '인간학'이 가지고 있는 두 얼굴이다.

2. 위험사회의 약자들

세계는 지금 막 순결을 잃은 게 아니라 이미 오염된 채로 태어났다. 누군가가 혁명과 폭력의 세기가 있었다고 말한다면, 지금은 순응과 적응의 세기라고 말해야 할지도 모르겠다. 속물성에 빙의된 인간의 죄책감은 자신보다 약한 숙주를 찾아 보상받는다. 거대한 자본의 네트워크에 접속하고 있는 한, 살아 있되 죽어 있는 듯한 희박한 존재들의 삶은 이렇게 유지된다. 노희준은 현대 문명사회의 중요한 특징 중 하나로 익명화된 인간관계와 속물성을 꼽는다. 주지하듯이 사회의 민주화가 신분의 하향 평준화를 가져온 것이 사실이고, 이러한 사회에서 성공적인 현대인의 이미지란 결국 자기 자신을 상품가치로 물신화한 결과이다. 이로써 개인의 소외와 고립은 불가피해진다. 무한경쟁과 약육강식이라는 야만적 속성은 한편으로는 치열한 생존경쟁을 불러일으키면서도 다른 한편으로는 체념과 무차별적인 종속을 낳는다. 문명이 성취된 현대 자본주의 사회를 '휴머니즘 사회'라고 부른다면 그 휴머니즘은 인간 없는 휴머니즘에 불과할 터이다. 이 세계는 사산(死産)의 세계, 죽은 채 태어나는 시체들의 사회이다.[1]

---

1) 노희준의 소설 속에서 환기되는 자본주의 체제의 문제점과 익명적 속물성에 대한 비판은 다음의 글에서 다룬 바 있다. 졸고, 「기억의 산파술(産婆術), 망각의 복화술(複話術)」, 『문예중앙』 2007년 여름호.

과거 노희준이 불러낸 열정적인 젊은이들은, 속물들에 대한 환멸과 자의식 속에서 번뇌하는 청년(「캔」)이나 치유할 수 없는 상처를 경험하고 내적 분열을 겪는 소녀(「벙어리 방울새의 죽음」)와 같이 순정한 이상(理想)을 폐기하지 못한 인물들이었다.(『너는 감염되었다』) 그러나 "감염자의 세상"(「살」, 23쪽)에는 자신의 삶을 책임지지 못한 채 살아가는 무기력한 인생들이 많은데, 이들은 대체로 타인과 불화하면서 생활한다.

「살」의 주인공은 '섹스숍'을 드나드는 증권 브로커이다. 그의 방황은 집에서 존재감 '제로'인 채 살아가는 무력한 가장의 신세와 관련이 있다. 「다람쥐 죽이기」의 주인공은 '신불자'(신용불량자)로 마흔이 넘도록 제대로 정착하지 못한 건달이다. 그런가 하면 「사랑의 역사」에는 폭력 부인과 매 맞는 남편이 등장하고, 「물실로폰」에는 아내의 부정을 묵인하는 무능력한 가장이 등장한다. 「외눈박이」의 청년은 남의 사생활을 훔쳐보는 것을 유일한 낙으로 삼고 있으며, 「하찮군, 날다」의 '귀찮군'은 무사안일주의에 빠진데다 의리도 없는 청년이다. 이들은 대체로 비겁하고 속물적이며, 어떠한 이데올로기에도 봉사할 리 없는 개념 없는 개인주의자들이다. 이들은 남에게 해를 끼치는 범죄조직의 일원이나 변혁을 주장하는 운동가가 아니지만, '부적응자'라는 점에서 사회에서 배제되어 마땅한 족속이다. 이러한 '미(未)성년'들은 최근 우리 소설에 자주 출현하는 백수-계열에 속하는 인물유형이다. 아직 엄마의 품을 떠나지 못한 애-어른 말이다.

모성 도시(Metropolis)의 내부는 자궁처럼 폐쇄되어 있다. '굳이 잠그지 않아도 자동으로 잠기는 원룸'처럼 완전하게 밀봉된 세계이다. 또한 도시구조는 상층부와 하층부로 이중화되어 있어서 그러한 위계는 쉽게 뒤바뀌지 않는다. 나쁜 엄마이면서 동시에 착한 엄마인 '마마'의 분열적 속성은 (모성) 도시의 분열을 체화한다.(「사랑의 역사」) "각목을 들고" 다니는 마마의 폭력성은 "여자는 항상 조신하게 살아야 한다"는 '청순가련형' 모성 이미지의 짝패다. 마마의 이중성을 지켜보면서 자란 딸은 엄마의 괴물성을 증오하지만, 그녀 역시 엄마를 닮아가고 있다.

일찌감치 철이 든 딸은, 사회적으로 성공적인 결혼을 꿈꾼다. 「X형 남자친구」의 주인공처럼 혈액형별 연애기술을 연마하는 경우는 오히려 애교스럽다. 좀더 빨리 세상을 알아버린 '언니들'(칙릿류) 소설이 말해주듯이, 자본주의 사회에서 결혼이란 돈과 성의 교환관계를 통해 성사되는 얄팍한 계약서에 불과하다. 그러나 수많은 연애 매뉴얼과 연애 비법들이 정작 말해주지 않는 것은, 연애의 본질적인 불가능성이다. "잃는 게 있으면 얻는 것도 있다고, 배재벌을 통해 나는 또 한 가지 사실을 알았다. 세상에는 일백예순 종류의 혈액형이 있다는 것을."(「X형 남자친구」, 202쪽) 이렇듯 도시의 처녀 총각 들은 연인을 떠나보낸 후에야 이렇듯 진지한 질문을 '새삼' 귀담아듣게 된다. "너는, 아직도, 진정한 사랑을, 믿는구나?"(「하찮군, 날다」, 160쪽)

이들이 책임지지 못하는 것은 연애만이 아니다. '인생의 주인은 너야'라고 부르짖는 '내면의 소리'와 "주인의식을 좀 가져봐"
라는 상사의 꾸중은, 기회의 평등이 아니라 결과의 평등("결국
본인 행동은 본인이 책임지는 거")을 강요할 뿐이다.(「하찮군, 날
다」) 그러나 정작 책임의 문제는 이들의 선택과는 무관하다. 체
제 속에 '낙인'의 방식으로 소속된 이들은 자기 결정권을 배당
받지 못했기 때문이다. 때문에 사회적 약자를 양산하는 거대 자
본주의 사회에서, 이들은 나가지도 들어가지도 못한 채, 구조적
하층부에 기거할 수밖에 없다. "정말이지, 이건 아니라는 생각
이 들었다"(「하찮군, 날다」, 153쪽)는 말에 우리는 정말이지, 동
의하지 않을 수 없다.

3. 병든 양들의 도시

누구든지 꿈을 꿀 수는 있다. 누군가는 잭폿을 터뜨릴 것이고,
또 누군가는 판돈을 잃을 것이다. 그것이 자본주의 사회의 룰이
자, 엔트로피의 법칙이다. 여기서 게임의 플레이어가 알아채야
하는 진짜 함정은, 셈할 수 있는 손실이 아니라 아직 경험해보
지 못한 황홀경의 순간에 대한 현혹이다. 누군가가 일부러 밀어
넣지 않았음에도 불구하고 스스로 그 함정에 빠지는 이유는 슬
롯머신을 당기는 순간 쏟아져내릴 인생역전의 기회 때문이다.
자신의 판돈으로 만든 프로그램에 제 스스로 갇혀버린 어리석은

인간은 점점 고통에 무감각해진다. 그게 나의 고통이든, 타인의 고통이든 말이다.

「다람쥐 죽이기」에 삽입된 "다람쥐 죽이기" 모티프는 천진하고 순진한 아이가 가차 없는 잔인성을 보여준 '앵무새 죽이기'의 노희준식 패러디이다. 그는 아이의 순진성과 잔인성을 동시에 보여주고, 그것을 자연세계의 생존 본능과 등치시킨다. 원초적 아이는 어른의 세계가 숨기고 있는 폭력을 외설적으로 되비춰준다. 즉 아이가 보여주는 폭력성은 문명화된 어른의 세계에 대한 적나라한 거울작용의 효과다. 그러니 이들에게 무고한 타인에 대한 배려나 약자에 대한 관용을 기대하기란 쉬운 일이 아닐 것이다.

물리적 통증이 몸을 통해 지각된다면 심리적 고통은 그것에 대한 '인식'에서 출발한다. 존재감을 잃은 이들의 환상적 서사(「살」)에서 강조되는 문제는, 이들이 폭력적 현실에 처해 있다는 점이 아니라 그러한 현실에 대해 아무런 반응조차 나타낼 줄 모른다는 점이다. 소위 위약(僞藥)효과가 믿음을 통해서 효력을 얻는 것처럼, 이들에게 결여된 것은 고통의 강도가 아니라 고통에 대한 인식이다. 현대사회의 불감증은 욕망의 악순환, 채워지지 않는 욕망을 분만한다. "아무것도 나를 흥분시키지 못했다"(「외눈박이」, 135쪽)는 인물의 말처럼 과잉 자극의 시대가 낳은 불감증과 관음증적 욕망은 특수한 개인의 문제만이 아니라 이미 사회 전체가 앓고 있는 병리현상이다.

「외눈박이」의 주인공은 방에 틀어박혀 '몰카'를 돌려 보는 이른바 '호모 비디오쿠스'다. 낮에는 이웃집 여자의 쓰레기봉투를 뒤지거나 타인의 사생활을 엿보고, 홀로 남겨진 밤이 되면 불면증으로 괴로워한다. 그의 관음증적 욕망이 타인의 쓰레기봉투를 뒤지게 한다. 가볼러지(garbology) 즉 '쓰레기 사회학'은 자본주의 사회의 물리적 순환구조를 사회학적 관점으로 해석한 도시 생태학적 접근법의 하나이다. 그렇다면 타인의 사생활을 훔쳐보는 '외눈박이'족들은 정보화 사회에서 폐기처분된 신인류라고 말할 수도 있을 것이다. "인간은 몰카가 있는 곳에서 가장 솔직하다"(「외눈박이」, 125쪽)는 말을 받아들일 수 있다면, 이 '검은 상자'(몰래카메라)는 가장 값비싼 대형 쓰레기봉투라고 말해야 하지 않을까. 홀로 '외눈박이' 놀이를 하면서 불면의 밤을 보내는 이들은, 일상을 포르노그래피 '화'할 뿐 아니라 스스로 알지 못한 채 그것에 중독되고 만다. "정말이지 한심한 인생들"(「외눈박이」, 143쪽)이다.

'외눈박이'가 바라보는 세계에는 타자가 존재하지 않는다. 그러니 타자의 고통에 대해서 관심을 가질 리 없다. 「살아 있음에 감사하라」에서, 주인공은 스토킹을 당하는 여학생의 고통을 목격하면서도 (피해자가 아닌) 가해자(가 느꼈을 쾌락)에 대한 동일시를 피하지 못한다. 이렇듯 우리는 자신을 손쉽게 가해자와 동일시하되, 피해자에 대해 고려하지 않는다. 물론 노희준의 소설 속에서 본능적인 육체적 욕망을 거부하지 않는다는 점은 인간의 보편적인 공통점이지 병적 인물들의 특이성은 아니다. 그런 점에서 이들의 성적 충동 자체가 부정적인 가치로 폄하되진 않지만, 이러한 병리적인 향유가 담론화된 권력과 만난다는 점은 언급해둘 필요가 있다.

이들의 '외로운 심사'는, 결국 자신의 욕망마저도 온전히 자신의 소유가 될 수 없다는 환멸과 공허함으로 손쉽게 전이된다. 이를테면 아내의 정사 장면이 녹화된 영상을 보면서 자위를 하는 남편의 모습은 전형적인 남성 판타지를 보여주고 있으나, 또한 그것은 자신의 욕망 앞에서조차 무능한 인간에게는 낭만적 사랑이라는 '환상'도 유지될 수 없으며 쾌락적인 '성관계' 또한 원천적으로 불가능하다는 사실을 역설적으로 보여준다. 사막 같은 도시를 외롭게 지키는 비루한 인간의 내면은 욕망의 회로를 따라 더욱 황폐해져만 간다. 발기부전과 조루증, 충족되지 않는 욕구불만과 해소되지 않는 피로감, 자기모멸감에 빠진 자들의 세계이다. "나는 얼굴이 붉어졌다. 화면을 닫고 파일을 지워버렸다. 화면 속의 내 얼굴은 추했다."(「외눈박이」, 127쪽)

슬라보예 지젝이 진단한 바 있듯이, 중세적 윤리를 고수하는 인간과 타율적인 조직인간이 강제당하는 도덕적 기율은, 자본주의 사회에서는 이중적인 방식으로 존재한다. 그것은 포용과 배제의 이중 잣대를 갖는다는 점에서 결코 과거에 비해 덜 억압적인 것이 아니다.(『삐딱하게 보기』) 권력의 증식능력은 냉전시대의 금기 전략이 아니라 자본 도시의 위반과 수용 전략을 통해서 폭발적으로 강화된다. 노희준의 소설 속에서 상징세계와 결별하고 '골방'으로 들어간 인물들은 무관심한 나르시시스트에 가깝다. 그들은 역설적이게도, 그 자신을 '무법자'로 체험하는, 극단적인 순응주의자이다.

모든 것이, 한없이 귀찮고, 쪽팔리고, 하찮다는 생각뿐이었다.
나는 원룸으로 돌아와 문을 닫았다. 애써 잠글 필요는 없었다, 언제나 원룸의 출입문은 자동으로 잠기곤 했으므로. 나는 방 안을 충분히 어둡게 한 다음 아주 오랜만에 편한 마음으로 수음을 했다. (「하찮군, 날다」, 175쪽)

'찌직이'라는 개가 있었다. 개는 철판 중앙의 기둥에 묶여 밖으로 나갈 수 없었다. 과학자는 하루에 두 번 개를 감전시키고 끝난 뒤에는 반드시 밥을 주었다. 처음에는 온 힘을 다해 몸부림쳤으나 개는, 결코 벗어날 수 없다는 사실을 깨닫자 조용해졌다. 조신하게 참다못해 나중에는 고통에 몸을 떨면서도 침을 흘리며 입맛을 다셨다지.(「사랑의 역사」, 92쪽)

노희준의 '우화 제시법'을 언급하는 대신, '하찮은' 인간의 일상 버전과 동물실험 버전을 동시에 제시하였다. 실험용 '개'처럼, 인간 역시 고통을 금세 잊는다. 과학자(문명)가 "칼에 서투른 자의 칼"의 무서움에 대해 무지할 뿐 아니라 무관심하다는

248

사실을 망각할 뿐 아니라, 스스로가 얼마나 쉽게 자신의 고통에 길들여지는지를 잊어버린다.

이 모든 사태에 대해서 사회적 구조 탓만 할 일은 아니다. '리스크' 사회와 공모하는 이들은 자본가만이 아니다. 간신히 자신의 자리를 유지하는 데 급급하거나(「살아 있음에 감사하라」) 적당히 타협하는 이들(「하찮군, 날다」)이 사회의 공공연한 파트너이다. 이들은 자신의 정체성을 스스로 획득할 수 있으리라는 소박한 최면술에서 깨어나(고 싶어하)지 않는다. "군대에선 중간만 가면 질로 성공이라고, 이 바닥에서도 결국 살아남는 건 중간치"(「다람쥐 죽이기」, 60쪽)라는 말이다. 아이러니하게도 '계층 하강'의 '리스크'를 선선히, 그리고 '감사히' 받아들이는 장본인은, 살아남아 한 단계 더 밑으로 내려가는 병든 양들, 이른바 '중간치'들이다.

4. 이토록 하찮은 존재들의 함성

노희준의 소설 속 사건들은 (강도 높은 심리 서술을 떠올릴 때, 다소 수위가 낮아진 듯 보이지만) 여전히 사건 사고로 넘쳐나는 뉴스를 방불케 한다. 소설 속에는 린치와 폭력, 스토킹과 몰래카메라, 협잡과 살인, 불건전한 거래 들이 가득 차 있다. 매체학적 관점에서 볼 때 '뉴스'는 그 사회의 건강상태를 거꾸로 되비춰주는 역할을 한다. 가령 범죄가 만연한 사회에서는 범죄율이 줄어들었다는 것이 뉴스가 될 것이고, 안정적인 사회에서는 작은 범죄도 큰 뉴스가 될 수 있다. 따라서 뉴스에서 사건 사고가 흘러넘친다는 것만으로 말세라고 손가락질 하는 것은 성급한 판단이다. 그것이야말로 세상이 아직 건강하다는 메시지를 되돌려주고 있기도 할 것이기 때문이다. 그렇다면 이 경우는 어떤가?

나로 말하자면 양아 딱지는 고조선 시절에 뗐다. 건달? 졸업한 지 오래였다. 나는 달건이다. 달건이가 뭐냐. 통달할 달, 건달 건. 한마디로 이 바닥에 정통한, 득도한 건달이란 뜻이다. 전문가는 오바 안한다. 액션은 작게, 효과는 크게. 이것이 나, 달건 도사의 경영철학이었다.(「다람쥐 죽이기」, 47쪽)

'달건'은 프로급 건달이면서 떼인 돈 받아주는 일명 해결사이다. 이야기꾼의 자질을 타고난 이 인물은 욕설과 사투리가 녹아든 생생한 말투를 구사한다. 그러면서도 "세월이 지나면 순간만 남더라. 가장 기뻤거나, 슬펐거나, 혹은 끔찍했던 단 몇 초가 나머지 놈들을 제치고 홀로 살아남는"(「다람쥐 죽이기」, 62쪽)다는 식의 서정적인 문장을 구사할 줄도 아는 인물이다. 달건은 평생 노름판에서 호기 있게 살아온 늙은 부친이, 알아듣지도 못할 말을 웅얼거리면서 하염없이 "질질 짜던 날"의 가슴 아픈 상처를 가지고 있다. 그 기억은 아무리 잊으려 노력해도 잊혀지지 않

는 트라우마다. 달건이 쏟아내는 육성은 욕설과 서정성, 기억의
아픔을 조화롭게 뒤섞으면서 미묘한 애상감을 불러일으킨다. 문
제는 그 감상성이 '업무' 중에 발동한다는 데 있다.

　달건은 '양아치 껍치'를 해결하기 위해 그의 집을 찾아갔다가
집 안에서 누군가가 매를 맞는 소리를 듣게 된다. 껍치가 평소
마누라 패기를 밥 먹듯 한다는 걸 아는 달건은, "착한 일 한번
하자는 생각"에 껍치의 아내를 구출하기로 결심한다. 남의 가족
사에 끼어들지 않는다는 '상도(商道)'도 버린 채, 달건이 그녀를
위해 뛰어드는데,

　　껍치의 손은 왼쪽 옆구리, 명치와 갈비뼈 사이에 올라가 있었
　다. 피가 바닥에 퍼지는 걸 보니 깊게 찔린 게 틀림없었다. 하이
　이런 씨벌년, 해필 질로 비싼 디를……(중략)
　　잠시였지만 나는 멍투성이가 된 그 얼굴을 또렷이 보았다. 내
　가 뒤로 한 발자국 물러서자 얼룩덜룩한 얼굴은 다시 천천히 어
　둠 속에 잠겼다. 그 과정은 어쩐지 얼굴에서 빛이 가시는 게 아니
　라 군데군데 피어난 얼룩들이 얼굴 전체로 퍼져 하얗게 남아 있
　는 피부조차 검게 물들여가고 있는 것처럼 보였다. 이제 껍치 마
　누라의 얼굴은 보이지 않았다. 하지만 공포에 가득 찬 눈동자가
　틀림없이 이쪽을 겨냥하고 있음은 알 수 있었다. 아 저 칼, 세상
　에서 제일 무서운, 칼에 서투른 자의 칼.(「다람쥐 죽이기」, 66쪽)

달건은 피해자가 누구이고 가해자가 누구인지 분별할 수 없는 상황을 목격한다. "칼에 서투른" 아내의 칼에 맞아서 피를 흘리는 껌치는 가해자이지만 동시에 피해자가 된다.

낭자한 피의 얼룩이 죽어가는 늙은 부친의 몸 위에 쏟아지는 햇빛과 대응한다면, 어둠 속에서 달건을 바라보는 껌치 아내의 겁먹은 눈빛은 달건에게 다가오는 '다람쥐'의 눈빛과 다시 한 번 대응을 이룬다. 이러한 이미지의 짝패들은 두려움과 공포, 살의와 생존의지, 열망과 죄의식을 뒤섞는다. 이 연약한 여인(다람쥐)은 "어떻게 살아남았지?"(「다람쥐 죽이기」, 58쪽)

앞서 언급한 '다람쥐 죽이기' 모티프가 의미하는바, 자기 파트너를 먹어치우고 살아남은 "육식동물"의 비열한 생존법은, 약육강식의 비인간성과 비윤리성에 대한 비판을 담고 있다. 그렇다면 서툰 칼을 든 이 '육식동물'의 행동은 피해자/가해자, 범죄자/희생자, 적/아군의 구분을 무화시킨다. 분명한 것은, 무고한 목격자인 달건이 전과자라는 점을 감안할 때 먹이피라미드의 가장 밑바닥에 서게 된다는 사실이다.

무엇보다 이 소설이 전해주는 전율은 이렇게 견고하게 물려놓은 먹이사슬의 틀이 박살나는 데서 오는 쾌감이다. 일종의 '테러'라고 말할 수 있지 않을까. 또한 사회적 약자이며 성적 피해자의 표상인 '매 맞는 아내'에 대한 통념적인 이해, 즉 상황에 순응할 수밖에 없으며, 수동적 경향을 지니고 있으며, 언제나 도움을 필요로 할 것이라는 예상을 배반한다. 그러한 의외성은

'약자'가 지극히 순수하며 사회에 유해하지 않고, 때문에 건강한 순응주의로 사회의 부름에 응답하리라는 기대를 완전히 부정한다. 그리고 이러한 방식으로 사회적 약자(하위주체)를 폄하해온 통념적 인식을 반성하게 한다.

5. 어린 양들의 안락사에 반대하여

자기 가장과 자기 연출의 시대에 무사안일을 추구하는 인간의 삶에서 빠진 것은 '살아 있는 삶' 그 자체이다. 고통을 느낄 수 있는 능력은 관조하는 인간이 아니라 경험하는 인간만이 소유할 수 있다. 「살」은 영화 〈양들의 침묵〉에서 보여준 구원과 해방, 자유와 책임, 정체성 등의 철학적 테마를 다소 유머러스하게 그리고 있다.

섹스는 감히 바라지도 않았다. 오직 누군가의 포옹이 절실했다. 내가 살아 있음을 느끼게 해줄 수 있는, 타인의 살아 있는 살. 그것만 얻을 수 있다면 영혼이라도 내다팔 수 있을 것 같은 심정이었다.
이토록 많은 것을 얻고도 행복하지 않다니. 그는 하수구에 살고 있다는 정상인들에게 살의를 느끼고 선뜩해졌다.(「살」, 29쪽)

후천성 존재결핍증, 일명 '통과병'은 타인과 접촉할 수 있도록 해주는 살과 피부가 사라져버리는 병이다. 즉 이들은 더이상 살을 섞을 수 없게 되는 병에 걸린 셈이다. 노희준의 소설 속에서 섹스가 갖는 위상을 떠올려본다면 이들에게 이 병이 얼마나 가혹한 징벌인지 예상할 수 있을 것이다. 이들은 형이상학적 존재론을 노희준식의 '형이하학'적 존재론으로 번역한 사례에 속한다. 여기서 가장 절실한 문제는 바로 이런 것이다. "쟤네들은 평생 몇번이나 할까? 과연 나한테도 기회가 올까?"(「살」, 39쪽)

환경과 적응. 변이와 변형. 이러한 사태를 '진화'의 알레고리라고 말할 수도 있을 것이다. 그러나 도태되는 '종'의 차원에서 보자면 이것은 무시무시한 재앙을 상연하는 묵시록이다. 소설 속 사회는 정상인/감염자 사이의 갈등이 확장되면서 점차 대혼란에 빠지게 된다. 서사가 진행되면서 '투명한 살'은 '무(無)정체성'을 가진 탈주자의 은유가 되려 하지만, '우리들의 공동체'라는 꿈이 무산되고 배제되면서 그것은 자신의 정체성을 획득하지 못한 채 불안한 삶을 사는 이들을 함축하는 은유를 완성한다. 결국 '사라지는 살'(존재감)은 왜소해진 사회적 패배자들에 대한 비유라고 말할 수 있다.

요컨대 (이호철의 소설 「닳아지는 살들」이 그렇듯) 노희준의 소설 속에서 사라지는 '살'들은 현실적 정체성을 잃어가는 현대인의 소시민적 삶에 경각심을 일깨우기 위한 희화화이다. 고통받을 능력이 없는 자는 "누군가의 포옹"을 받을 능력도 갖지 못한다는 말이기도 할 터이다. "내가 살아 있음을 느끼게 해줄 수 있는, 타인의 살아 있는 살." "너를 존중해"(「살」, 29쪽)주면서 서로 껴안고 섹스할 수 있는 세계, 그런 세계의 존속과 멸망에 대해서 이야기한다는 점에서, 작가는 우생학적으로 사육당하는 양들의 안락사에 반대한다.

여기서 조금 더 나가본다면 어떨까. 그것은 운명의 이름으로 봉인된 인간의 자율성을, 과학의 이름으로 덮어버린 인간의 윤리를, 그리고 문학이 스스로를 집어삼키면서 지키고 있는 이름을, 이른바 '문학의 존재론'을 문제삼고 있는 것은 아닐까. "어차피 멸종할 텐데?"(「살」, 34쪽) 그럼에도 불구하고, 문학의 안락사에 반대한다고 말이다.

『X형 남자친구』에 수록된 많은 작품들은 절망적인 상황이 쉽게 끝나지 않으리라는 것을 예감하게 하지만, 이 속에 드러나는 가치의 니힐리즘은 염세적 패배주의로 빠지지 않는다. 여기서 느껴지는 보다 분명한 변화는, 전작(前作)들에 비해 『X형 남자친구』의 경우 작가가 현실적이고 경험적인 진실을 보다 적극적으로 반영한다는 점이다. 그것은 또한 소설 속에서 구현된 주체와 대상과의 관계를 중심에 두고 이야기할 때, 주체의 내면적 대립항으로 설정되어 있던 타자의 문제가 한정적인 관계에서 벗어나 보다 복합적인 회로망들의 문제로 세공되고 있다는 말이기도 하다.

서사적 차원의 변화뿐 아니라, 구성방식과 문체상의 변화도 확인할 수 있다. 가령 역사소설이자 추리소설인 『킬러리스트』

는 지적 추리력과 논리력, 정확한 관찰력을 발휘하는 노련한 탐정의 구성력을 유감없이 보여준다. 물론 종국에는 좁힐 수 없는 간극과 오차를 발견하고 말지만, 인물은 역사적 딜레마가 어떠한 방식으로 반복되는가에 대한 문제를 끝까지 밀고 나간다. 그에 비해서 『X형 남자친구』는, 논리 구성의 강박에서 자유로워졌을 뿐 아니라 작중인물에 대한 작가의 애정을 느낄 수 있다. 그에 걸맞게 문장 역시 산뜻하고 가볍다. 이론적 관념성을 덜어내고, 그 대신 속어와 욕설이 가득한 구어체를 구사하면서 가벼운 멜랑콜리를 담아낸다. 일종의 위악적 제스처는 여전히 남아 있지만, 특유의 블랙유머가 한결 말랑말랑해져 있을 뿐 아니라 어떤 지점에서는 시트콤적인 명랑성을, 그리고 급기야 통속성까지도(!) 목격할 수 있다. 비유컨대, 『너는 감염되었다』와 『킬러리스트』의 작가가 인물들을 조종하는 냉정한 '프로그래머'였다면, 『X형 남자친구』의 작가는 인물들과 함께 게임을 즐기는 플레이어에 가깝다.

삶이라는 거대한 게임판에서 작가 노희준은 노련한 플레이어다. 그는 선수들이 제각기 스스로 조종대를 움직이고 있다고 여기는 슬롯머신이, 실제로는 이미 '프로그래밍'되어 있다는 사실을 알고 있다. 프로그래머는 플레이어가 종종 지기를 바라지만, 완전히 게임을 포기하기를 바라지는 않는다. 때문에 자본주의의 프로그래머는 일종의 중도의 길을 택한다. 종종 우리가 한없이 안정된 삶을 누리고 있다고 느끼는 순간이 있듯이. 그렇다면 보이지 않는 손이 허락하지 않는 한, 이토록 '하찮은' 플레이어들은 맘껏 아플 자유도 상처 입을 자유도 없는 셈이다. "그들은 사랑만 할 수 없는 게 아니라, 서로에게 상처를 줄 수도 없"(「살」, 17쪽)다. 온전히 상처 입을 수조차 없는 '희미한' 존재들을 내세우면서 작가는 점차 "자아의 확고함과 붕괴를 동시에 즐기는 분열된 주체"(롤랑 바르트, 『사랑의 단상』) 앞으로 우리를 안내한다.

우리는 왜 고통받는가. 우리의 찬란한 유산에도 불구하고, 우리는 왜? 고통은 전지전능한 신이 내린 증표도 아니고 숙명적인 징벌의 회초리도 아니다. 신의 아들일지라도, (신이 아닌 한에서) 고통을 경험하고 견디어야 한다는 공리에서는 벗어날 수 없다. 신은 언제나 우리에게 이렇게 묻는다. "나쁠래, 아니면 더 나쁠래?"(「살」, 35쪽) 고통이라는 관념에서 '지옥'이라는 개념이 나온다고 비판했던 철학가 러셀의 말처럼, 관념적 형이상학이 '지옥'이라는 관념을 만들었다면 그것은 현실을 보다 '금욕적'으로 만들기 위한 훈육장치에 불과한 것이다.

노희준은 "다양성의 시대라는 말만큼 무서운 이데올로기가 없"다고 말한 바 있다. "몰역사적인 관념주의가 위험한 폭력이라면, 목적 없는 미학주의는 공허한 재난"이라고도 말했다. 이 작가는 '다양성'이 가리키는 '탈주'와 '유희'의 매혹을 모르지 않지만, 경험적 실감과 체험적 진실을 포기하지 않는다. 그런 점에서 노희준의 소설 속에서 '고통'은 삶 그 자체이다. 고통과 쾌감을 떼어내서 생각할 수 없듯이, 상처와 치유가 한 몸이라는 점이 바로 작가가 강조하는 인간주의적 진실이 아닐까. 그렇다면 어두운 밤에 숙면을 방해하는 '양들의 울음소리'를 외면하면서 살 수 없는 존재가, 바로 '인간'이라는 것, 그것이 이 시대의 소설적 진실은 아닐까.

사이

'3'이라는 숫자를 좋아합니다. 73년생이고요, 삼남매 중 세번째로 태어났고요, 고등학교는 3학년 3반으로 졸업했고요, 대학에서 들어간 소설학회에서는 3기, 논산훈련소에서는 3사단, 살았던 원룸은 죄다 삼층, 첫 소설책조차 서른세 살에 낸, 아직도 소설 참 못 쓰는 삼마이 작가인 제가,

세번째 소설책을 냅니다.

혼자서 쓴 책 아니에요. 사실은 도둑놈이거든요. 친구들과 지인들, 오다가다 만난 사람들의 얘기를 엮었습니다. 흔쾌히 제 소설의 주인공 되기를 승낙해주신 나의 친구들과, 몰카 전문가 X씨, 그리고 달건이 아저씨께,

삼가 죄송합니다. 다음부턴 좀 똑바로 쓰겠습니다.

세상에 혼자는 없는 것 같습니다. 누군가를 만나도, 만나지 않아도, 나는 혼자가 아닙니다. 작은 상품 하나를 사도 그 물건이 나에게 오기까지 존재했던 수많은 사람들과 관계를 맺는 셈입니다. 도시인이 하루에 쓰는 석유가 십 리터쯤 된다 하니 나는 석유를 둘러싼 지구 반대편의 분쟁과 별개가 아닙니다. 그런데 왜 나는 종종 고립감에 시달리는 걸까요? 왜 옆집 여자는 나와 마주치면 겁을 집어먹고, 길거리에는 외로워 보이는 사람이 그토록 많은 걸까요?

너와 나, 그 '사이'에 대해 생각해보고 싶었습니다.

혼자 내는 책이 아닙니다. 사실은 대책 없는 의존쟁이거든요. 많은 분들의 가르침과 위로와 조언과, 심지어는 도움까지 받아서 냅니다. 굳이 말하지 않아도 그분들은 제가 고마워하는 걸 아실 겁니다.

그게, 제가 믿고 있는 '사이'입니다.

제 얘기를 써서는 안 된다는 고정관념을 갖고 있었습니다. 내가 아니라 타인을 향하는 것이 소설이라고 변명해왔지만 사실은 가뜩이나 자아중심적인 놈이 '나'로 시작해서 과연 무엇을 언어 속에 담을 수 있을까 두려워했던 탓입니다. 그것조차 나에 대한 집착이고 편집증임을 이제 알겠습니다.

그러니 계속 쓸밖에요. 제 소설이 부끄럽지 않은 '사이'가 되는 그날까지.

| 수록작품 발표지면 |

문학동네 소설집
X형 남자친구
ⓒ 노희준 2009

초판인쇄	2009년 8월 13일
초판발행	2009년 8월 20일

지은이 노희준
펴낸이 강병선
책임편집 조연주 최유미 서현아
마케팅 장으뜸 정민호 한민아 김정민 정소영
제작 안정숙 서동관 김애진

펴낸곳 (주)문학동네
출판등록 1993년 10월 22일 제406-2003-000045호
주소 413-756 경기도 파주시 교하읍 문발리 파주출판도시 513-8
전자우편 editor@munhak.com | 전화번호 031)955-8888 | 팩스 031)955-8855

ISBN 978-89-546-0874-9 03810

www.munhak.com